마틴 에덴

Martin Eden

마틴 에덴

2

목차

마틴에덴

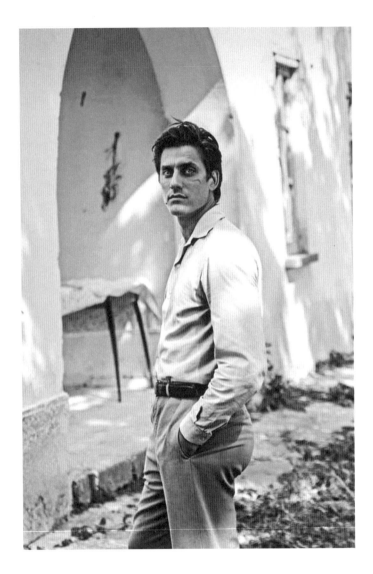

마틴 에덴

2

26장

다음 날 아침 마틴은 직장을 구하러 나가지 않았다. 오후 늦게야 환각에서 깨어나 쑤시는 눈으로 방을 둘러보았다. 곁을 지키던 여덟 살 된 마리아의 아이인 메리가 그가 정신을 차리는 기색에 새된 소리를 질렀다. 마리아가 부엌에서 급히 방으로 들어와 굳은살 박인 손을 그의 이마에 올려놓고 맥박을 쟀다.

"뭘 좀 먹을래?" 그녀는 물었다.

그는 머리를 저었다. 이제껏 살면서 배가 고픈 적이 있었던가 싶을 만큼 식욕이 전혀 없었다.

"난 병이 났어요, 마리아." 그는 기운 없이 말했다. "무슨 병일까요? 아세요?"

"독감이지." 그녀는 답했다. "이삼일 쉬면 나을 거야. 지금은 먹지 않는 게 낫겠어. 슬슬 먹게 될 거야. 아마 내일쯤에는 먹을 수 있겠지."

마틴은 자리에 누워 병을 앓는 데 익숙지 않았다. 마리아와 어린 딸애가 나가자 일어나서 옷을 입으려 했다. 머리가 지끈대고 눈은 눈꺼풀을 들 수 없을 만큼 쑤시는데도 안간힘을 써서 침대에서 나왔으나, 가까스로 정신을 잃지 않고 식탁에 걸터앉는 게 고작이었다. 반 시간 뒤에 침대로 간신히 돌아가, 누워서 눈을 감고 제 다양한 통증과 부위를 분석하는 것으로 만족했다. 마리아가 몇 번 들어와 그의 이마 위 찬 물수건을 갈아주었다. 그 외에는 그를 조용히 쉬게 놔두었다. 현명한 그녀는 수다로 괴롭히는 짓을 하지 않았다. 이런 배려에 그는 마음 깊이 감사하며 중얼거렸다. "마리아, 당신은 낙농장을 갖게 될 거예요, 반드시, 꼭."

그러고 그는 오래 묻혀 있던 어제의 일을 떠올렸다.

「트랜스콘티넨탈」로부터 그 편지를 받은 후로, 만사가 다 끝나고 새로운 장으로 넘어간 지가 한평생은 지난 것 같았다. 그는 전력을 다했고, 전심전력을 다 했건만, 이제 뻗어 버린 것이다. 굶지만 않았더라도 독감에 걸리지는 않았을 터였다. 체력이 약해져서 그의 생리 체계를 침범한 병균을 떨쳐 낼 힘이 없었다. 그 모든 노력의 결과가 이것이었다.

"도서관에 가득 찰 만큼 책을 쓴다 해도 목숨을 잃으면 무슨 소용이겠어?" 그는 크게 혼잣말로 물었다. "이 일은 내가 할 일이 아니야. 더 이상 내 삶에 문학이란 없어. 나는 회계사무실에서 장부를 정리하며 월급을 받아서, 루스와 함께 살 작은 집을 마련할 거야."

이틀 후, 달걀 하나에 토스트 두 쪽을 먹고 차 한 잔을 마신 다음 그는 우편물을 갖다 달라 했으나, 아직도 눈이 아파서 읽을 수가 없었다.

"당신이 대신 읽어 주세요, 마리아." 그는 말했다. "크고 긴 봉투들은 상관 말고 탁자 밑으로 던져 버려요. 작은 것들만 읽어 줘요."

"난 못 읽어."라는 답변이었다. "학교에 다니는 테레사가 읽을 수 있어."

그래서 아홉 살 먹은 테레사 실바가 그의 우편물들을 열고 읽어 주었다. 타자기 임대료에 대한 장문의 빚 독촉을 무심히 들으면서, 그는 직업을 찾을 방도에 골몰했다. 그러다 급작스런 충격으로 정신이 들었다.

"우리는 귀하의 단편소설의 연재권 전반에 대해 40달러를 제안합니다." 테레사는 천천히 또박또박 읽었다. "조건은 귀하가 우리에게 수정을 허락하신다는 것입니다."

"그게 무슨 잡지지?" 마틴은 소리쳤다. "그걸 이리 줘!"

이제 그는 읽을 수 있었고, 읽는 데 따르는 통증을 깨닫지도 못했다. 40달러를 제시한 잡지는 「하얀 쥐」였으며, 거기 보내 놓은 단편은 그가 예전에 쓴 또 다른 공포소설 『소용돌이』였다. 그는 그 편지를 읽고 또 읽었다. 그가 발상을 적절히 다루지 못했으나 그 발상이 독창적이기에 자기들이 사려고 한다고, 편집자는 솔직히 말했다. 그 작품의 3분의 1을 잘라 낼 수 있다면, 그들은 그의 동의를 받는 즉시 작품을 접수하고 그에게 40달러를 보내겠다고도 했다.

그는 펜과 잉크를 달라 해서, 원한다면 그 작품의 3분의 3을 잘라 내도 좋으니 40달러를 바로 보내 달라고, 편집자에게 썼다.

그 편지를 우체통에 넣으라고 테레사에게 들려보내 놓고 나서, 마틴은 다시 누워 생각에 잠겼다. 결국 거짓말이 아니었다. 「하얀 쥐」는 원고 수락 즉시 원고료를 지불하는 셈이었다. 『소용돌이』의 분량은 3천 단어이니, 3분의 1을 잘라 내면 2천 단어가 될 것이다. 한 단어에 2센트로 치면 40달러였다. 원고 수락 즉시 지불, 한 단어에 2센트… 신문은 사실을 알렸다. 그런데도 「하얀 쥐」를 삼류 잡지로 생각했다니! 그가 잡지를 전혀 모른다는 것이 드러났다. 「트랜스콘티넨탈」을 일류로 여겼건만 그 잡지는 열 단어에 1센트를 지불하겠다고 했다. 별 볼 일 없는 잡지로 치부해 버린 「하얀 쥐」는 「트랜스콘티넨탈」의 스무 배를 지불하겠다고 할뿐더러, 수락 즉시 그러겠다고 했다.

그렇다면, 한 가지는 분명했다. 몸이 나아져도 그는 직업을 알아보러 나가지 않을 것이다. 그의 머릿속에는 『소용돌이』만큼이나 좋은 소설들이 많이 있었으며, 한 편당 40달러를 받으면 어느 직업이나 일자리보다 벌이가 훨씬 나을 수 있었다. 싸움에서 졌다고 생각한 바로 그때, 그는 이겼다. 작가로서의 능력을 입증했다. 길이 탁 트였다. 「하얀 쥐」로 시작해서, 그는 잡지에 잡지를 더해 후원자 명단을 늘려갈 것이다. 잡문 쓰기는 집어치워도 될 것이다. 그 일로 말하자면, 1달러도 벌어 주지 못했기 때문에 시간 낭비였다. 그는 작품을, 좋은 작품을 쓰는 데 전념할 것이며, 자기 안에 있는 가장 좋은 것을 쏟아 낼 것이다. 루스가 함께 있어 기쁨을 나누지 못하는 것이 아쉽던 차에, 침대에 올려 있는 다른 편지들을 훑어보다 보니 그녀로부터 온 편지 한 통이 있었다. 끔찍이 긴 시간 동안 그가 왜 나타나지 않는지 궁금해하며 부드럽게 나무라는 편지였다. 그는 그녀의 필적을 음미하고 획 하나하나를 사랑하면서 극진히 다시 읽었으며, 끝으로 그녀의 서명에 입을 맞추었다.

그리고 답장을 쓰면서, 제일 좋은 옷이 전당포에 있는 탓에 그녀를 보러 가지 못했다고 숨김없이 알렸다. 아팠지만 거의 다 회복됐으며, 열흘이나 2주 안에(편지가 뉴욕에 갔다가 돌아오자마자) 옷을 찾아서 그녀를 만나러 가겠다고도 썼다.

그러나 루스는 열흘 혹은 2주 동안이나 기다리고 싶지 않았다. 더욱이 그녀의 연인이 아픈 것이었다. 다음 날 오후, 루스가 아서를 동반하고 모스 가의 사륜마차를 타고 나타나 마리아의 아이들과 거리의 개구쟁이들을 한없이 기쁘게 했고, 마리아를 대경실색 하게 했다. 손님들이 비좁은 현관에 들어서자, 에워싸는 자식들의 뺨을 때리면서 그녀는 평소보다 더 지독한 영어로 제 몰골에 대해 사과하려고 애썼다. 비눗물로 얼룩진 팔뚝 위로 말아 올린 소매와 허리에 두른 축축한 마대 자루가 그녀가 매진하던 일을 알려주었다. 그토록 근사한 선남선녀가 제 하숙인을 찾는 데 당황한 나머지, 그녀는 손님용 작은 거실에 그들이 앉기를 권하는 것도 잊었다. 손님들은 마틴의 방으로 가기 위해 후덥지근하고 눅눅하고, 커다란 빨래통에서 피어오르는 증기로 꽉 찬 부엌을 통과했다. 흥분한 마리아가 방문과 옷장문을 둘 다 억지로 여는 바람에, 방문이 일부 열려 있는 처음 5분 동안 빨래 구정물 냄새가 나는 증기가 환자의 방으로 밀려 들어왔다.

루스는 오른쪽, 왼쪽, 다시 오른쪽으로 방향을 틀고 탁자와 침대 사이 좁은 통로를 지나 마틴 옆에 서는 데 성공했다. 그러나 아서는 방향을 너무 크게 트는 바람에 마틴이 요리를 하는 구석의 단지와 냄비들을 와장창 떨어뜨리고 말았다. 아서는 그 방에 오래 머물지 않았다. 루스가 하나뿐인 의자를 차지한 데다 자신의 임무를 다했으므로 그는 밖으로 나가서 대문 옆에, 신기해하는 마리아의 일곱 아이들에게 둘러싸인 채로 서 있었다. 아이들은 서커스에 구경거리로 나오는 괴상한 인간을 보듯 그를 쳐다보았다. 열두 블록 떨어진 데서부터 동네 아이들이 마차 주위로 몰려들어 어떤 비극적이고도 끔찍한 결말을 기다리고 또 바랐다. 그 동네에 사륜마차는 결혼식이나 장례식 때만 나타나는 것인데, 지금은 결혼식도 장례식도 아니었다. 그러니 전례 없는 어떤 사건을 보게 될 터이므로 기다릴 가치가 있었다.

마틴은 열렬히 그녀를 그리워했다. 그는 타고나기를 사랑이 많았고, 보통 사람보다 더욱 공감을 필요로 했다. 그는 공감에 굶주렸으며, 그에게 공감이란 지적인 이해를 의미했다. 루스의 공감이 대개 감상적이고 의례적이라는 것을 그는 아직 알지 못했다. 그녀의 공감은 대상에 대한 이해보다는 온화한 성품에서 비롯되는 것이었다. 그래서 마틴이 그녀의 손을 잡고 반갑게 얘기하는 동안 그녀는 사랑에 촉발되어 그의 손을 마주 잡았고, 그가 무력하게 누워 있는 모습과 병고가 그의 얼굴에 새겨 놓은 흔적을 보고 그녀의 눈은 눈물로 반짝거렸다.

그러나 그가 두 편의 작품이 수락되었음과, 「트랜스콘티넨탈」의 답장을 받았을 때의 절망과, 「하얀 쥐」의 답장으로 느낀 그 못잖은 기쁨을 얘기하는 동안, 그녀는 제대로 듣고 있지 않았다. 그녀는 그가 하는 말을 들었고 문자적 의미를 이해했지만, 그의 절망과 기쁨에 공감하지는 않았다. 그녀는 얘기에 빠져들 수가 없었고 잡지에 단편소설을 파는 데 관심이 없었다. 그녀에게 중요한 것은 결혼이었다. 마틴이 직장을 갖기를 바라는 자신의 욕망이 모성의 본능적이고 예비적인 충동임을 의식하지 못하듯이, 그녀는 그 점을 의식하지 못했다. 누군가 그녀에게 노골적이고도 단호하게 그렇게 말했다면 그녀는 얼굴을 붉혔을 것이다. 그리고 분개하며 자기의 유일한 관심은 사랑하는 남자, 그리고 그 남자가 능력을 한껏 발휘하기를 바라는 자신의 욕구에 있다고 단언할지도 몰랐다. 그러므로, 마틴이 세상에서 자기가 선택한 일로 거둔 최초의 성공에 들떠 쏟아 내는 열변을 그녀는 그저 말로만 들어 넘기면서, 이따금 방안을 둘러보다가 눈에 보이는 것에 충격을 받았다.

처음으로 루스는 가난의 추악한 얼굴을 똑똑히 보았다. 굶주리는 연인들은 그녀에게는 늘 낭만적으로 느껴졌다. 그러나 굶주리는 연인들이 어떻게 사는지에 대해서는 아무 생각이 없었다. 이럴 줄은 꿈에도 몰랐다. 그녀의 시선이 방에서 그에게로 오락가락했다. 그녀가 부엌에서 방으로 들어올 때 함께 들어온 증기의 빨래 구정물 냄새는 구역질이 날 정도였다. 저 무시무시한 여자가 빨래를 자주 한다면 마틴이 그 냄새에 절지 않았을 리가 없다고, 그녀는 결론지었다. 퇴폐의 전염이란 이런 것이었다. 마틴을 보면 주변 환경이 덧입힌 때가 보이는 듯했다. 그녀는 그가 면도하지 않은 모습을 전에 본 적이 없어서, 사흘이나 자란 그의 수염에 혐오감을 느꼈다. 마리아의 집 안팎처럼 그가 어둡고 탁하게 보이는 것은 그 수염 탓만은 아니지만, 수염이 그녀가 싫어하는 그의 동물적인 힘을 부각시키는 듯했다. 그런데 그는 원고 두 편이 수락됐다는 데 자신감을 얻어 그 미친 짓을 계속하겠다고 얘기하고 있는 것이었다. 조금만 더 그 수락이 늦어졌다면 그는 항복하고 일하러 갔을 터였다. 이제 그는 몇 달은 더 이 지독한 집에서 글을 쓰고 배를 곯을 것이다.

"이게 무슨 냄새야?" 그녀는 돌연 물었다.

"마리아가 빨래하는 냄새겠지."라는 답변이었다. "나는 아주 익숙해졌어."

"아이, 아니. 그거 말고도 다른 냄새, 퀴퀴하고 메스꺼운 냄새가 나." 마틴은 킁킁거리고 나서 대꾸했다.

"난 퀴퀴한 담배 냄새 말고, 다른 냄새는 못 맡겠는데?" 그는 알렸다.

"바로 그거야. 지독한 냄새. 담배를 왜 그렇게 많이 피워, 마틴?"

"외로우면 평소보다 담배를 더 많이 피운다는 것밖에 모르겠어. 그리고 워낙 오래된 습관이기도 하고. 어린애였을 때 배웠지."

"좋은 습관이 아니야, 알잖아." 그녀는 꾸짖었다. "담배 냄새가 코를 찔러."

"그건 이 담배 탓이야. 난 싸구려밖에 살 수가 없거든. 하지만 내가 40달러 수표를 받을 때까지만 기다려. 천사들에게도 냄새가 거슬리지 않을 명품을 사서 피울 테니까. 그런데 그거, 사흘 동안 원고가 수락됐다는 연락을 두 번이나 받은 거, 꽤 괜찮지 않아? 그 40달러로 빚을 거의 다 갚을 수 있을 거야."

"이 년 동안 일한 대가가 그거야?" 그녀는 캐물었다.

"아니, 그 일은 일주일도 안 걸렸어. 탁자 저 구석에 있는 회색 표지의 장부를 좀 줘." 그는 장부를 열어 빠르게 넘기기 시작했다. "그래,

내 말이 맞아. 『종소리』에 4일, 『소용돌이』에 2일 걸렸어. 일주일 일해서 45달러를 벌었으니, 한 달이면 180달러지. 내가 취직해서 받을 수 있는 어떤 급여보다 나아. 게다가 나는 이제야 시작하는 거잖아. 한 달에 천 달러라 해도 내가 당신이 갖기를 바라는 모든 걸 당신에게 사 주기에 넉넉하다고 할 수 없지. 한 달에 봉급 500달러는 너무 적어. 그 45달러는 시작일 뿐이야. 내가 제 실력을 발휘할 때까지 기다려 줘. 그런 다음에 내가 무슨 담배를 피우는지 봐."

루스는 그의 말뜻을 이해하지 못하고 담배 얘기로 돌아갔다.

"자기는 지금도 담배를 너무 많이 피워, 담배의 상표가 문제가 아니라고. 상표가 뭔든, 흡연 자체가 좋지 않아. 자긴 걸어 다니는 굴뚝이고 활화산이야. 완전히 꼴불견이라고. 마틴, 자기도 자신이 어떤지 알잖아."

그녀는 눈에 애원의 빛을 담아 그에게로 몸을 숙였다. 그녀의 섬세한 얼굴을 보고 그녀의 순수한, 티 없이 맑은 눈을 들여다보자 그는 예전처럼 자기가 그녀에게 걸맞지 않는다는 뼈아픈 느낌을 받았다.

"난 자기가 담배를 더 이상 피우지 않았으면 해." 그녀는 속삭였다. "제발… 나를 위해서."

"알겠어. 담배를 피우지 않을게." 그는 외쳤다. "자기가 바라는 일은 뭐든지 할게, 내 사랑, 그게 뭐든 다 할 거야. 정말로."

강렬한 충동이 그녀를 엄습했다. 자기가 고집을 부렸더니 그의 너그럽고 소탈한 성정이 드러나지 않았나. 그러니, 그녀는 확신하건대, 자기가 그에게 글을 쓰려고 더 이상 애쓰지 말라고 요구하면 그는 그 소원을 들어줄 터였다. 일순간 그 말이 그녀의 입술에서 근질거렸다. 하지만 그녀는 그 말을 입 밖으로 내지는 않았다. 그 정도로 대담하지는 못했다. 그녀는 무리하지 않았다. 대신에 그녀는 몸을 숙여 그의 팔에 안겨서 중얼거렸다.

"사실 나를 위해서가 아니야, 마틴, 당신 자신을 위해서지. 흡연은 분명 자기의 건강을 해치지. 게다가 무엇에건 종속된다는 건, 특히 중독 성분에 종속되는 건 좋지 않아."

"나는 늘 당신에게 종속될 거야." 그는 미소 지었다.

"그렇다면 나는 명령을 개시할 건데?"

그녀는 그를 장난스럽게 쳐다보았지만, 속으로는 제 가장 큰 요구를 제기하지 않은 것을 깊이 후회하고 있었다.

"저는 복종할 따름입니다, 여왕 마마."

"좋소. 그러면 당신에게 내리는 내 첫 번째 명령은 이거요. 하루도 빠짐없이 면도할 지어다! 당신의 뺨으로 내 뺨을 긁어 놓은 걸 보시오."

그렇게 대화는 연인들 사이의 알콩달콩한 포옹과 웃음으로 일단락되었다. 하지만 그녀는 한 가지를 관철시켰다. 한 번에 한 가지 이상을 관철시키기를 바랄 수는 없었다. 그녀는 그를 금연하게 한 데 여자로서의 자부심을 느꼈다. 다음에 그가 취직하도록 설득할 것이다. 그녀가 원하는 건 뭐든지 하겠다고, 그가 제 입으로 말하지 않았던가?

그녀는 그의 곁을 떠나 방을 둘러보았다. 머리 위 빨랫줄에 걸린 쪽지들을 읽어 보았고, 천정에 자전거를 매달아 놓는 데 도르래가 어떤 역할을 하는지 깨달았으며, 탁자 아래 쌓인 원고 무더기에

슬퍼졌다. 그녀에게 그 원고들은 시간 낭비를 의미할 뿐이었다. 석유 버너는 무척 마음에 들었지만, 음식 선반이 비어 있다는 것도 알게 되었다.

"어머나, 먹을 게 아무것도 없어. 가엾은 당신." 그녀는 따스한 연민으로 말했다. "자긴 틀림없이 굶고 있는 거지?"

"식품을 마리아의 찬장과 저장고에 뒀어." 그는 거짓말을 했다. "거기가 보관이 더 잘 되거든. 굶을 염려는 없어. 이걸 봐."

그녀는 그의 곁으로 돌아와 그가 팔을 굽히는 것을 보았다. 셔츠의 소매 안에서 이두박근이 꿈틀대더니 우람하고 딱딱하게 부풀어 올랐다. 그녀가 보기에 역겨운 모습이었다. 감성적으로는 싫었다. 그러나 그녀의 심장 박동, 피, 그녀를 이루는 모든 물질이 그의 육체를 좋아했고 갈망했다. 그래서 그녀는 예전에 그랬듯이 제 행동을 머리로는 이해하지 못하면서, 그로부터 물러나는 게 아니라 그에게로 기울어졌다. 그리고 다음 순간, 그가 그녀를 으스러지도록 껴안았을 때, 삶의 피상적인 측면을 중시하는 그녀의 두뇌는 반발했다. 반면에 삶 자체를 중시하는 그녀의 가슴은, 그녀의 여성성은 승리감에 도취되었다. 이와 같은 순간에 그녀는 자기가 마틴을 엄청나게 사랑한다는 것을 가장 뚜렷하게 실감했다. 그의 억센 팔이 자기를 꽉 껴안고 아프도록 열정적으로 조여 온다는 것을 느끼면서, 그녀는 환희로 까무러칠 지경이었기 때문이다. 이런 순간에 제 기준에 반하고 제 높은 이상을 거스르며, 무엇보다도 제 부모님에 대한 암묵적 불복종을 저지르는 자신을 정당화할 수 있었다. 부모님은 이 남자랑 결혼하기를 원하지 않으셨다. 딸이 그를 사랑한다는 것이 부모님에게는 충격이었다. 그녀도 역시, 때로는, 그와 떨어져 있어 냉정하고 합리적인 존재일 때는 그 사실이 충격적이라는 생각이 들었다. 그와 함께 있으면, 그녀는 그를 사랑했다. 사실, 종종, 화도 나고 걱정도 되는 사랑이었다. 그러나 사랑이었고, 그녀 자신보다도 강한 사랑이었다.

"이런 독감은 아무것도 아냐." 그가 얘기하고 있었다. "좀 아프고 두통이 고약하기는 하지만, 뎅기열에 비하면 아무것도 아니지."

"그것도 앓은 적 있어?" 그의 팔에 안긴 채로 자신을 정당화하는 데 열중하면서, 그녀는 건성으로 물었다.

이렇게 싱거운 질문으로 말 상대를 해 주다가, 그의 어떤 말에 그녀는 소스라쳤다. 그가 하와이 군도의 한 섬에 있는 30명의 한센병 환자 은신처에서 열병을 앓았다는 것이었다.

"그런데 거긴 왜 갔어?" 그녀는 물었다. 그토록 극단적인 경솔함은 범죄에 가까웠다.

"난 몰랐으니까." 그는 답했다. "한센병 환자들이 있을 줄은 꿈에도 몰랐어. 범선에서 빠져나와 해변에 닿자, 나는 숨을 곳을 찾아 섬 안쪽으로 들어갔어. 사흘 동안 정글 속에서 구아바, 오히아 나무 열매, 바나나만 먹고 살았지. 네 번째 날 사람의 자취를, 그러니까 발자국을 발견했고, 그걸 따라 섬 안쪽으로 깊이 들어갔어. 내가 가고자 했던 방향인 데다 사람이 최근에 지나간 자국이 있었으니까. 한 곳에서 발자국은 칼날처럼 가파른 산마루로 올라갔어. 산마루는 폭이 3인치도 안 되고, 양쪽이 수백 피트 깊이의 깎아지른 낭떠러지였지. 탄환만 충분하다면 한 사람이 십만 명도 상대할 수 있는 요충지였어. 그게 은신처로 통하는 유일한 길이었어. 발자국을 따라간 지 세 시간 후에, 나는 용암으로 이루어진 산꼭대기들 사이에 옴폭 파인 좁은 계곡에 다다랐어. 사방이 계단식으로 만들어진 타로토란 밭이었고, 과일나무도 자라고, 초가집이 여덟이나 열 채쯤 있었어. 그런데 거기 사는 주민들을 보자마자 나는 내가 어떤 상황에 처했는지 알게 됐어. 그들을 한 번 보는 것만으로도 충분했어."

"그래서 어떻게 했어?" 데스데모나(셰익스피어 희곡 오셀로의 주요인물 - 옮긴이)처럼 겁에 질리면서도 얘기에 흠뻑 매료되어, 루스는 숨 가쁘게 물었다.

"내가 할 수 있는 일은 없었어. 그들의 우두머리는 친절한 노인이었는데, 병이 심했지만 왕처럼 지배하고 있었지. 그가 그 좁은 계곡을 발견해서 정착지로 만들었거든. 다 불법이었지만 그는 총도 있고 탄환도 많은 데다, 하와이 원주민인 캐너커 인들은 야생 소와 돼지를 쏘는 데 익숙한 명사수들이었어. 마틴 에덴이 도망칠 방도는 없었어. 거기서 석 달간 머물렀지."

"그럼 어떻게 탈출했어?"

"한 아가씨가 없었다면, 나는 아직도 거기 있었을 거야. 반은 중국인이고, 사분의 일은 백인이고, 사분의 일은 하와이 원주민인 아가씨였어. 예쁘고 교육도 잘 받은 그 가련한 아가씨의 어머니는 호놀룰루에 있는데 백만장자쯤 됐어. 결국 그 아가씨가 나를 놓아줬지. 그녀의 어머니가 정착지에 돈을 대니, 당신도 짐작하다시피, 나를 놓아줬다고 벌 받을 염려가 없었던 거지. 그런데 그녀는 내게 그 은신처를 절대로 외부에 알리지 않겠다는 맹세를 하게 했어. 나는 여태까지 맹세를 지켰고. 그 은신처를 언급한 것도 이번이 처음이야. 그

아가씨의 한센병은 아주 초기였어. 오른손 손가락이 약간 비틀리고 팔에 작은 점이 있었지. 그것뿐이었어. 이제 그 아가씨도 죽었겠지."

"하지만 두렵지 않았어? 그 무서운 병에 걸리지 않고 그곳을 나와서 기뻤겠지?"

"글쎄." 그는 고백했다. "처음에야 조금 떨렸지. 하지만 익숙해졌어. 그 가련한 아가씨가 안쓰러웠고, 그래서 두려움도 잊게 됐어. 그녀는 외모만이 아니라 내면도 아름답고 증상도 미미했어. 그런데도 그녀는 거기에 남아 야만적인 생활을 하면서 서서히 썩어 갈 운명이었던 거야. 한센병은 상상 이상으로 끔찍한 병이야."

"가엾어라." 루스는 부드럽게 중얼거렸다. "그녀가 당신을 놓아줬다니 놀라워."

"무슨 말이야?" 마틴은 눈치 없이 물었다.

"그녀는 틀림없이 당신을 사랑했을 테니까." 루스는 여전히 부드럽게 말했다. "이제 솔직히 말해. 그녀가 그러지 않았어?"

햇볕에 그을었던 마틴의 얼굴은 세탁소에서 일하고 방에 틀어박혀 글을 쓰느라고 바랜 데다, 굶주림과 질병으로 창백해 보이기까지 했다. 이 창백한 얼굴에 홍조가 천천히 피어났다. 그가 말을 하려고 입을 열었으나 루스가 도로 다물게 했다.

"괜찮아, 대답하지 마. 그럴 필요 없어." 그녀는 웃었다.

그런데 그에게는 그녀의 웃음에 금속성의 소리가 섞여 있고, 그녀의 눈빛은 차갑다고 느껴졌다. 순간적으로 그는 북태평양에서 한 번 겪었던 강풍을 떠올렸다. 맑은 하늘에 휘영청 밝은 보름달, 드넓은 바다가 달빛에 반짝거리는 한밤중에 불어 닥치는 강풍이 그의 눈에 보였다. 그리고 그는 한센병 환자들의 도피처에 있던 아가씨를 보았고, 그녀가 그를 놔준 것은 사랑 때문이었음을 기억해 냈다.

"그녀는 고결한 사람이었어." 그는 간단히 답했다. "내게 삶을 주었지."

그렇게 마무리되었지만, 그는 루스가 억누르는 메마른 흐느낌 소리를 들었다. 그리고 그녀가 얼굴을 돌려 창밖을 바라보고 있음을 알아챘다. 그녀가 얼굴을 그에게로 되돌렸을 때, 표정이 잘 수습되어 있고 눈에도 강풍이 일었던 흔적은 남아 있지 않았다.

"난 참 바보 같아." 그녀는 서글프게 말했다. "하지만 어쩔 수가 없어. 나는 정말 당신을 사랑해, 마틴, 사랑해, 사랑해. 시간이 가면 너 그리워지겠지만, 지금으로서는 과거의 유령들에게 질투심을 느끼지 않을 수가 없어. 그리고 당신의 과거는 유령들로 가득 차 있다는 걸 당신도 알잖아. 그래." 그녀는 뭐라고 항변하려는 그의 말문을 막았다. "그렇지 않을 수가 없어. 저기 아서가 나더러 나오라고 손짓하네. 기다리는 데 지친 거지. 이제 작별해야 해. 약제사들이 흡연자들의 금연을 돕는다고 내세우는 혼합제제가 있어." 문을 나가려다 돌아서서 그녀는 말했다. "그걸 좀 당신한테 보낼 게."

문이 닫혔으나, 다시 열렸다.

"사랑해, 사랑해." 그녀는 그에게 속삭였다. 그리고 이번에는 정말로 떠났다.

마리아는 눈에 숭배의 빛을 담고 있었다. 그럼에도 루스의 옷의 원단과 마름질(어떻게 했는지는 몰라도 신비롭도록 아름다운 효과를 자아내는)을 눈여겨보면서 마차까지 손님을 배웅했다. 실망한 개구쟁이들이 마차가 시야에서 사라질 때까지 바라보고 있다가, 갑자기 동네에서 가장 중요한 인물이 된 마리아에게로 시선을 돌렸다. 그런데 그 귀하신 손님들이 그녀의 하숙인을 찾아온 것이었다고 알림으로써 그녀의 명성을 날려 버린 이는 그녀의 자식들 중 하나였다. 그 후로 마리아는 원래의 이름 없는 처지로 돌아갔고, 마틴은 이웃 아이들이 자기를 존경하는 태도로 대한다는 것을 눈치채게 되었다. 마틴에 대한 마리아의 평가는 백 퍼센트 상승했다. 식료품 가게의 포르투갈인 주인이 그날 오후의 사륜마차 방문을 목격했다면, 마틴에게 추가로 3달러 85센트 어치의 외상을 허락했을 터였다.

27장

마틴에게 행운의 태양이 떠올랐다. 루스가 왔다 간 다음 날, 뉴욕의 스캔들을 다루는 주간지에서 그의 트리올레 세 편의 원고료로 3달러를 보내왔다. 그 이틀 후에는 시카고의 신문이 『보물 사냥꾼』을 수락하면서 출간 시에 10달러를 지불하겠다고 약속했다. 적은 고료였지만, 그것은 그가 처음으로 쓴 글, 제 생각을 인쇄 지면에 표현해 보려는 첫 번째 시도였다. 더욱이 그의 두 번째 시도인 소년들의 모험담 연작이 그 주가 가기 전에 「청년과 시대」라는 청소년 월간지에 수락되었다. 그 연작은 2만 천 단어에 달하는데 잡지사는 출간 시에 16달러를 지불하겠다고 제시했으니, 천 단어에 75센트에 불과한 게 사실이었다. 하지만 그것이 그가 두 번째로 써 본 글이며 어설프고 허점이 많음을 절감한다는 것도 그 못지않은 사실이었다.

그의 초기작들조차 어설플지언정 평범한 것은 아니었다. 그 작품들의 특징은 작가가 힘을 너무 많이 준 데 기인한 어설픔 — 나비를 잡는 데 망치를 휘두르고 섬세한 장식을 야구 방망이로 새기는 것과 같은 초보자의 어설픔 — 이었다. 그래서 마틴은 초기작들이 거저나 다름없는 가격으로 팔려도 기뻤다. 그 작품들이 어떤지 알고 있었고, 완성하고 얼마 지나지 않았을 때부터 그 점을 인식하고 있었다. 그가 굳게 믿고 있는 것은 나중에 쓴 작품들이었다. 그 작품들을 쓰면서 그는 단순히 잡지에 소설을 쓰는 작가 이상이 되고자 분투했다. 예술적 기교를 완비하려 했다. 그러면서도 힘을 희생시키지는 않았다. 힘의 과잉을 피함으로써 힘 자체는 증가시킨다는 목적을 염두에 두었다. 현실성에 대한 애정 또한 저버리지 않았다. 그의 작품은 사실주의적이었지만, 그는 상상력으로 거기에 공상과 아름다움을 융합시키려고 노력했다. 그가 추구하는 바는 인간의 영감과 믿음이 관통하는, 열정적인 사실주의였다. 그가 쓰고자 하는 바는 있는 그대로의 삶, 그 안에 내재한 정신적 모색과 영혼의 지향이 다 갖춰진 삶이었다.

독서를 하면서 그는 소설에 두 가지 유파의 문학이 있음을 알게 되었다. 하나는 인간을 신처럼 떠받들어 인간의 세속적인 근본을 무시했다. 다른 하나는 인간을 육체로만 취급하여 하늘이 주신 인간의 꿈과 성스러워질 수 있는 가능성을 무시했다. 마틴이 평가하기로는 인간을 신으로 보든 육체로 보든 공히 잘못되었으며, 둘 다 관점도 목적도 지나치게 단순하다는 잘못을 저지르고 있었다. 진실에 근접하는 절충안은 인간을 신으로 보는 유파를 치켜세우지 않으면서 인간을 육체로만 보는 유파의 야만성에도 이의를 제기하는 것이었다. 그 절충안이 그의 단편소설 『모험』이었다. 루스가 못마땅해했던 그 단편이 소설에 있어 이상적인 진실에 도달했다고 마틴은 믿었다. 그 절충안은 『신과 육체』라는 에세이에도 담겨 있었다. 이 에세이에서 그는 그 주제 전반에 관한 제 견해를 피력했다.

그러나 『모험』과 그가 자신의 최고작이라 자부하는 작품들 전부가 여전히 편집자들의 수락을 구걸하며 떠돌고 있었다. 그가 보기에 초기작은 원고료를 받을 수 있다는 것 말고는 쓸모가 없었고, 이미 두 편이나 팔린 공포소설 또한 완성도가 높은 작품이거나 자신의 최고작이라고 생각하지 않았다. 그에게 그 공포소설들은 현실을 한껏 동원하고 있으며 그 점이 강점이긴 하지만 사실은 가공적이었다. 기괴하고 불가능한 이야기에 현실성을 입히는 것을 그는 속임수 ─ 기껏해야 솜씨 좋은 속임수 ─ 로 여겼다. 위대한 문학은 그런 분야에 속할 수 없었다. 그 작품들의 기법은 뛰어났을지라도, 기법이 인간미를 잃는다면 그는 그 가치를 인정하지 않았다. 속임수는 그의 기교에 인간미의 가면을 씌워 주었으며, 그는 『모험』, 『환희』, 『단지』, 『생명의 술』과 같은 작품을 통해 문학의 절정에 오르기 전, 예닐곱 편의 공포소설을 쓰면서 이런 수법을 써먹었다.

트리올레의 원고료로 받은 3달러로 생계를 간신히 꾸려 나가며 그는 「하얀 쥐」의 수표가 오기를 고대했다. 3달러짜리 수표를 미심쩍어하는 포르투갈인 식료품상에게서 현금으로 바꾸어 외상값 중

1달러를 갚고, 남은 2달러는 빵집과 과일가게의 빚을 갚는 데 나누어 썼다. 고기를 살 여력은 없었고, 「하얀 쥐」의 수표가 도착했을 때는 먹을 것이 간당간당할 지경이었다. 그는 그 수표를 현금으로 바꾸는 일에 마음이 오락가락했다. 평생 은행에 들어가 본 적이 없고 용무가 있어 은행에 간 적은 더군다나 없어서, 오클랜드의 큰 은행에 당당히 걸어 들어가 제 이름이 배서된 40달러짜리 수표를 척 내놓고 싶은 순진하고 유치한 욕망이 있었던 것이다. 반면에 그 수표를 식료품상에게서 바꿈으로써 깊은 인상을 남겨 향후 외상 한도가 늘어나도록 해야 한다는 실용적이고도 상식적인 생각도 들었다. 마틴은 마지못해 현실의 위력에 굴복하여 식료품상에게서 수표를 바꾸면서 빚을 다 갚았고, 거스름돈으로 호주머니가 가득하도록 동전을 받았다. 다른 상인들에게 진 빚도 다 갚았으며, 정장과 자전거를 되찾았고, 한 달 치의 타자기 대여료를 냈고, 마리아에게 밀린 방세를 갚고 한 달 치를 선불했다. 그러고 나니 호주머니에는 약 3달러의 비상금이 남아 있었다.

그 자체로는 소액이었으나 큰 재산으로 느껴졌다. 옷을 찾자마자 그는 루스를 만나러 갔는데, 가는 길에 호주머니 속의 은화를 짤랑거리는 짓을 그만둘 수가 없었다. 하도 오랫동안 돈 없이 지냈더니 굶다가 살아난 사람이 눈앞에 있는 음식을 두고 보지 못하듯이, 손에서 은화를 놓을 수가 없었다. 그는 돈에 절절매지도 탐욕스럽지도 않았지만, 그 돈은 거액보다 의미가 컸다. 그 돈은 성공을 의미했으며, 은화에 찍힌 독수리는 그에게 날개를 활짝 편 승리를 상징했다.

어느새 그는 이 세상은 참 좋은 세상이라는 생각을 하고 있었다.

확실히 세상이 보다 아름답게 보였다. 몇 주 동안이나 세상은 침침하고 우울했다. 그런데 빚을 거의 다 갚고도 호주머니에 3달러가 짤랑대고 가슴은 성취감으로 부푼 지금, 태양이 밝고 따뜻하게 빛났다. 아무런 대비 없는 행인들을 적시는 급작스런 소낙비조차 그에게는 즐거운 사건으로 여겨졌다. 배가 고플 때, 그는 전 세계에서 수천 명이 굶어 죽어 간다는 생각을 자주 했다. 그런데 배가 든든한 지금, 수천 명이 굶어 죽어 간다는 사실은 더 이상 머릿속을 크게 차지하지 않았다. 그는 그 사람들을 잊어버렸으며, 사랑에 빠진 당사자로서 전 세계의 수많은 연인들을 상기하게 되었다. 일부러 생각하지 않았는데도, 연애시의 모티프가 그의 두뇌를 휘젓기 시작했다. 창조적 충동에 휘말려 그는 내릴 곳에서 두 블록이나 지나 전차에서 내렸으나 짜증도 나지 않았다.

모스 가에는 사람들이 여럿 와 있었다. 루스의 두 사촌 자매가 산 라파엘에서 놀러 와 있고, 모스 부인은 그들을 접대한다는 구실로 루스에게 젊은이들을 소개하려는 자신의 계획을 실행 중이었다. 그 작전은 마틴이 본의 아니게 이 집에 오지 못하는 동안 시작되어 이미 한창 무르익어 있었다. 그녀는 번듯한 일을 하는 청년들을 불러오는 데 주력했다. 따라서 마틴은 사촌 자매인 도로시와 플로렌스만이 아니라, 대학교수 두 명 — 라틴어 교수와 영문학 교수 — 을 만나게 되었다. 그밖에도 한때 루스의 학교 친구이기도 했던, 필리핀에서 막 돌아온 젊은 장교이자 샌프란시스코 신탁회사 조셉 퍼킨스 사장의 개인 비서인 멜빌이라는 청년, 그리고 스탠퍼드 대학 출신이며 나일 클럽과 유니티 클럽 회원이고, 선거 기간에 보수당인 공화당의 대변

인을 역임했던 찰스 햅굿이라는, 35살의 아직 젊고 활달한 은행원 ─ 요컨대 각 방면에서 떠오르는 인재들 ─ 을 만났다. 여자들 중에는 초상화를 그리는 화가, 또 직업적 음악가, 그리고 사회학 박사 학위 소지자이며 샌프란시스코 빈민가의 주거 안정 사업으로 그 지역에서는 유명한 인물이 있었다. 하지만 모스 부인의 계획에서 여자들은 그다지 중요치 않았다. 여자들은 기껏해야 요긴한 액세서리였다. 번 듯한 일을 하는 남자들을 어떻게든 집으로 끌어들여야 했던 것이다.

"말할 때 흥분하지 마." 소개라는 고역스러운 절차가 시작되기 전에 루스는 마틴에게 일침을 놓았다.

처음에 마틴은 자신의 어색함을, 특히 예전처럼 가구와 장식물을 손상시킬지도 모를 제 어깨를 의식하여 약간 굳어 있었다. 또한 다른 손님들과 자신을 비교하며 자의식을 품게 되었다. 이렇게 대단한 사람들을 접해 본 적이 없거니와 이렇게 많이 접한 적은 더군다나 없었다. 그는 은행원인 햅굿에게 흥미가 끌려 기회가 닿는 대로 그를 연구해 보기로 했다. 마틴의 경이의 이면에는 콧대 높은 자아가 도사리고 있어, 그는 이들 남녀와 자신을 비교하고 또 그들이 자신은 모르는 책들과 삶에서 무엇을 배웠는지 알아내려는 충동을 느꼈다.

루스는 그가 어떻게 처신하는지 보려고 자주 눈길을 보냈는데, 그가 사촌들과 쉽게 친해지는 통에 놀라면서도 흐뭇했다. 그는 흥분하지 않았으며, 어깨에 대한 근심도 내려놓고 차분히 앉아 있었다. 루스는 사촌들이 영리하며 외견상 뛰어난 여자들임을 아는 터라, 그날 밤늦게 잠자리에 들면서 사촌들이 마틴을 칭찬하자 의아했다. 반면에 자신의 계급에서는 소문난 재사이자 무도회나 일요일 소풍의 재담꾼인 마틴으로서는, 이런 환경에서 양순한 무리를 웃기는 것은 식은 죽 먹기였다. 그 저녁의 성공이 그의 등 뒤에 서서 어깨를 두드리며 그가 잘 해내고 있다고 말하는 듯했다. 그래서 그는 웃고, 웃기며, 주눅 들지 않고 버틸 수 있었다.

시간이 흘러 루스의 우려가 기우가 아니었음이 드러났다. 마틴과 칼드웰 교수가 자리를 함께하며 눈길을 끌었던 것이다. 마틴은 더 이상 손을 흔들어 대지는 않았지만, 루스의 까다로운 눈에는, 그의 눈빛이 너무 번득였고, 말은 너무 빠르고도 열렬했으며, 너무 격해져 갔고, 뺨은 지나치게 붉어지고 있었다. 절제가 부족한 그는 대화의 상대방인 젊은 영문학 교수와 뚜렷이 대조되었다.

그러나 마틴은 자기가 어떻게 보이든 개의치 않았다! 상대방의 훈련된 지성을 재빨리 감지했고 그가 지식을 구사하는 능력을 높이 평가했다. 더군다나 칼드웰 교수는 마틴이 평균적인 영문학 교수들을 어떻게 생각하는지 모르는 상태였다. 마틴은 그가 자기의 전문 분야에 대한 이야기를 하기를 바랐다. 그 교수는 처음엔 꺼려 하는 듯했지만, 마틴은 결국 그런 얘기를 끌어내고야 말았다. 마틴의 생각으로는 사람은 자기 전문 분야를 이야기하지 말아야 할 이유가 없었다.

"터무니없고 불공평해." 몇 주 전 마틴은 루스에게 이런 말을 한 적 있었다. "여러 사람이 있는 곳에서 전문적인 이야기를 하지 말아야 한다는 불문율 말야. 자기가 가장 잘 아는 것에 대한 지식을 교환할 목적이 아니라면, 도대체 남자와 여자들은 왜 모이지? 그들이 가장 잘 아는 것은 그들이 흥미로워하는 것이고, 그들이 먹고사는 수단이고, 그들이 전문화된 분야이고, 그것 때문에 밤이고 낮이고 앉아 있는 데다 꿈까지 꾸는 일이잖아. 버틀러 씨가 예의범절에 맞추어 폴 베를렌이나 독일 희곡이나 단눈치오의 소설에 대해 논한다고 상상해 봐. 우린 지루해서 죽어버릴걸? 내가 버틀러 씨의 얘기를 굳이 들어야만 한다면 그가 법률에 대해서 얘기하는 게 차라리 나을 것 같아. 그게 그가 가장 잘 아는 것이니까. 인생은 너무 짧으니까 나는 내가 만나는 남자와 여자로부터 최상의 것만을 얻고 싶어.”

“하지만,” 루스는 반대했다. “사람들이 다 흥미로워할 일반적인 화제가 있잖아.”

“바로 그 점이 잘못 생각하는 거야.” 그는 더 나아갔다. “사회의 모든 사람들, 사회의 모든 파벌들, 아니, 거의 모든 사람과 파벌들은 자기들보다 잘난 사람과 파벌을 모방해. 그럼, 누가 제일 잘났을까? 게으름뱅이들, 돈 많은 게으름뱅이들이지. 그들은 세상에서 뭔가 일을 하고 있는 사람들이 아는 것을 알지 못해. 게으름뱅이들은 그들의 일에 대한 대화를 듣기가 지루하니까, 그런 건 전문적이라서 얘기하면 안 된다고 선포해. 마찬가지로 그들은 전문적이 아니라서 얘기해도 되는 것들이 뭔지도 선포하지. 최신 오페라, 최신 소설, 카드 게임, 당구, 칵테일, 자동차, 말타기 쇼, 송어 낚시, 참치 낚시, 큰 짐승 사냥, 요트 항해 따위… 들어 봐, 다 게으름뱅이들이 아는 것들이야. 사실 그런 화제에 대한 대화는 게으름뱅이들의 전문적인 이야기가 되지. 그런데 제일 웃긴 대목은, 그 많은 똑똑한 사람들과 똑똑해지려는 모든 사람들이 게으름뱅이들의 강요를 받아들인다는 거야. 나로서는 사람에게서 최상의 것을, 당신이 전문적 잡담이나 뭐라고 부르든, 원해.”

루스는 이해하지 못했다. 정해진 규범에 대한 그의 공격은 그녀에게는 지나치게 독단적으로 들렸다.

마틴은 진지한 열의로 칼드웰 교수를 물들여, 그가 제 생각을 털어놓도록 부추겼다. 루스는 잠시 그들 옆에 서서 마틴이 이렇게 말하는 소리를 들었다.

"당신이 캘리포니아 대학에서 그런 이단적인 주장을 내놓고 하시진 않겠죠?"

칼드웰 교수는 어깨를 으쓱했다. "정직한 납세자와 정치인들의 도시, 캘리포니아의 주도인 새크라멘토 시가 우리의 급여를 대 주니 우리는 새크라멘토 시와, 대학 평의회와 정당의 압력에, 또는 양 정당의 압력에 굴복해야만 하죠."

"네, 그거야 그렇겠죠. 그런데 당신은요?" 마틴은 다그쳤다. "당신은 물 밖으로 나간 물고기일 겁니다."

"대학 물에 나 같은 사람은 거의 없죠. 때로는 내가 물 밖에 나와 있다는 느낌이 확실히 든답니다. 나는 파리, 삼류 문인들의 거리, 은자의 동굴에 있어야 할 사람이에요. 아니면 서글프게 떠도는 보헤미안 패거리에 끼어, 샌프란시스코에서 '데이고 레드'라 부르는 붉은 포도주를 마시고 라탱 구역의 싸구려 식당에서 식사하며, 세상의 모든 일에 대해 급진적인 견해를 거침없이 쏟아 내야 해요. 정말로 나는 타고나기를 급진적이라는 생각이 자주 듭니다. 그런데 너무 많은 문제들에 대해 확신이 안 서요. 어느 문제에 있어서나, 인간이라는 그 중요한 문제에 있어서 요인을 전부 다 파악하는 데 장애가 되는 나 자신의 인간적인 나약함을 대면하면, 나는 자신감을 잃고 맙니다."

교수가 말하는 동안, 마틴의 입술은 어느덧 '무역풍의 노래'를 읊조리고 있었다.

나는 정오에 가장 강하다네,
그러나 달이 뜨면
범선의 돛을 한껏 부풀린다네.

그는 거의 콧노래를 하고 있었으며, 상대방이 바로 무역풍을, 끈기 있고 차분하면서도 강인한 북동 무역풍을 떠올리게 한다는 사실을 차차 깨닫게 되었다. 칼드웰은 침착하고 믿음직스러우면서도, 이해하지 못할 일면이 있었다. 북동풍이 최대로 불지 않고 결코 쓰지 않을 힘을 남겨 두듯이, 마틴은 그가 제 생각을 다 드러내지 않는다는 느낌을 받았다. 시각화하는 마틴의 재주가 어느 때보다 유용했다. 그의 두뇌는 사실의 기억과 공상이 매우 잘 정리돼 있는 창고라서, 찾는 내용이 순서대로 주르르 펼쳐졌다. 지금 당장 어떤 일이 일어나건 간에 마틴의 정신은 즉각 그 일과의 대조와 비유를 설정했고, 이는 대개 눈에 보이는 것 같은 장면들로 표현되었다. 순전히 자동적으로, 기억 속의 장면들이 그가 살아가는 현재로 어김없이 불려 나왔다. 질투에 사로잡힌 루스의 얼굴이 그에게 잊었던 달밤의 강풍을 떠올리게 했듯, 칼드웰 교수로 인해 자줏빛 바다에서 흰 파도 떼를 모는 북동 무역풍이 떠올랐다. 그렇게, 불쑥 튀어나온다기보다는 식별과 분류에 따라 기억의 새로운 장면들이 순간순간 그의 눈앞에 떠오르거나, 눈 속에 펼쳐지거나, 그의 의식이라는 화면에 투사되었다. 이들 장면은 과거의 행위나 감정으로부터, 어제와 지난주에 보고 겪은 사물, 사건, 책들로부터 나왔다. 그것은 그가 잠을 자건 깨건 그의 마음에 영원히 몰려드는 무수한 망령들로부터 나왔다.

그러므로, 칼드웰 교수의 유창한 언변 — 영리하고 박식한 인물의 말 — 에 귀를 기울이면서 마틴은 자신의 과거를 떠올리고 있었다. 그는 불량배였던 시절의 자신을, 빳빳한 테두리의 스텟슨 모자를 쓰고 각진 디자인의 더블 브레스트 코트를 걸친 채 어깨를 건들거리는 자신을 보았다. 경찰에 잡혀가지만 않을 만큼 막돼먹기로 작정했던 그 시절의 자신을, 그는 바꾸거나 위장하지 않았다. 인생의 한때 그는 흔한 불량배 중 하나였으며 경찰을 괴롭히고 노동계급의 정직한 집주인들을 겁에 질리게 하는 깡패들의 두목이었다. 하지만 그의 목표가 바뀌었다. 그는 주위의 잘 교육 받고 잘 차려입은 남녀들을 둘러보았고, 교양 있고 세련된 분위기를 폐 속으로 들이마셨다. 그 순간 테두리가 빳빳한 모자, 각진 디자인의 더블코트, 건들대고 거들먹거리는 어린 시절 자신의 환영이 뚜벅뚜벅 방을 가로질러 왔다. 구석까지 온 그 불량배 형상이 자기와 합쳐지더니, 앉아서 대학교수와 이야기하는 것을 그는 보았다.

따지고 보면, 그는 영구히 머물 곳을 찾은 적이 없었다. 어디에 가나 그는 거기에 맞추었고, 일과 노는 것을 잘 해내며 제 몫을 한 덕분에, 또한 제 권리를 지키고 지도자로서 존중받기 위해 싸울 용의와 능력이 있었기 때문에 언제 어디서나 인기인이었다. 그러나 그는 뿌리를 내린 적이 없었다. 그는 동료들을 만족시키기 위해 잘 적응

했던 것일 뿐, 스스로가 만족한 것은 아니었다. 늘 불안에 시달렸고, 저 너머의 부름을 들었으며, 평생 그것을 찾아 헤매다가 책과 예술과 사랑을 만나게 되었다. 그리고 여기에, 이런 자리에, 함께 모험을 겪었고 모스 가에 발을 들여놓을 수도 있었을 그 모든 동료들 중에서 그만이 혼자 들어와 있는 것이다.

그런 생각을 하고 환영을 본다고 해서 칼드웰 교수의 말을 경청하는 데 방해가 되지는 않았다. 성의 있게 비판적으로 그의 말을 듣다 보니, 그는 상대방의 지식에 미답의 영역이 있음을 알게 되었다. 마틴으로서는 대화를 통해 교수와의 격차와 제 빈틈, 자신에게는 완전히 생소한 주제들이 있음을 시시각각 깨달을 수 있었다. 그럼에도, 스펜서 덕분에, 그는 그 지식 영역의 윤곽을 그릴 수 있었다. 윤곽의 내부를 채우는 것은 단지 시간의 문제였다. 그러니 신중하게 접근하면 될 것이었다. 조심하라고! 그는 교수의 발치에 앉아 절하고 싶었다. 하지만 교수의 말을 경청하면서, 상대의 판단에 내재한 약점을 ─ 미묘하고도 산재한 것이라서 처음부터 듣고 있지 않았다면 놓쳤을 약점 ─ 을 간파해 내기 시작했다. 그리고 그 약점을 잡아내자 그는 단번에 교수와 동등한 경지로 뛰어올랐다.

루스가 두 번째로 그들에게 다가왔을 때, 마틴은 막 말문을 연 참이었다.

"당신이 어디서 판단을 그르쳤는지, 아니, 무엇이 당신의 판단을 흐리게 했는지 말씀드리죠." 그는 이렇게 시작했다. "당신에겐 생물학이 부족합니다. 당신의 사고 체계에는 생물학이 있을 자리가 없어요. 오, 나는 근본으로부터, 실험실과 시험관과 활성화된 무기물로부터 가장 광범위한 미학적이고 사회적인 일반개념까지 설명해 줄 수 있는, 진짜 생물학을 얘기하고 있는 겁니다."

루스는 소스라쳤다. 그녀는 칼드웰 교수의 강좌를 두 번 들었으며 그를 살아 있는 지식의 보고로 추앙해 왔다.

"무슨 말씀인지 모르겠군요." 교수는 미심쩍게 말했다.

마틴은 제 말뜻을 교수가 전혀 짐작하지 못한다고는 생각지 않았다.

"그럼 설명해 보겠습니다." 그는 말했다. "나는 이집트 역사에서 토지 문제에 대한 연구가 선행되지 않으면 이집트 예술을 이해할 수 없다는 취지의 글을 읽은 기억이 있습니다."

"참으로 맞는 말입니다." 교수는 끄덕였다.

"그리고 제 생각엔, 모든 문제 중에서도 토지 문제에 대한 지식이야말로 생명을 이루는 물질과 구성에 대한 선행 지식이 있어야 얻을 수 있는 것이죠." 마틴은 계속했다. "법과 제도, 종교와 관습을 만든 존재들의 본성만이 아니라, 그 존재들을 이루는 물질의 본성을 이해하지 않고 우리가 어떻게 법이니 제도니 종교니 관습이니 하는 것들을 이해할 수 있겠습니까? 문학은 이집트의 건축과 조각보다 덜 인간적인 것입니까? 우리에게 알려진 우주에서 진화의 법칙에 속하지 않는 것이 하나라도 있습니까? 오, 다양한 예술의 진화에 대해 글로 상세하게 정리되어 있는 줄 저도 알지만, 제겐 지나치게 기계적인 정리로 보입니다. 인간 자체가 빠져 있어요. 도구의 진화, 하프의 진화, 음악과 노래와 춤의 진화, 전부 다 아름답게 서술되어 있습니다. 하지만 인간 자체의 진화, 인간이 첫 번째 도구를 만들거나 첫 번째 노래를 웅얼대기 이전, 인간 내부의 기본적이고 본질적인 부분들의 발달은 어떻죠? 그게 당신이 고려하지 않는 것이고, 제가 생물학이라 부르는 것입니다. 가장 넓은 의미의 생물학이죠. 제가 조리 있게 말하지 못했다는 걸 압니다. 하지만 어렵사리 해낸 생각입니다. 당신이 하는 얘기를 듣다가 실마리가 떠올라, 전달할 만큼 잘 정리하지는 못했습니다. 당신은 모든 요인을 다 고려하는 것을 막는 인간적 나약함에 대해 얘기했죠. 그런데 이번에는… 적어도 제겐 그렇게 보이는데, 생물학적 요인을 빠뜨리고 있습니다. 그로부터 모든 예술의 바탕, 인간의 모든 행위와 업적의 씨실과 날실이 자아내지는 바로 그 소재를 말입니다."

마틴이 즉각 반박당하지 않아서 루스는 놀랐다. 그런 식으로 응대하다니, 교수가 마틴의 젊음을 감내하고 있다는 인상을 그녀는 받았다. 칼드웰 교수는 한동안 묵묵히 시계 줄만 만지작거렸다.

"전에 딱 한 번 같은 비판을 들은 적이 있습니다." 마침내 그는 말했다. "바로 그 위대한 분, 과학자이자 진화론자인 조셉 르 콘테에게서요. 그분은 돌아가셨고, 나는 내가 탄로 나지 않을 줄 알았죠. 그런데 당신이 나를 적발하는군요, 하지만 나는 진지하게… 이건 고백입니다. 당신의 주장이 일리가 있다고, 사실 상당히 그럴 법하다고 생각해요. 나는 너무 고전적이라서 해석학적인 과학 분야의 최신 동향을 따라가지 못해요. 내가 받은 교육의 단점과 그런 일을 가로막는 나 자신의 기질적 나태함 탓으로 돌릴 뿐이죠. 물리학이나 화학 실험실에 내가 들어가 본 적이 없다는 게 믿어지시나요? 그런데 그건 사실이에요. 르 콘테는 옳았고, 당신도 옳습니다, 에덴 씨, 적어도 어느 정도는요. 얼마만큼 옳은지는 모르겠지만."

루스는 구실을 만들어 마틴을 끌어냈다. 그를 한쪽으로 데리고 가서 그녀는 속삭였다.

"칼드웰 교수를 그렇게 독점하지 말았어야 해. 그와 얘기하고 싶은 사람이 많을 거야."

"내 잘못이야." 마틴은 뉘우쳤다. "하지만 내가 열의를 돋우자 그가 너무나 흥미로운 얘기를 해서, 나는 그 생각을 하지 못했어. 그는 내가 대화를 해본 중에 가장 똑똑하고 지적인 사람이야. 또 할 말이 있어. 한때 나는 대학에 가든지 사회의 고위직이 있는 사람들은 다 그처럼 명석하고 유식하리라고 생각했어."

"그는 예외적인 사람이지." 그녀는 답했다.

"전적으로 동감해. 이제 누구랑 얘기하는 게 좋을까? 아, 저 은행원 친구를 소개해 줘."

마틴은 그와 15분 동안 대화하면서 루스가 연인에게 더 이상 바랄 수 없을 만큼 훌륭하게 처신했다. 한 번도 눈을 번쩍이지 않았고 뺨을 붉히지도 않았으며, 평온하고 침착한 태도로 루스를 놀라게 했다. 그러나 은행원 일반에 대한 마틴의 평가는 몇 백 퍼센트 절하되었으며, 그는 남은 저녁 내내 은행원은 곧 진부한 말을 하는 사람이라고 생각하며 고역스러워했다. 장교는 착하고 단순한 성품이었고, 태생적으로 운 좋게 차지한 위치에 만족하는 건강하고 건전한 친구였다. 그가 대학에서 2년 동안 수학했다니, 그때 배운 것을 어디에 처박아 두었는지 어이가 없을 지경이었다. 그럼에도 마틴은 진부한 소리를 하는 은행원보다는 그 장교가 좋았다.

"진부한 이야기를 하지 말아야 한다는 건 아냐." 나중에 그는 루스에게 말했다. "내가 거슬리는 건 그런 얘기를 하는 사람들의 의기양양한 자부심, 자기가 우월하다는 확신과 그런 얘기에 낭비되는 시간이야. 아니, 그 은행원이 노동당과 민주당이 통합했다는 얘기를 하느라고 들이는 시간이면 나는 종교 개혁의 전 역사를 개괄해 줄 수 있어. 그는 자기 말을 전문적인 노름꾼이 제게 돌아온 패를 우려먹듯이 우려먹지. 언젠가 당신도 내 말이 옳다는 걸 알게 될 거야."

"당신이 그를 좋아하지 않는다니 유감이네." 그녀는 대꾸했다. "그는 버틀러 씨의 총애를 받고 있어. 버틀러 씨는 그가 믿어도 될 만한 정직한 사람이라고 했어. 그를 반석, 베드로라고 부르면서, 그의 위에 어떤 금융기관이라도 다 세워질 수 있다고 말했지."

"그 점은 나도 의심치 않아. 그를 오래 본 것도 아니고 말을 많이 나눠 본 것도 아니지만 말야. 하지만 이제 나는 예전처럼 은행을 중요하게 생각하지는 않아. 내가 이렇게 솔직하게 얘기해도, 괜찮아?"

"괜찮아, 정말 흥미로운 얘기야."

"그렇지?" 마틴은 속을 털어놓았다. "나는 문명 세계를 처음 보고 이런저런 인상을 받는 야만인일 뿐이야. 그 야만인이 어떤 인상을 받았는지, 문명인들에게는 틀림없이 참신하게 들릴 거야."

"내 사촌들은 어땠어?" 루스는 캐물었다.

"나는 다른 여자들보다 그 두 사람이 더 마음에 들어. 별로 잘난 체하지 않는 데다 재미있는 사람들이야."

"그렇다면 다른 여자들도 마음에 들긴 했나 봐?"

그는 고개를 저었다.

"그 주거 복지 사업을 하는 여자는 사회학의 앵무새에 불과해. 맹세컨대 그 여자의 생각을 가려내면, 스타들에게 주워들은 생각 말고 자신의 독창적인 생각은 하나도 남지 않을 거야. 초상화 화가는 정말 따분한 여자야. 그 은행원의 아내가 되면 딱 맞겠어. 그리고 그 음악가라는 여자! 나는 그 여자의 손가락이 얼마나 재빠른지, 기술이 얼마나 완벽한지, 표현력이 얼마나 뛰어난지는 관심 없어. 중요한 사실은, 그 여자가 음악에 대해서는 아무것도 모른다는 거야."

"그녀의 연주는 아름다워." 루스는 항변했다.

"그렇겠지, 음악의 외양에 있어서는 의심할 여지 없이 잘 훈련되어 있을 거야. 그러나 음악의 본질적인 정신에 대해서는 그녀는 아무 생각이 없어. 내가 그녀에게 음악이 그녀 자신한테 어떤 의미인지 물어봤어, 당신도 알다시피 나는 항상 바로 그 점을 궁금해해. 그런데 그녀는 음악이 자기에게 의미하는 바를 알지 못했어. 그저 자기는 음악을 사랑하고, 음악은 예술 중에서 으뜸이며, 음악이 제 생명보다 소중하다는 말만 하는 거야."

"당신이 그들에게 전문적인 이야기를 하게 했군." 루스는 그를 탓했다.

"그래, 인정해. 그들이 전문적인 이야기도 제대로 못 하는데, 만약에 다른 주제에 관해 떠들었다면 내가 얼마나 괴로웠겠어? 예전에 나는 문화의 모든 혜택이 향유되는 여기 상류층에서는…." 그는 잠깐 말을 멈추고, 빳빳한 테두리의 모자에 각진 옷을 걸친 자신의 청소년 시절 환영이 문으로 들어와서 어깨를 건들거리며 방을 가로질러 가는 것을 보았다. "방금 말한 대로, 여기 상류층의 남자와 여자들은 다 훌륭하고 눈부시리라고 나는 생각했어. 그런데 지금, 그런 사람들을 얼마 만나지는 않았지만, 그들 대부분이 한 무리의 멍청이들로 보이고, 그 나머지 사람 중 90퍼센트는 지루하게 느껴져. 하지만 칼드웰 교수가 있지. 그는 달라. 그는 남자다워. 온몸의 구석구석, 회백질의 원자 하나하나 다 남자다워."

루스의 얼굴이 밝아졌다.

"그에 관해 말해 줘." 그녀는 다그쳤다. "대범하고 훌륭하다는 것 말고, 그가 그렇다는 건 나도 알고 있어. 당신이 느끼기에 부정적인 면이 있으면 뭐든지 말해 줘, 난 정말 알고 싶어."

"내가 곤경에 빠질 것 같은데?" 마틴은 잠시 익살스러운 언쟁을 벌였다. "자기가 먼저 말해 봐, 아니면 당신은 그에게서 최고라는 것 말고 다른 건 보지 못했나 봐."

"나는 그에게 두 강좌를 들었고, 그를 안 지도 2년이 됐어! 그래서 당신이 받은 첫인상을 알고 싶은 거야."

"나쁜 인상 말이지? 좋아, 말할 게. 그는 당신이 생각하는 대로 정말 훌륭한 사람이야. 적어도 내가 만나본 지식인 중에서는 가장 훌륭한 전범이야. 하지만 그는 은밀하게 수치심을 품고 사는 사람이지. 오, 아니, 그런 뜻이 아니고!" 그는 급히 덧붙였다. "하찮고 천박한 것과는 관계가 없어. 내 말은, 그가 사물의 밑바탕까지 내려갔으나 자기가 본 것이 너무나 두려워서, 아무것도 보지 않은 척하는 사람으로 여겨진다는 거야. 아마도 명쾌한 표현은 아니겠지. 다른 식으로 얘기해 볼게. 숨겨진 사원으로 가는 오솔길을 찾았으나 가지 않은 사람, 사원을 힐끗 봤지만 그 후에 나뭇잎을 헛본 것이라고 자신을 애써 설득시키려는 사람. 또 다른 식으로 말한다면, 어떤 일을 할 수 있었지만 그 일을 하는 데 가치를 두지 않았던 사람, 그런데 항상 마음속 깊은 곳에서는 그 일을 하지 않은 것을 후회하는 사람. 그 일에 대한 보상을 속으로 비웃으면서도 더 깊은 속으로는 그 보상과 그 일을 하는 즐거움을 갈구해 온 사람."

"나는 그를 그렇게 보지 않아." 그녀는 말했다. "그 문제에 있어서는 당신이 무슨 말을 하는지 난 도무지 모르겠어."

"막연한 느낌일 뿐이야." 마틴은 우물쭈물 넘겼다. "근거는 없어. 느낌일 뿐이니 틀릴 공산이 크지. 당신이 확실히 나보다 그를 더 잘 알겠지."

그 저녁 루스의 집에서 마틴은 기이한 혼란과 모순된 감정을 갖고 돌아왔다. 그는 목표로 삼았던, 아득바득 기어올라 함께 하고자 했던 사람들에게 실망했다. 한편으로는 자신의 성공에 고무되기도 했다. 그 세계로 올라가기는 생각보다는 쉬웠다. 그는 그리로 올라가는 것보다 우월한 일을 해냈으며, (그는 가식적인 겸손함으로 그 사실을 자신에게 숨기려 하지 않았다.) 그가 올라가서 끼게 된 사람들보다 그 자신이 우월하다고 — 물론 칼드웰 교수는 제외하고 — 느꼈다. 인생과 책에 관해 마틴은 그들보다 더 많이 알았고, 그들이 자신들이 받은 교육을 어느 구석과 틈새에 처박아 두었는지 궁금했다. 그는 자신이 비범한 두뇌 능력의 소유자임을 알지 못했다. 심연을 탐구하고 궁극의 사고를 해낼 수 있는 사람을 모스 가의 응접실에서는 찾을 수 없다는 것도 알지 못했다. 또한 그런 사람은 지상과 떼 지어 모여 사는 생물들 저 위의, 푸른 하늘에서 홀로 나는 독수리처럼 외롭다는 것을 꿈에도 몰랐다.

28장

성공의 사자가 마틴의 주소를 잃어버렸는지, 더 이상 그의 집 현관문을 두드리지 않았다. 25일 동안 일요일이나 휴일도 빼놓지 않고, 그는 3만 단어의 긴 에세이 『태양의 수치』를 힘들여 써냈다. 그것은 마테를링크(『파랑새』의 작가, 노벨문학상 수상자 ─ 옮긴이) 류의 신비주의에 대한 주도면밀한 공격 ─ 불가사의를 꿈꾸는 자들을 실증과학의 요새로부터 포격하기는 하지만, 그럼에도 확인된 사실과 양립할 수 있는 아름다움과 경이는 대체로 살려두는 공격 ─ 이었다. 얼마 지나지 않아 그는 두 편의 짧은 에세이 『불가사의를 꿈꾸는 자들』, 『자아의 척도』로 그 공격을 뒷받침했다. 그리고 그 길거나 짧은 에세이들이 잡지사에서 잡지사로 여행하는 비용을 대기 시작했다.

그는 『태양의 수치』를 쓰는 동안 6달러 50센트 어치의 잡문들을 팔았다. 재담 한 편이 50센트에 팔렸고, 수준 높은 만화 주간지에 팔린 두 번째 재담은 1달러를 벌게 해 주었다. 그리고 익살스런 시 두 편이 각각 2달러와 3달러에 팔렸다. 결과적으로, 상인들에게 외상을 지을 수 있는 만큼 다 지었기 때문에 (식료품의 외상 한도를 5달러로 늘렸음에도), 그의 자전거와 정장은 전당포로 돌아갔다. 타자기 대여업자는 다시 돈을 달라고 아우성치면서, 계약에 따르면 대여료는 엄격히 선불로 지급되어야 함을 끈질기게 지적했다.

소소하게 잡문이 팔린 데 고취되어, 마틴은 잡문 쓰기로 돌아갔다. 결국 거기에 먹고살 길이 있는 모양이었다. 탁자 밑에는 신문기사 보급자연맹으로부터 거절당한 단편소설 20편이 쌓여 있었다. 그는 신문에 실리려면 그렇게 쓰지 말아야 한다는 것을 알기 위해 그 단편들을 죽 읽어 보았고, 완벽한 공식을 도출해 냈다. 신문용 단편소설은 절대 비극적이어서는 안 되고, 결말이 불행해서도 안 되며, 아름다운 언어나 미묘한 생각이나 정말로 섬세한 감정이 담겨서는 안 되었다. 감정이 담기기는 해야 하지만, 그것도 많이 담겨야 하지만, 어릴 적 그가 극장의 싸구려 좌석에서 손뼉 치게 했던 순수하고 고상한 종류의 감정 — '나의 조국과 차르(슬라브계 군주 칭호 - 옮긴이)를 위해'와 '나는 가난할지라도 정직하다'라는 식의 상표가 찍힌 것들이어야 했다.

이런 예비지식을 갖춘 후에, 그는 어조를 배우기 위해 『공작부인』을 검토했으며 나아가 공식에 따라 줄거리를 배합했다. 공식에는 세 부분이 있었다. (1) 한 쌍의 연인이 삐걱대다 헤어진다. (2) 그들은 어떤 행위나 사건으로 재결합한다. (3) 결혼식 종이 울린다. 세 번째 부분은 불변으로 고정되어 있지만, 첫 번째와 두 번째 부분은 무한히 변조될 수 있었다. 한 쌍의 연인이 삐걱대다 헤어지게 되는 동기는 오해일 수도, 운명적인 사건일 수도, 질투에 사로잡힌 경쟁자일 수도, 성난 부모일 수도, 교활한 보호자일 수도, 음모를 꾸미는 친척일 수도, 그밖에 이런저런 것일 수 있었다. 그들이 재결합하는 동기 또한 남자 쪽의 용감한 행위일 수도, 여자 쪽의 비슷한 행위일 수도, 한쪽이나 다른 쪽의 심경의 변화일 수도, 교활한 보호자나 음모를 꾸미는 친척이나 질투에 사로잡힌 경쟁자가 어쩔 수 없이 털어놓는 고백일 수도, 그들이 자청해서 털어놓는 자백일 수도, 뜻밖의 비밀의 발견일 수도, 여자의 가슴을 뒤흔드는 남자의 애정 세례일 수도, 남자의 오랜 세월에 걸친 고귀한 자기희생일 수도 있었다. 그렇게 무한히 나열될 수 있었다. 재결합하는 과정에서 여자가 청혼하게 하면 매우 인기를 끌 것이다. 마틴은 그밖에도 단연코 짜릿하고 혹하게 할 만한 기법을 조금씩 깨우쳐 나갔다. 그러나 마지막의 결혼식 종소리만은 그가 손조차 댈 수 없었다. 하늘이 두루마리처럼 말리고 별들이 떨어진다 할지라도, 결혼식의 종은 끄떡없이 울려야만 했다. 공식에 따르면 분량은 최소 천 2백 단어, 최대 천 5백 단어였다.

가벼운 단편소설을 본격적으로 쓰기 전에, 마틴은 예닐곱 개의 표를 만들어 두고 줄거리를 짜는 데 참조했다. 이들 표는 수학자들이 사용하는 교묘한 숫자판과 같아서 상하좌우 어느 쪽에서든 시작할 수 있고, 시작하는 데마다 가로 행과 세로 행이 수십 줄씩 있어, 아무것도 따지지도 생각하지도 않고 각기 빈틈 없이 그럴싸한 결론을 수천 개나 도출할 수 있었다. 따라서 이 표들을 반 시간만 쓰면 마틴은 열 두어 개의 줄거리를 짜낼 수 있었으며, 제쳐두었다가 편할 때 내용을 채워 나가면 되었다. 하루 종일 진지한 글을 쓰고 나서 잠자리에 들기 전, 한 시간 만에 하나의 줄거리를 채울 수 있었다. 나중에 그가 루스에게 실토한 대로, 그는 자면서도 그 일을 할 수 있었다. 진짜 일거리는 틀을 짜는 것인데 그건 기계적으로 이루어졌다.

그는 제 공식의 효과를 믿어 의심치 않았으며, 이번에는 편집자들의 심중을 꿰뚫었으니 처음으로 보낸 두 편이 수표를 가져다주리라고 혼잣말했다. 과연 12일 후에 그 두 편은 각기 4달러짜리 수표를 받게 해 주었다.

그러는 가운데 그는 잡지사들에 대해 미처 몰랐던 걱정스러운 사실을 알게 되었다. 「트랜스콘티넨탈」이 『종소리』를 싣고도 수표를 보내지 않았던 것이다. 마틴은 그 돈이 필요해서 편지를 썼다. 하지만 얼버무리는 답변과 그의 작품을 더 보내 달라는 요구를 받았을 뿐이었다. 그 답장을 기다리며 이틀이나 굶다가 자전거를 다시 전당포에 맡겼을 때였다. 그는 「트랜스콘티넨탈」에게 자기가 받아야 할 5달러를 달라고 일주일에 두 번씩 정기적으로 편지를 보냈지만, 답장조차 제대로 오지 않았다. 「트랜스콘티넨탈」이 몇 년째 위태롭게 비틀거리고 있으며, 비루한 애걸복걸과 애국심의 호소로 잡지를 강매하고 자선 기부나 다름없는 광고를 실어 유지하는, 삼류도 못 되는 형편없는 잡지임을 그는 알지 못했다. 또한 「트랜스콘티넨탈」이 편집자와 영업부장의 유일한 생계 수단이며, 그들이 잡지사의 임대료를 회피하고 청구서도 피할 수만 있다면 일절 결제하지 않아야 생계비를 짜낼 수 있다는 것도 몰랐다. 그에게 지불되어야 할 바로 그 5달러가 앨러미다에 있는 영업부장의 집에 페인트칠을 하는 데 이미 사용되었으며, 노동조합 조합원에게 법정 임금을 지불할 여력이 없어 그가 대신 고용한 비조합원이 사다리에서 떨어져 목뼈가 부러진 채로 병원에 실려 가는 바람에, 영업부장이 직접 며칠이나 오후의 근무시간에 칠을 했다는 것도, 마틴은 알 수 없었다.

시카고의 신문사에 판 『보물 사냥꾼』의 원고료 10달러도 손에 들어오지 않았다. 그가 중앙 열람실의 신문철에서 확인한 바로는 그 글이 그 신문에 실렸건만, 편집자로부터 어떤 연락도 없었다. 그가 보낸 편지들에 대해서도 전혀 반응이 없었다. 그들이 편지를 확실히 받게끔 하기 위해 그는 몇 통을 등기로 부치기까지 했다. 그들의 행동이 강도질이나 다름없다고 그는 결론지었다. 피도 눈물도 없는 도적질이었다. 그는 굶고 있는데, 팔아서 빵을 살 유일한 팔 거리를, 제 상품을, 제가 만든 제품을 약탈당한 것이다.

주간지인 「청년과 시대」는 2만 천 단어에 달하는 그의 연작을 3분의 2까지 연재하다 문을 닫아 버렸다. 원고료 16달러를 받으리라는 희망도 함께 날아가 버렸다.

엎친 데 덮친 격으로, 그가 자신이 쓴 최고의 작품들 중 하나로 여기는 『단지』가 아무런 소득도 올려 주지 못했다. 절망에 빠져 잡지사들을 미친 듯이 찾아보다가, 그는 샌프란시스코의 사교 주간지 「격랑」에 그 작품을 보냈다. 샌프란시스코는 오클랜드에서 만 하나만 건너가면 되므로 작품 수락 여부를 빨리 알 수 있다는 것이 주된 이유였다. 2주 후, 신문 가판대의 최신호에서 자신의 단편소설의 전문이 좋은 지면에 삽화를 곁들여 인쇄되어 있는 걸 보고, 그는 기쁘기 그지없었다. 자신이 이룬 최고의 성과에 그들이 얼마나 지불할지 궁금해하면서, 그는 두근거리는 가슴으로 귀가했다. 수락과 출판이 신속히 진행되었다는 것 또한 기분이 좋았다. 편집자가 원고를 수락한다고 알리지도 않았다는 사실이 경이의 정점을 찍었다. 그러나 한 주, 두 주, 또 반 주를 기다리자 절망이 수줍음을 이겨, 그는 「격랑」의 편집자에게 아마도 영업상의 착오로 자신의 얼마 안 되는 원고료

지급이 누락되었음을 넌지시 알리는 편지를 썼다.

그 원고료가 5달러밖에 안 될지라도, 그 돈이면 콩과 완두 수프를 양껏 사 먹고 힘을 내어 그와 같은, 그처럼 좋은 작품을 예닐곱 편 더 써낼 수 있을 것이라고 생각했다.

편집자의 침착한 답장이 왔고, 그 글을 보고 마틴은 기가 막힌 나머지 그에 대한 존경심이 우러나올 지경이었다.

'우리는 당신이 우수한 작품을 기고해 주신 데 대해 감사드립니다.' 편지는 이어졌다. '우리는 모두 그 작품을 몹시 즐겁게 감상했으며, 아시다시피, 우리 잡지의 영예로운 자리에 즉각 실었습니다. 삽화가 당신의 마음에 들었기를 우리는 진심으로 바랍니다. 당신의 편지를 재차 읽어 보니, 당신은 우리가 청탁하지 않은 원고에 대해서 원고료를 지불하리라고 오해하고 있으신 듯합니다. 우리의 관례는 그렇지가 않으며, 당신의 원고를 청탁한 바는 물론 없습니다. 당신의 원고를 받았을 때 우리는 당신이 상황을 알고 있으리라고 자연스럽게 상정했습니다. 우리는 이런 불행한 오해를 정말 유감스럽게 생각할 따름이며, 당신께 우리의 끝없는 존경을 보내는 바입니다. 당신의 친절한 기고에 다시 한번 감사드리며, 가까운 장래에 당신의 다른 작품들을 받기를 희망하면서, 우리는 여전히…'

「격랑」은 무료 배부를 하지 않지만 향후 1년간 그에게 기꺼이 무료로 잡지를 보내 주겠다는 요지의 추신도 덧붙어 있었다.

그런 경험을 한 뒤로 마틴은 모든 원고의 첫 장 꼭대기에 타자로 쳐 넣었다. '귀 잡지의 통상적 원고료로 기고함.'

그는 자위했다, 언젠가, 원고는 나의 통상적인 원고료로 기고될 것이다.

그 기간에 그는 완벽해지려는 열정에 휘말려 『밀치락달치락하는 거리』, 『생명의 술』, 『환희』, 『바다 서정시』와 다른 초기작들을 다시 쓰고 다듬었다. 하루 19시간의 작업 시간도 그에게는 모자랄 지경이었다. 그는 금연의 고통마저 잊고 엄청 써 댔고, 엄청 읽어 댔다. 루스가 약속대로 보낸 화려한 상표의 금연 보조제는 가장 손이 닿지 않는 옷장 구석에 넣어 두었다. 오래 굶으면 담배 생각이 간절했다. 아무리 억눌러도 담배에 대한 욕구는 언제나 강하게 남아 있었다. 그는 금연을 자신이 해낸 가장 큰 일로 여겼다. 루스의 시각으로는 그가 당연히 할 일을 한 것뿐이었다. 그녀는 제 용돈으로 산 흡연 방지제를 갖다주고는, 며칠 후 마틴의 담배 문제는 깡그리 잊어버렸다.

기계적으로 찍어 낸 가벼운 소설들은, 비록 그 자신은 미워하고 비웃었지만 잘 팔려 나갔다. 그 덕분에 그는 빚을 상환하고 청구서를 결제했으며, 자전거 타이어를 새로 사기도 했다. 그 가벼운 소설들은 적어도 솥이 비지 않게 해 주고 야심적인 작품을 쓸 시간을 벌어 주었다. 그를 북돋워 준 유일한 경험은 「하얀 쥐」에서 40달러를 받았다는 것이었다. 그 경험으로 그는 믿음을 갖게 되었으며, 정말로 일급의 잡지들은 무명작가에게도 더 높은 원고료는 아닐망정 최소한 동등한 원고료는 지불하리라는 것을 의심치 않았다. 그런데 어떻게 일급 잡지로 진입하느냐가 관건이었다. 그의 가장 좋은 단편소설, 에세이, 시들이 그 잡지들에게 구걸을 하며 다니고 있건만, 매달 그는 그 다양한 표지들 안에서 따분하고 평범하며 예술성 없는 것들만 잔뜩 읽게 되는 것이었다. 그는 가끔 생각했다. 단 한 명의 편집자라도, 그 오만의 높은 자리에서 내려와 내게 격려의 한 줄이라도 써 준다면! 내 작품이 아무리 유별나고, 신중히 따져 보아 그들의 잡지에 아무리 맞지 않을지라도, 그 안에는, 내 작품 속 어딘가에는 깜빡이는 불꽃이, 그들에게 감상의 의욕을 당길 불꽃이 있을 것이다. 그런 생각 끝에 그는 제 원고들에서 『모험』과 같은 작품을 꺼내 편집자들의 침묵이 정당한지 읽고 또 읽어 보았으나, 정당한 것 같지 않았다.

감미로운 캘리포니아의 봄이 왔을 때 그의 여유로운 생활은 끝났다. 몇 주간 신문기사 배급자연맹이 이상하게 아무런 연락이 없어 걱정스럽더니, 어느 날 기계적으로 만들어 냈던 깔끔한 소설 10편이 우편으로 돌아왔다. 연맹에 원고 재고가 너무 많아 몇 달 후에나 원고를 다시 받을 수 있으리라는 요지의 짤막한 편지가 동봉되어 있었다. 마틴은 그 10편의 원고료를 믿고 돈을 헤프게 써 온 터였다. 최근까지 연맹은 편당 5달러의 가격으로 그가 원고를 보내는 족족 수락해 왔다. 그래서 그는 그 10편이 팔렸다고 생각하고 은행에 50달러를 맡겨 둔 양 생활하다, 졸지에 궁핍해지고 말았다. 계속해서 초기작들을 팔려 했으나 상대는 돈을 내려 하지 않았고, 최근작들을 잡지사에 보냈으나 사려 하지 않았다. 다시금 그는 오클랜드의 전당포에 가게 되었다. 뉴욕의 주간지에 몇 편의 재담과 익살스런 시가 팔려 간신히 연명했다. 몇몇 유수한 월간지와 계간지에 문의 편지를 쓴 건 이즈음이었다. 그들은 청탁하지 않은 원고는 거의 고려하지 않으며, 잡지는 대개 다양한 분야에서 권위를 가진 유명한 전문가들에게 청탁하여 받은 글들로 채워진다는 것을, 그는 답장을 통해 알게 되었다.

29장

　마틴에겐 힘겨운 여름이었다. 투고된 작품을 읽어 보는 독자와 편집자들이 휴가를 갔고, 평소에는 3주 만에 수락 여부를 결정하던 출판사들이 이제 그의 원고를 석 달 이상 묵혀 두었다. 이런 교착 상태에서 그가 얻어 낼 수 있는 위안은 우푯값이 절약된다는 것이었다. 해적 출판사들만이 왕성하게 돌아가, 마틴은 『진주조개잡이』, 『선원의 바다』, 『거북이잡이』, 『북동 무역풍』 같은 초기작 전부를 그들에게 처분했다. 그런데 한 푼도 받지 못했다. 사실은, 6개월간 편지를 보낸 끝에 합의를 맺어 『거북이잡이』의 원고료 대신 안전면도기를 하나 받았고, 『북동 무역풍』의 원고료로 현금 5달러와 5년간의 무료구독을 제공받기로 했던 「아크로폴리스」와의 합의 중에서 후자만이 실행되었다.

　시카고에서 매튜 아놀드(영국 빅토리아 시대의 시인 – 옮긴이) 취향의 잡지를 발행하는 구두쇠 편집자에게 마틴은 『보물섬』의 작가 로버트 스티븐슨에 관한 소네트를 팔아 2달러를 쥐어짜 냈다. 그의 뇌에서 방금 꺼내 따끈따끈한, 2백 줄가량의 재치 있는 풍자시 『미녀와 진주』는 샌프란시스코에서 발간되는 철도회사 홍보지 편집자의 호감을 얻었다. 편집자가 원고료를 기차표로 치르겠다는 편지를 보내 왔고, 마틴은 그 기차표를 남에게 양도할 수 있는지 묻는 편지를 보냈다. 그렇지 않았으므로, 즉 기차표를 남에게 팔아 돈을 받을 수 없었으므로, 그는 시를 돌려달라고 요구했다. 그 편집자의 유감 표명과 함께 돌아온 시를 마틴은 다시 샌프란시스코로 보냈다. 이번에는 설립자인 유명한 언론인 덕분에 일급 잡지의 반열에 오른 위풍당당한 월간지 「말벌」이었다. 하지만 「말벌」은 마틴이 태어나기 전부터 빛바래고 있었다. 편집자는 마틴에게 15달러의 원고료를 약속해 놓고, 시가 잡지에 실리고 나자 잊어버린 듯했다. 몇 통의 편지에도 반응이 없어 마틴이 분노의 항의 서한을 보냈더니 겨우 답장이 왔다. 새 편집자가 보낸 것으로, 자기는 전임자의 잘못을 책임질 의향이 없으며 『미녀와 진주』를 대단하게 여기지도 않는다는, 싸늘한 통고였다.

그러나 마틴을 가장 가혹하게 다룬 잡지는 시카고에서 발행되는 「지구」였다. 그는 『바다 서정시』만큼은 내다 팔지 않으려 했으나 굶어 죽을 지경이 되어 어쩔 수가 없었다. 열 개도 넘는 잡지사에서 퇴짜 맞은 후 그 작품은 「지구」의 사무실에 안착하게 되었다. 그 연작시는 30편으로 이루어져 있어서, 그는 편당 1달러를 받기로 했다. 첫 달에 4편이 잡지에 수록되었고 그는 4달러짜리 수표를 즉각 받았다. 그런데 잡지를 들춰 보자 소름이 끼쳤다. 시가 도륙된 것이었다. 어떤 제목은 바뀌어 있었다. 예컨대 '결말'이 '끝'으로, '대보초(大堡礁)의 노래'가 '산호초의 노래'로, 완전히 다른, 엉뚱한 제목으로 대체된 것도 있었다. 그가 붙인 '메두사의 빛'이라는 제목이 있어야 할 자리에 편집자는 '뒤돌아 가는 길'을 인쇄해 놓았다. 더욱이나 끔찍한 것은 시 본문에 대한 칼질이었다. 마틴은 식은땀을 흘리며 신음하면서 제 머리카락에 손을 쑤셔 넣었다. 시구, 시행, 시연이 잘려 나가고, 뒤바뀌고, 도저히 이해할 수 없게끔 뒤섞여 있었다. 어떤 데는 그가 쓰지 않은 시행과 시연이 그가 쓴 것을 대신하고 있었다. 제정신이 박힌 편집자가 이런 만행을 저질렀다고는 믿을 수가 없었다. 가장 너그러운 추측은, 그 사무실의 사환이나 속기사가 그의 시를 뜯어고쳤다는 것이었다. 마틴은 즉시 편집자에게 시 연재를 중단하고 원고를 돌려달라고 애원하는 편지를 썼다.

그는 편지를 다시 쓰고, 또 쓰고, 애걸하고, 간청하고, 협박했으나, 아무런 반응이 없었다. 달이면 달마다, 30편이 그 잡지에 다 실릴 때까지 도살은 계속되었으며, 달이면 달마다 그는 그달에 실린 시편만큼의 수표를 받았다.

이런 갖은 천대에도 불구하고, 「하얀 쥐」에서 받은 40달러짜리 수표의 기억이 그를 지탱시켜 주었다. 비록 잡문을 점점 더 많이 써내야 했지만 말이다. 농업 주간지와 업계 잡지들과의 거래는 입에 풀칠할 만했고, 종교 주간지들과의 거래는 굶어 죽기에 딱 좋았다. 검은색 정장을 전당포에 맡길 만큼 가장 저조한 시기에, 그는 공화당 군 위원회가 주최한 공모전에서 대성공 ─ 그에게는 그렇게 여겨졌다 ─ 을 거두었다. 세 가지의 경쟁 분야가 있었는데, 그는 고비를 넘기기 위해 그런 짓까지 해야 한다는 데 쓴웃음을 머금고 전부 응모했다. 그의 시는 10달러 상금의 1등 상에, 선거운동가 가사는 5달러 상금의 2등 상에, 공화당의 신념에 관한 에세이는 25달러 상금의 1등 상에 당선되었다. 상금을 취합하려 할 때까지는 대만족이었다. 그러나 부유한 은행가들과 주 상원의원들로 구성된 군 위원회에 무슨 문제인가 있어, 돈이 곧바로 나오지 않았다. 그 상금 지급이 지연되는 동안 그는 유사한 공모전에서 1등 상을 받음으로써, 민주당의 신념도 숙지하고 있음을 증명했다. 25달러의 상금도 받았다. 그러나 공화당의 공모전에서 따낸 40달러는 끝내 받지 못했다.

　루스를 만나기 위해 전당포에서 정장을 찾아오곤 하다가, 북 오클랜드에서 그녀의 집까지 걸어서 왕복하는 데 시간이 너무 소요된다고 판단하여, 정장 대신 자전거를 찾았다. 자전거를 타면 운동을 할 수 있었고, 똑같은 시간 루스를 만나더라도 일할 시간을 늘릴 수 있었다. 무릎까지 오는 면바지에 낡은 스웨터면 자전거를 타는 복장으로 적절했으므로, 그는 루스와 함께 오후의 하이킹을 나갈 수 있었다. 모스 부인이 청년 접대 운동을 철저히 추진하고 있어서, 그녀의 집에서는 그녀와 제대로 얘기할 기회가 더 이상 없기도 했다. 거기서 만나게 되는 귀하신 분들, 얼마 전까지 그가 우러러보았던 분들이 이제는 따분했다. 그들은 더 이상 고귀하지 않았다. 그는 형편이 어렵고 낙담 한데다 머리는 일로 꽉 차 있건만, 그들이 하는 얘기를 듣고 있자면 미칠 것 같았다. 그가 지나치게 독선적인 것은 아니었다. 그들의 빈약한 정신을 평가하는 기준은 그가 책에서 읽은 사상가들의 정신이었다. 루스의 집에서는 칼드웰 교수 말고는 정신의 지평이 넓은 인물을 만날 수 없었으며, 그 교수도 단 한 번 봤을 뿐이었다. 나머지는 다 돌대가리, 멍청이, 겉만 그럴듯하고 교조적이며 무지한 자들이었다. 그들의 무지함은 경악할 정도였다. 뭐가 잘못됐을까? 그들은 기껏 받은 교육을 어찌한 걸까? 그가 읽은 책을 그들도 접한 적이 있었다. 어떻게 그 책들로부터 아무것도 배우지 않을 수가 있었을까?

　그는 위대한 지성, 심오하고 합리적인 사상가들이 존재함을 알았다. 그 증거는 책들에, 그로 하여금 모스 가의 기준을 넘어서도록 가르쳐 준 책들에 있었다. 그리고 그는 세상에는 모스 가에 들락거리는 인사들보다 훨씬 차원이 높은 지식인들이 있다는 것을 알았다. 영국의 사교계를 다룬 소설을 읽었고, 거기 나오는 남녀들이 정치와 철학을 논하는 것을 보았다. 대도시의 살롱에, 미국에서도, 예술과 지식이 모여든다는 것도 책에서 읽었다. 과거에는 어리석게도, 노동계급보다 상층의 잘 차려입은 사람들은 지적인 힘과 아름다운 활력을 갖추었으리라 여겼다. 교양은 셔츠의 칼라에 동반되고, 대학 교육을 받으면 곧 지식에 통달하게 된다는 잘못된 믿음을 가진 적이 있었다.

좋아, 그는 뚫고 나가 위로 올라갈 것이다. 그리고 루스를 데려갈 것이다. 그는 그녀를 끔찍이 사랑했으며, 그녀가 어디에서든 빛나리라 믿어 의심치 않았다. 어린 시절의 환경 탓에 자신에게 장애가 있음을 알듯이, 이제 그는 그녀도 비슷한 장애를 가졌음을 알았다. 그녀는 자신을 확장할 기회가 없었다. 그녀의 아버지의 서재에 있는 책들, 벽에 붙어 있는 그림들, 피아노로 연주되는 음악 — 다 너무나 저속한 자기 과시였다. 진짜 문학, 진짜 그림, 진짜 음악에 모스 일가와 그들 부류는 먹통이었다. 그리고 그런 것들보다 더 큰 것이 삶이라서, 삶에 대해 그들은 철두철미하게, 절망적으로 무지했다. 유니테리언 성향을 띠었으며 온건한 관대의 가면을 쓰고 있을지라도, 그들은 해석적인 과학에서 두 세대는 뒤처져 있었다. 그들의 정신적 발전은 중세에 머물고 있었고, 존재와 우주에 대한 궁극적 정보를 대하는 그들의 사고방식은 가장 원시적인 부족처럼 미숙하고, 동굴에 살던 원시인처럼 오래된, 형이상학적인 방식이었다. 아니, 그보다 더 오래되어, 홍적세에 최초의 유인원이 어둠을 두려워했던 방식이었다. 최초의 성마른 유대 야만인이 아담의 갈비뼈로 이브를 만들어 냈으며,

데카르트가 자기의 왜소한 자아를 투사하여 우주의 이상적인 체계를 세웠던 것과 같은 방식이었다. 그리고 영국의 유명한 성직자가 통렬한 풍자로 진화를 거부하여 즉각적인 박수갈채를 받았고, 역사책에는 제 이름을 오명으로 남긴 것과 같은 방식이었다.

마틴은 더 나아가, 그가 만난 법률가들, 관료들, 사업가들, 은행원들과 그가 아는 노동계급 사람들의 차이는 먹는 음식, 입는 옷, 사는 동네의 차이에 다름 아니라고 생각하기에 이르렀다. 명백히, 양쪽 모두에게 그가 자신이나 책에서 찾은 더 이상의 무엇인가가 없었다. 모스 가에서 만난 사람들은 그들의 사회적 위치에서 할 수 있는 최상을 그에게 보여 주었으나 그는 감명받지 않았다. 그는 자신이 빈민이고 빚쟁이들의 노예일지라도, 그들보다 우월함을 알았다. 전당포에서 단벌 정장을 찾아오는 날엔 마틴은 그들 사이를 삶의 군주처럼 누비면서, 왕자가 염소 지기들과 살아야 한다는 징벌을 받는다면 느낄 법한 분노의 감정으로 떨곤 했다.

"선생님은 사회주의자들을 미워하고 두려워합니다." 어느 저녁의 식사 자리에서 그는 모스 씨에게 말했다. "하지만 왜죠? 선생님은 그들도, 그들의 신조도 모르지 않습니까?"

모스 부인이 대화를 주도하면서 햅굿 씨를 입이 마르게 칭찬해 대던 와중이었다. 마틴은 그 은행원을 눈엣가시로 여겨, 입만 열면 시답잖은 말을 하는 그 작자에 관한 한 성질을 누그러뜨리지 않았다.

"그렇습니다." 그는 말했다. "찰리 햅굿은 이른바 유망주죠. 어떤 사람이 그렇게 말하더군요. 맞는 얘기예요. 그는 죽기 전에 주지사가 될 거고, 또 누가 알겠습니까? 미국 연방의회의 상원이 될지?"

"왜 그렇게 생각하죠?" 모스 부인이 물었다.

"선거운동에서 그가 하는 연설을 들었습니다. 너무나 속속들이 어리석고 어디선가 주워들은 말들이라서 너무나 그럴듯하게 들리니, 지도자들이 그를 믿을 만하고 확실한 사람이라고 여기지 않을 수가 없겠죠. 또한 그의 진부한 말들은 일반 투표인들이 하는 진부한 말들과 아주 비슷합니다. 오, 그러니까, 어떤 사람한테 아부하려면 그 사람처럼 생각한다고 말해 주는 게 좋겠죠."

"사실 나는 당신이 햅굿 씨를 질투한다고 생각해." 루스가 끼어들었다.

"턱도 없는 소리!"

마틴이 역겨워하는 표정은 모스 부인에게 전의를 불러일으켰다.

"설마 햅굿 씨가 멍청하다는 말은 아니겠지요?" 그녀는 쌀쌀하게 물었다.

"일반 공화당원만큼 멍청합니다. 아니면 일반 민주당원만큼 멍청하든지요."라고 마틴은 반박했다. "어느 쪽이건 그들은 다 영악하지 않으면 멍청한데, 영악한 사람은 매우 드물거든요. 현명한 공화당원은 백만장자들과 스스로 그들의 심복이 된 자들뿐입니다. 그들은 어느 쪽이 자기들에게 이득인지 알고, 왜 그런지도 알고 있어요."

"나는 공화당원이오." 모스 씨가 가볍게 개입했다. "모쪼록 나를 구분해 보시게나."

"오, 선생님은 무의식적인 심복입니다."

"심복이라고?"

"그렇습니다. 선생님은 기업을 위해 일합니다. 노동계급이나 범죄자들을 위한 변론은 하지 않죠. 수입을 가정폭력범이나 소매치기들에게 의존하지 않습니다. 선생님은 사회를 지배하는 사람들에게서 생계비를 얻는데, 어떤 사람을 누가 먹여 살리든 그 누군가가 그 사람의 지배자입니다. 네, 선생님은 심복입니다. 선생님이 봉사하는 자본가 집단의 이익 증진에 관심이 있죠."

모스 씨의 얼굴이 약간 상기되었다.

"솔직히 얘기하자면, 젊은이." 그는 말했다. "자네는 막돼먹은 사회주의자 같은 소리를 하는군."

그러자 마틴은 이런 발언을 했던 것이다.

"선생님은 사회주의자들을 미워하고 두려워합니다. 하지만 왜죠? 선생님은 그들도, 그들의 신조도 모르지 않습니까?"

"자네의 신조는 확실히 사회주의 같군." 모스 씨는 대꾸했다. 루스는 걱정스럽게 둘을 번갈아 쳐다보았고, 모스 부인은 제 주군의 반감을 일깨울 기회를 맞아 얼굴이 환히 빛났다.

"공화당원들은 멍청하고 자유와 평등과 우애가 이미 꺼진 물거품이라고 말한다고 해서, 제가 사회주의자인 것은 아닙니다." 마틴은 미소 지으며 말했다. "토머스 제퍼슨과 그에게 그런 생각을 제공한 비과학적인 프랑스인들을 의문시한다고 해서, 제가 사회주의자인 것은 아니란 말입니다. 정말입니다, 모스 씨. 사회주의의 적이라고 자인한 저보다 선생님이 사회주의에 훨씬 더 가깝습니다."

"이제 자네는 익살을 떠는구먼." 상대가 할 수 있는 말은 그뿐이었다.

"전혀 그렇지 않습니다. 저는 무척 진지하게 얘기하고 있습니다. 선생님은 아직도 평등을 믿지만 주식회사들을 위해 일하고, 주식회사들은 날마다 평등을 매장하느라 바쁩니다. 그런데도 선생님은 내가 평등을 부정한다고 해서, 선생님이 실제 삶으로 살아가는 방식을 내가 말로 긍정한다고 해서, 저를 사회주의자라고 지칭합니다. 공화당원들은 평등의 적입니다. 평등과 대적하면서 평등이라는 바로 그 말을 구호로 외쳐 대지만 말입니다. 평등의 이름으로 그들은 평등을 파괴합니다. 내가 그들이 어리석다고 말하는 이유는 그 때문입니다. 나 자신에 대해 말하자면, 저는 개인주의자입니다. 빠른 사람이 경주에서 이기고, 강한 사람이 싸움에서 이긴다고 믿습니다. 이건 생물학에서 배운, 아니면 적어도 제가 배웠다고 생각하는 교훈입니다. 말했다시피, 저는 개인주의자이고, 개인주의는 사회주의와 대를 물려 투쟁하는 영원한 적입니다."

"하지만 자네는 사회주의자 모임에 뻔질나게 드나들지 않나." 모스 씨는 맞섰다.

"분명히 그렇습니다. 스파이가 적 진영에 드나드는 것과 같죠. 그러지 않고 적에 대해 어떻게 알겠습니까? 게다가 저는 그 모임이 즐겁습니다. 그들은 훌륭한 투사들이고, 옳건 그르건 간에, 책을 읽고 하는 얘기들입니다. 그들 중 누구라도 사회학이라든가 다른 모든 학문에 대해 평범한 사장보다 훨씬 더 많이 알고 있습니다. 네, 저는 그 모임에 대여섯 번 나갔습니다만, 그렇다고 해서 제가 사회주의자인 것은 아닙니다. 찰리 햅굿의 연설을 듣는다고 해서 제가 공화당원인 것은 아닌 것과 마찬가지입니다."

"이 말을 하지 않을 수가 없군." 모스 씨가 힘없는 목소리로 말했다. "난 여전히 자네가 그쪽으로 기울어져 있다고 믿네."

아, 마틴은 생각했다, 저 양반은 내 말을 도무지 못 알아듣는군. 한 마디도 못 알아들어. 자기가 받은 교육으로 대체 뭘 한 거지?

이처럼 사고를 진전시켜 나가면서, 마틴은 자신이 경제적 도덕성 또는 계급적 도덕성과 대면하고 있음을 깨달았다. 그것은 곧 기분 나쁜 괴물이 되었다. 개인적으로 그는 지적인 도덕주의자로서, 주변 인물들의 시답잖은 오만보다 그들의 도덕성이 더욱 역겨웠다. 그들의 도덕성이란 경제적인 것과 형이상학적인 것과 감상적인 것과 모방적인 것이 뒤범벅된, 이상한 것이었다.

그 이상한 뒤범벅의 한 예와 그는 가정사로 마주치게 되었다. 누이동생 매리언은 독일계의 젊고 근면한 기술자와 사귀어 왔다. 그는 시장을 철저히 파악한 다음 자전거 수리점을 열었으며, 값싼 자전거의 대리점도 벌써 운영하던 터라 돈을 잘 벌었다. 매리언은 얼마 전에 마틴의 방에 들러 그와 약혼했다고 알리면서, 장난스럽게 그의 손금을 봐 주었다. 그리고 다음 방문에 약혼자 허먼 본 슈미트를 데리고 왔다. 마틴은 둘을 추어올리고 약혼을 축하했는데, 마틴의 언변이 너무나 유창하고 우아해서 누이의 옹졸한 연인을 거슬리게 했다. 이런 나쁜 인상은 마틴이 매리언의 이전 방문을 기념하는 대여섯 연의 시를 낭독하는 바람에 더욱 나빠졌다. 경쾌하고 섬세한 환대의 시로, 제목은 『손금쟁이』였다. 낭독을 마치고 나서 그는 누이의 얼굴에 즐거운 기색이 전혀 없어 놀랐다. 즐겁기는커녕, 그녀는 걱정스럽게 약혼자를 쳐다보고 있었으며, 그녀의 시선을 눈으로 좇아간 마틴은 그 잘난 작자의 균형이 맞지 않는 얼굴에 불만만이 어두침침하고 부루퉁하게 떠올라 있는 것을 보게 되었다. 어떤 여자가, 노동계급이라 해도, 자신에 대한 시를 갖게 됐는데도 기쁘고 우쭐하지 않는단 말인가? 그 순간 마틴은 어이가 없었지만, 둘은 일찍 떠났고 그 일은 지나간 터라 완전히 잊어버렸다.

며칠 뒤 저녁에 매리언이 다시 찾아왔다. 이번에는 혼자였다. 시간 낭비 없이 본론으로 바로 들어가, 그녀는 그가 한 짓을 비통하게 책망했다.

"아니, 매리언." 그는 꾸짖었다. "너는 네 집안이, 아니면 적어도 네 오빠는 수치스럽다는 얘기를 하는 것 같은데?"

"그래, 수치스러워." 그녀는 엉겁결에 속내를 드러냈다.

그녀의 눈에 치욕의 눈물이 고여 마틴은 당황했다. 그 감정은, 어떤 감정이든, 진실된 것이었다.

"매리언, 내가 내 여동생에 대한 시를 쓰는데 왜 네 약혼자 허먼이 질투를 하지?"

"그이는 질투하는 게 아니야." 그녀는 흐느꼈다. "그이는 그게 점잖지 못하고 음… 음란하다고 했어."

차마 믿을 수가 없어서 마틴은 길고 낮게 휘파람을 불었다. 그리고 정신을 차려 「손금쟁이」를 따로 베껴놓은 것을 읽어 보았다.

"나는 모르겠는데?" 원고를 누이에게 건네면서 그는 마침내 말했다. "네가 직접 읽어 보고 음란한, 네가 한 말이 그 말이었지? 그런 부분이 있으면 나한테 보여 줘."

"그이가 그렇다면, 그이는 아는 거야." 누이는 질색하여 원고를 밀쳐내면서 대꾸했다. "그리고 그이는 오빠가 그걸 찢어 버려야 한다고 말했어. 누구라도 읽을 수 있는 그런 것에 나오는 여자를 아내로 맞지 않겠대. 그이는 그게 망신스러워서 참을 수가 없대."

"자, 이봐, 매리언, 그건 말도 안 되는 소리야." 마틴은 시작했다. 그런데 갑자기 마음을 바꿨다.

그는 제 앞에 있는 불행한 처녀를 보았고, 약혼자나 그녀를 설득해 봐야 소용없음을 알았다. 그 모든 상황이 황당하고 불합리할지라도, 그는 굴복하기로 했다.

"좋아." 그는 원고를 대여섯 조각으로 찢어 휴지통에 던져 버렸다.

그래도 타자기로 친 원본이 뉴욕의 잡지사에 머물고 있다는 걸로 그는 자족했다. 매리언과 약혼자는 절대 알 리가 없고, 그 예쁘고 무해한 시가 언젠가 출판된다고 해서 약혼자든, 그들이든, 세상이든 손해 볼 건 없었다.

매리언은 휴지통에 손을 넣으려다 멈칫했다.

"그래도 돼?" 그녀는 간청했다.

그는 고개를 끄덕였고, 여동생이 원고의 찢어진 조각들 ― 임무가 성공했다는 시각적 증거물 ― 을 재킷 호주머니에 쑤셔 넣는 모습을 너그러이 지켜보았다. 여동생은 리지 코놀리를 생각나게 했다. 그가 두 번 마주친 노동계급의 그 아가씨만큼 여동생이 열정적이거나 미모를 과시하지는 않을지라도, 둘은 마치 한 쌍처럼 옷차림새나 행동거지가 흡사했다. 그 둘이 각기 모스 부인의 응접실에 등장하는 장면을 문득 상상하곤 그는 속으로 재미있어하며 미소 지었다. 그런데 재미가 가시자 고독이 느껴졌다. 여동생과 모스 부인의 응접실은 그가 거쳐 온 인생길의 이정표들이었다. 이제 그는 그들을 뒤로하고 더 먼 길을 왔다. 제 방에 있는 몇 권 안 되는 책들을 그는 애정 어린 눈길로 훑어보았다. 그에게 남은 동지는 그 책들이 다였다.

"뭐? 뭐라고 했지?" 그는 깜짝 놀라 물었다.

매리언은 제 질문을 반복했다.

"내가 왜 일하러 가지 않느냐고?" 그는 웃음을 터뜨렸으나 가슴 한편이 서늘했다. "너의 그 허먼이 너한테 그 말을 했겠구나."

그녀는 머리를 저었다.

"거짓말하지 마." 그가 으르자 여동생은 고개를 끄덕여 인정했다. "그럼 허먼에게 자기 사업이나 신경 쓰라고 해. 나는 아가씨에 대한 시를 쓰고, 그는 제 회사를 운영하는 거야. 제 일도 아닌 것에 이러니저러니 하면 안 되지. 알겠어? 그러니까 너는 내가 작가로 성공할 거라고 생각하지 않는구나, 응?" 그는 말을 이어 갔다. "내가 가망 없다고… 실패해서 집안의 망신거리가 됐다고 생각하는구나?"

"오빠가 직업을 가지면 좋겠어." 그녀는 단호하게 말했고, 그가 보기에 진심이었다. "허먼이 말하기를…"

"망할 허먼." 그는 온화하게 여동생의 말을 끊었다. "내가 알고 싶은 건 네가 결혼할 날짜야. 그리고 너의 그 허먼이 나의 결혼 선물을 네가 받게끔 허락해 주실지 물어봐."

여동생이 가고 난 후 그는 그 일을 곰곰 생각하며 한두 번 통렬한 웃음을 터뜨렸다. 여동생과 약혼자, 자기가 속한 계급의 모든 이들, 그리고 루스의 계급에 있는 이들은 작게 한정된 공식에 따라 작게 한정된 삶을 살아가는 군집적인 존재들이었다. 끼리끼리 모여서 다른 사람의 의견대로 틀에 박힌 삶을 살면서, 그들이 종속된 그 유치한 공식 때문에 개인이 되지 못하고 삶을 제대로 누리지도 못했다. 그는 그들의 환영을 눈앞에 불러내 줄 세웠다. 버나드 허긴보삼과 버틀러 씨가 서로 팔짱을 끼었고, 허먼 본 슈미트와 찰리 햅굿은 꼭 붙어 서 있었다. 차례대로 한 쌍씩 책에서 배운 지성과 도덕의 기준으로 심사한 후, 전부 쫓아내 버렸다. 그는 부질없이 자기 자신에게 물었다. 위대한 영혼들, 위대한 남자와 여자들은 어디에 있는가? 그의 비좁은 방에 환영으로 호출된 경망스럽고, 조야하고, 멍청한 지식인들 속에서는 찾을 수 없었다. 그는 키르케가 돼지들에게 느꼈을 법한 혐오감을 느꼈다. 마지막 환영을 쫓아내고 혼자 남은 줄 알았는데, 기대하지 않았고 부르지도 않은 한 사람이 뒤늦게 들어왔다. 그는 뻣뻣한 테두리, 각진 더블 브레스트 외투, 건들거리는 어깨를 보았고, 한때 자기 자신이었던 어린 깡패를 알아보았다.

"너도 다른 사람들과 같았어, 젊은 친구." 마틴은 비웃었다. "너의 도덕성과 지식은 그들과 마찬가지였어. 너는 스스로 생각하고 행동하지 않았지. 너의 의견은, 너의 옷처럼 기성품이었어. 너의 행위는 대중의 찬사에 맞춰진 거였고. 너는 다른 사람들이 네가 진짜 사나이라고 손뼉 쳤기 때문에 깡패들 두목 노릇을 했어. 너는 싸우고 깡패들을 지배했으나 네가 좋아서 한 게 아니었어. 네가 정말로 그 짓을 경멸했다는 걸 너 자신이 알지. 다른 친구들이 네 어깨를 두드리니까 한 거야. 네가 치즈 페이스를 이긴 건 항복하지 않았기 때문이고, 항복하지 않은 건 네가 지독한 놈인 데다 네 주변의 모든 이들이 믿는 걸 네가 믿었기 때문이야. 남자다움의 척도는 상대방을 너덜너덜해지도록 망가뜨리는 육식동물 같은 포악함이라는 믿음 말이야. 아니, 넌 개자식이야. 심지어 다른 친구들의 여자들을 빼앗기도 했잖아. 그 여자들을 위해서가 아니라, 네 주변 사람들, 네가 도덕적 기조를 맞춘 사람들의 골수에 야생 종마와 바다표범의 본능이 도사리고 있었기 때문이야. 자, 세월이 흘렀으니, 이제 너는 그 일에 대해 어떻게 생각해?"

마치 대답이라도 하듯이 환영은 빠르게 변해 갔다. 뻣뻣한 테두리의 모자와 각진 옷이 사라지고 온순한 느낌의 옷이 대신 입혀졌다. 얼굴에서 억센 인상이, 눈에서 냉혹한 눈빛이 가셨다. 얼굴이 다 듬어지고 닦이자, 아름다움과 지혜와 교감하는 삶의 빛이 내면으로부터 뿜어져 나왔다. 그 환영은 현재의 그 자신과 매우 비슷했다. 그는 그 환영이 학습용 탁상 등을 켜 놓고 책을 읽고 있음에 주목했다. 제목을 훑어보니 『미학』이었다. 다음 순간, 그 자신이 환영 속으로 들어가 탁상 등의 불빛을 조절하고 『미학』을 이어서 읽어 나갔다.

30장

어느 아름다운 가을날, 한 해 전 그들이 서로에게 사랑을 고백했던 날과 비슷한 인디언 서머의 하루, 마틴은 『연애시 연작』을 루스에게 읽어 주었다. 이전처럼 자전거를 타고 나온 오후였고, 그들이 좋아하는 언덕이었다. 루스의 감탄사로 간간이 중단되던 낭독을 마친 후, 그는 마지막 장을 덮으며 원고를 내려놓고 그녀의 평가를 기다렸다.

그녀는 시간을 끌었다. 제 머릿속의 혹독한 생각을 말로 내놓기를 주저하면서, 그녀는 더듬더듬 말문을 열었다.

"아름다워, 정말 아름다워. 하지만 그 시들은 팔리지 않잖아. 내 말이 무슨 뜻인지 자기도 알 거야." 그녀는 거의 애원하는 투였다. "자기가 글을 쓰는 건 현실적이지 않아. 뭔가 문제가 있어서… 아마도 출판 시장의 문제겠지만, 자기는 글을 쓰는 걸로 먹고 살 수가 없어. 제발, 내 말을 오해하지 말아 줘. 자기가 나를 위해 이 시들을 써 줘서, 나는 무척이나 기쁘고 자랑스러워. 자길 만나지 않았더라면 난 진정한 여자가 될 수 없었겠지. 그런데 그 시들이 우리 결혼을 성사시켜 주는 건 아니야. 모르겠어, 마틴? 내가 돈만 따진다고 생각하지는 마. 내가 늘 생각하는 건 우리의 사랑, 우리의 장래 계획이야. 우리가 서로 사랑을 확인한 지 한 해가 지났지만 우리의 결혼은 여전히 기약이 없잖아. 내가 우리의 결혼을 내놓고 거론한다고 해서 뻔뻔스럽다고 생각하지 말아 줘. 나는 진심으로, 내 모든 걸 걸고 하는 말이야. 자기가 그토록 글을 써야겠다면, 신문사에 취직하는 건 어때? 기자가 되는 건? 적어도 한동안만이라도."

"그 일은 내 문체를 망칠 거야." 그는 낮고 단조로운 목소리로 답했다. "내가 얼마나 문체를 갈고 닦았는지 자기는 몰라."

"하지만 자기는 신문에 실리는 가벼운 소설들, 자기가 잡문이라고 부르는 것들을 썼어. 그것도 많이." 그녀는 따졌다. "그 일은 자기의 문체를 망치지 않았어?"

"아니, 그건 경우가 달라. 신문에 실리는 가벼운 소설들은 내가 하루 종일 문체와 씨름하고 나서 기진맥진한 상태로 써내는 거야. 그러나 기자라는 직업은 아침부터 밤까지 기사만 써내야 하는 일이고 삶 전체를 바쳐야 하는 일이야. 소용돌이 같은 삶, 과거도 미래도 없이 당장의 그 순간만을 위한 삶을 살아야 해. 문체에 대해 어떤 생각도 하지 않고 보고체만 써야 하는데, 그건 문학과는 거리가 멀지. 내 문체가 막 형성되려는 지금 기자가 된다는 건 문학적 자살이나 마찬가지야. 지금도 신문에 실리는 가벼운 소설 한 편마다, 가벼운 소설의 단어 하나마다, 나 자신과 나 자신에 대한 존중과, 나의 문학에 대한 존중에 위배돼. 정말 구역질이 난다고. 나는 죄를 지었어. 그래서 나는 그것들이 팔리지 않게 되자 속으로 기뻤어. 옷을 전당포에 맡겨야 했지만 말이야. 그런데 『연애시 연작』을 쓸 때의 기쁨이란! 지고의 창조적 기쁨이란! 만사가 그걸로 보상되고도 남았어."

마틴은 루스가 창조적 기쁨에 그다지 공감하지 않는다는 사실을 알지 못했다. 그녀는 '창조적 기쁨'이란 말을 종종 썼다. 그는 그 말을 그녀의 입에서 나오는 말로 처음 들었던 것이다. 그녀는 그에 대해 읽었고, 대학에서 문학사 학위를 따는 과정에서 그것에 대해 배웠다. 그러나 그녀는 독창적이지도 창조적이지도 않았으며, 그녀가 문화에 대해 하는 말이란 다른 사람이 어디선가 듣고 되풀이한 말을 또 되풀이하는 데 지나지 않았다.

"『바다 서정시』를 손본 편집자가 옳지 않았을까?" 그녀는 의문을 제기했다. "생각해 봐, 편집자는 자격을 검증받았을 거야. 그렇지 않으면 편집자가 되지 못했을 테니까."

"그 말은 기존 체제를 지속시키는 논리와 같아." 편집자라는 족속에 대한 분노로 그는 열변을 토했다. "이미 있는 것이 옳을 뿐만 아니라, 있을 수 있는 가능성 중에 최상이라는 논리. 존재한다는 것만으로 존재하기에 적합하다는 증명이 충분히 된다는 논리. 보통 사람들은 현재의 조건에서 그럴뿐더러 모든 조건에서도 그럴 거라고 믿어. 그런 헛소리를 믿는 이유는 물론 무지 탓이야. 그들의 무지는 바이닝거(오스트리아의 사상가 - 옮긴이)가 묘사한 몽매한 상태, 그 이상도 이하도 아니야. 그들은 자신이 생각한다고 생각하지. 그런데 그런 생각 없는 사람들이 진짜 생각하는 얼마 안 되는 사람들의 목줄을 틀어쥐고 있단 말이야."

그는 자신이 루스가 이해하기에는 무리인 얘기를 하고 있음을 깨닫고 멈추었다.

"난 그 바이닝거가 누군지 모르겠어." 그녀는 대꾸했다. "그리고 자기가 얘기를 너무 과하게 확대해서 알아들을 수가 없어. 나는 편집자의 자격에 대해서 얘기하고 있었는데…."

"내가 단언하건대, 편집자들 중 99퍼센트의 주된 자격은 실패한 경력이야." 그가 그녀의 말을 가로챘다. "그들은 작가로서 실패한 사람들이야. 그들이 글쓰기의 즐거움보다 고역스럽게 사무를 보고 발행 부수와 사장에게 얽매여 살기를 더 좋아한다고 생각하지는 마. 그들은 글을 써 보려고 했으나 안 됐던 거야. 바로 거기에 저주받은 역설이 있지. 문학에 있어 성공으로 가는 길목을 문학에 실패한 그들 경비견이 지키고 있으니. 편집장, 편집 차장, 편집부원들 대부분, 그리고 잡지와 출판사들에 고용되어 원고를 사전 검토하는 독자들

대부분, 그들 거의 모두가 글을 쓰려 했으나 실패한 자들이야. 그런데 그들이, 세상의 인간들 중에서 하필 가장 부적합한 자들이 무엇이 출판될 것이고 무엇은 출판되지 않을 것인지 결정해. 독창적이지 않음이 검증된 자들이, 천부적 재능이 없음이 드러난 자들이 독창성과 천재성을 심판하는 자리에 앉아 있어. 그리고 그들 뒤에는 서평가들, 더 많은 실패자들이 있거든. 그들이 시나 소설을 쓰기를 꿈꾸고 시도해 보지 않았다고? 해 봤는데 안 된 거야. 웬만한 서평은 대구 간유보다 메스껍다고. 서평가와 자칭 비평가들에 대해 내가 어떻게 생각하는지 자기도 알 거야. 위대한 비평가도 있긴 하지만 혜성처럼 드물지. 내가 만약 작가로서 실패하면 편집자가 될 자격을 얻는 셈이야. 편집자는 어쨌거나 먹고 살 수는 있지."

루스는 영민하게 연인의 주장에 내재한 모순으로 제 반대 의견을 보강했다.

"그런데 마틴, 만약에 그렇다면, 자기가 단정 지었듯이 모든 문이 닫혀 있다면, 위대한 작가들은 어떻게 출현할 수 있었을까?"

"그들이 불가능한 것을 해냈기 때문이지." 그는 답했다. "그들은 반대하는 자들을 불살라버릴 만큼 맹렬하고 찬란한 작품들을 써냈어. 그들은 기적적으로 천 대 일의 내기에서 이긴 자들이야. 칼라일이 말한, 절대 굴하지 않는 상처투성이의 거인 전사들이야. 절대 굴하지 않는 것, 그게 내가 해야 할 일이야. 나는 불가능한 일을 해내야만 해."

"그런데 만약에 해내지 못하면? 자긴 나도 고려해야만 해, 마틴."

"못 해내면?" 그는 그녀가 말로 내뱉은 생각이 감히 생각도 할 수 없는 것이었다는 듯이 잠시 그녀를 쳐다보았다. 이윽고 이해했다는 듯이 그의 눈빛이 살아났다. "내가 못 해내면, 편집자가 되는 거지. 자긴 편집자의 아내가 되고."

그의 너스레에 그녀는 눈살을 찌푸렸다. 귀엽고 사랑스러운 찌푸림이라 그는 그녀를 껴안고 입맞춤으로 그 찌푸림을 지워내지 않을 수 없었다.

"그만, 됐어." 그녀는 그의 강인한 매력에 끌려 들어가지 않으려고 안간힘을 썼다. "부모님과 얘기했어. 전에는 부모님의 뜻을 거슬러 본 적이 없는데, 이번에는 내 말을 들어보시라고 고집했어. 불효 막심한 딸이지. 자기도 알다시피, 부모님은 자길 못마땅해하셔. 하지만 내가 자기를 언제까지나 사랑할 거라고 간곡히 말씀드렸더니 마침내 아버지께서 허락해 주셨어. 자기가 원하기만 하면, 아버지의 사무실에서 바로 일을 시작할 수 있어. 그리고, 아버지께서 먼저 말씀하시기를, 우리가 결혼하고 어딘가에 조그만 보금자리를 마련할 수 있도록, 처음부터 급여를 넉넉히 주시겠다는 거야. 나는 아버지께서 정말로 큰 배려를 해 주셨다고 생각해. 안 그래?"

가슴 깊이 둔중한 절망감을 느낀 마틴은 기계적으로 손을 뻗어 더 이상 갖고 다니지도 않는 담뱃가루와 종이를 찾으면서 불분명한 말을 웅얼거렸다. 루스는 계속했다.

"솔직히 말해서, 그런데 상처받지는 마…. 자기가 어떻게 하면 아버지와 잘 어울릴 수 있을지 명확하게 알려 주려는 거니까. 아버지는 자기의 급진적 견해를 좋아하지 않으셔. 그리고 자기가 게으르다고 생각하셔. 물론 나야 자기가 게으르기는커녕 열심히 일한다는 걸 알지."

얼마나 열심히 일하는지, 그녀도 모르리라고 마틴은 생각했다.

"좋아, 그렇다면." 그는 말문을 열었다. "자긴 어떻게 생각하는데? 자기도 내 견해가 너무 급진적이라고 생각해?"

그는 그녀의 눈을 똑바로 들여다보며 답변을 기다렸다.

"나는, 음, 자기의 견해가 곤혹스럽다고 생각해."

맥없는 답변에 기운이 빠진 나머지 그는 일자리에 대한 그녀의 어마어마한 제안도 잊어버렸다. 그리고 그녀로서도 과감하게 하려던 말을 할 만큼 했기 때문에, 그 문제를 다시 거론할 때까지는 그의 답변을 기다려 볼 생각이었다.

그녀는 오래 기다릴 필요가 없었다. 마틴이 그녀에게 제기할 문제가 있었다. 그가 자신에 대한 그녀의 믿음이 어느 만큼인지 알고자 했으므로, 한 주도 안 돼 서로 답을 하게 되었다. 마틴이 『태양의 수치』를 그녀에게 읽어 줌으로써 일은 촉발되었다.

"기자가 되지 그래?" 낭독이 끝나자 그녀는 말했다. "자긴 글쓰기를 그토록 사랑하잖아. 나는 자기가 틀림없이 성공하리라고 믿어. 자기는 언론계에서 출세해서 유명해질 수 있어. 뛰어난 특파원들도 많아. 그들은 많은 급여를 받으면서 전 세계를 돌아다녀. 어디든 파견된다고. 스탠리처럼 아프리카 오지에 갈 수도 있고, 교황과 인터뷰를 할 수도 있고, 미지의 티벳을 탐험할 수도 있어."

"그건 자기가 내 에세이를 좋아하지 않는다는 뜻인가?" 그가 물었다. "자기는 내가 기자로서는 어느 정도 재능이 있지만 문학적 재능은 전무하다고 믿는다는 거야?"

"아니, 아니야. 나는 자기의 에세이가 마음에 들어. 잘 읽혀. 그런데 독자들에게는 너무 어려울까 봐 걱정이야. 적어도 나한테는 어려워. 아름다운 것 같은데 무슨 뜻인지는 모르겠다고. 자기의 과학 용어를 이해할 수가 없어. 자기는 극단주의자야, 알아? 자기에겐 뜻이 분명한 문장이 남들에게는 그렇지 않을지도 몰라."

"자기가 부담스러워한 건 철학 용어일 거야." 그가 할 수 있는 말은 그게 다였다.

그는 자신이 글로 표현한 성숙한 사고를 새로이 읽으면서 열기에 휩싸여 있었는데, 그녀의 판정에 멍해지고 말했다.

"이 글이 아무리 형편없더라도," 그는 간신히 말했다. "그 안에⋯ 내 말은, 이 글에 담긴 생각 속에 뭔가 있지 않아?"

그녀는 고개를 저었다.

"아니, 내가 읽어 본 글들과 너무 달라. 나는 마테를링크도 이해하는데⋯."

"그의 신비주의를 이해한다고?" 그는 발끈했다.

"그럼. 그런데 그에 대한 공격으로 여겨지는 자기의 글은 이해할 수가 없어. 물론 독창성을 따진다면⋯"

그는 성마른 몸짓으로 일단 그녀의 말을 끊었으나 제가 할 말을 찾지 못했다. 그녀가 얘기를 시작했으며, 한동안 계속 얘기하고 있었음을, 그는 문득 깨달았다.

"결국 글쓰기는 자기에게 장난감과 같은 것이었어." 그녀는 이어 갔다. "정말로 자기는 그 장난감을 충분히 갖고 놀고도 남았어. 이제 삶을, 우리의 삶을, 마틴, 진지하게 받아들여야 할 때야. 지금까지는 혼자만을 위해 산 거라고."

"자기는 내가 일자리를 잡기를 바라지?" 그는 물었다.

"그래. 아버지께서 말씀해 주신…"

"그 얘기는 다 알아들었어." 그가 끼어들었다. "내가 알고 싶은 건 이거야. 자기가 나에 대한 믿음을 잃었는가, 아닌가?"

그녀는 어두운 눈빛으로 마틴의 손을 꼭 쥐었다.

"자기의 글에 대한 믿음을 잃었어." 그녀는 속삭이듯이 말했다.

"자긴 내가 쓴 것들을 많이 읽었어." 그는 무자비하게 밀어붙였다. "그 글들을 어떻게 생각해? 희망이 전혀 없어? 다른 사람들의 글과 비교해서 어때?"

"그들의 글은 팔리고, 자기의 글은… 팔리지 않지."

"그건 내 질문에 대한 답변이 아니야. 자기는 문학이 나의 천직이라는 생각이 전혀 들지 않는다는 거야?"

"그렇다면 답할게." 그녀는 답변하기 위해 마음을 단단히 다졌다. "나는 자기가 타고난 작가라고 생각하지 않아. 용서해. 자기가 하도 성화를 부리니까 이 말을 하지 않을 수가 없잖아. 문학에 대해서는 내가 자기보다 잘 안다는 걸 자기도 알 거야."

"그렇겠지. 자기는 문학사니까." 그는 생각에 잠긴 채로 말했다. "그리고 자기는 더 잘 알아야만 해."

"할 말이 더 있어." 둘 다에게 고통스런 잠시의 침묵 후에, 그는 말을 이었다. "나는 내가 내 안에 무엇을 가졌는지 알아. 아무도 나만큼 알 수 없지. 나는 내가 성공할 거라는 걸 알아. 나는 주저앉지 않을 거야. 나는 시로, 소설로, 에세이로 써내야 할 것들로 불타고 있어. 그렇지만 자기에게 그걸 믿어 달라고 하지 않겠어. 나를 믿어 달라고도, 나의 글쓰기를 믿어 달라고도 하지 않겠어. 자기에게 바라는 건, 나를 사랑하고 그 사랑에 믿음을 가져 달라는 거야. 한 해 전에 나는 2년 안에 될 거라고 믿었어. 그 2년 중의 1년이 벌써 갔지. 나는 내 명예와 영혼을 걸고, 남은 1년이 다 가기 전에 성공하리라고 믿어. 오래전에 자기가 내게 글을 쓰려면 작가 수련 과정을 거쳐야 한다고 말했던 걸 기억할 거야. 그래, 나는 그 과정을 거쳤어. 마구, 마구 거쳐서 기간을 단축했어. 저 끝에서 기다리고 있는 자길 두고, 꾀부릴 새는 없었어. 편안히 잠잔다는 게 뭔지 잊어버렸을 지경이야. 자고 싶은 만큼 자고 나서 절로 깨어난 지가 수백만 년은 된 것 같아. 지금은 항상 자명종 소리에 깨. 일찍 잠들거나 늦게 잠들면 그에 따라 자명종이 울릴 시간을 맞춰 놔. 이렇게 시간을 맞춰 놓는 것, 그리고 등을 끄는 것이 내가 의식을 잃기 전에 하는 마지막 행동이야. 졸음이 몰려올 때면 읽고 있던 두꺼운 책을 얇은 책으로 바꿔서 계속 읽어. 그래도 졸리면 주먹으로 내 머리를 두드려서 잠을 몰아내. 어디선가 잠드는 걸 두려워하는 남자 이야기를 읽었어. 키플링의 단편이었군. 이 남자는 박차를 가져다가, 자기가 졸려서 자세가 풀리면 박차의 톱니가 맨살을 찌르도록 해 놓았어. 나도 그런 식으로 해 왔어. 시계를 보고 자정까지는 자지 않겠다고 다짐하는 거야. 또는 한 시까지는, 또는 두 시까지는, 또는 세 시까지는, 박차를 치울 시간을 지연시키는 거야. 그렇게 정해진 시간까지 나 자신에게 박차를 가했어. 몇 달 동안이나 침대에서 자면서도 그 박차랑 동침했어. 나는 너무나 필사적이었기 때문에 다섯 시간 반의 수면도 사치였어. 지금은 잠을 네 시간만 자. 수면이 심각하게 부족해. 그래서 현기증이 나는 때도 있고, 죽음이 그 휴식과 잠과 더불어 상당한 유혹으로 느껴지는 때도 있고, 롱펠로의 시구에 홀리는 때도 있어.

바다는 잠잠하고 깊다.
그 가슴에 안겨 만물이 잠든다.
한 발짝이면 만사는 끝.
한 번의 추락, 한 방울의 거품, 그것뿐.

물론 순전히 허튼소리지. 지나치게 신경 쓰고 정신을 혹사해서 생기는 증상이야. 요점은 이거야. 내가 왜 이렇게 지내왔을까? 자기를 위해서야. 수련 기간을 단축하고 성공을 앞당기기 위해서야. 이제 나는 수련을 마쳤어. 내 장비를 어떻게 써야 하는지 알아. 맹세컨대, 나는 매달 평범한 대학생이 일 년에 걸쳐 배우는 것보다 더 많이 배워. 정말이지 나는 알아. 하지만 자기가 이해해 주기를 내가 이토록 절실히 바라지 않는다면 얘기하지 않았을 거야. 자랑하는 게 아니라고. 읽은 책을 보면 결과를 알 수 있지. 지금 시점에서 자기의 남동생들은 나에 비하면 무지한 야만인들이야. 그들이 자는 동안 나는 책을 비틀어 지혜를 짜냈어. 예전에는 유명해지기를 원했지만, 이제는 별로 개의치 않아. 내가 원하는 건 너야. 음식보다, 옷보다, 인정받는 것보다 나는 네게 굶주려 있어. 내 꿈은 너의 가슴에 머리를 기대고 수억 년쯤 잠자는 거고, 그 꿈은 남은 한 해가 가기 전에 이루어질 거야."

그의 힘이 파도처럼 넘실넘실 밀려 나가 그녀에게 부딪쳤다, 다시 또다시, 그의 의지가 그녀의 의지에 가장 세게 부딪친 순간 그녀는 속절없이 그에게로 끌려들었다. 늘 그로부터 그녀에게로 뿜어져 나오던 힘이 지금 그의 열정적인 목소리와 번쩍이는 두 눈에서 활짝 피어나고 있었으며, 활기와 지성미가 만발했다. 그리고 그 순간, 그 순간만은, 그녀는 제 확신에 나 있는 틈새를 보았고, 그 틈새를 통해 진정한 마틴 에덴을, 눈부신 불굴의 투사를 흘끗 보았다. 동물 조련사가 자신 없어지는 순간이 있듯이, 그 찰나에는, 그녀는 한 남자의 야성적인 영혼을 길들일 능력이 제게 있는지 의심이 들었다.

"그리고 말이야." 그는 끝까지 밀어붙였다. "자기는 나를 사랑하지. 그런데 왜 사랑할까? 내 안에서 나로 하여금 글을 쓰지 않으면 견딜 수 없게끔 하는 것이, 자기의 사랑을 내게로 끄는 바로 그것이야. 자기가 만났고 사랑할 수도 있었던 다른 남자들과 내가 다르기 때문에, 자기는 나를 사랑하는 거야. 나는 회계사무소의 책상에 앉아 잔돈푼을 따지고 법적으로 티격태격하는 데 맞지 않아. 내가 그런 일을 하게 해 봐. 다른 남자들처럼 만들어서 그들이 하는 일을 하게 하고, 그들이 숨 쉬는 공기를 숨 쉬게 하고, 그들이 세상을 보는 방식으로 세상을 보게 해 보라고. 그러면 자기는 다른 남자들과 나의 차이를, 나 자신을, 자기가 사랑하는 바로 그것을 파괴해 버리는 거야. 글을 쓰고자 하는 욕망이 나를 살아 있게 해. 내가 단순한 사람이었다면 글을 쓰려고 하지 않았을 거고, 자기가 나를 남편으로 삼으려고 하지도 않았을 거야."

"하지만 자기는 잊고 있어." 머릿속으로 재빨리 그럴듯한 비교를 찾아 그녀는 끼어들었다. "가족들 배를 곯리면서 무한 동력과 같은 턱없는 망상을 좇는 괴짜 발명가들이 있었지. 그 아내들은 남편을 사랑했고 남편을 위해 함께 고생했지만, 남편이 무한 동력에 심취해 있기 때문에 그런 게 아니야. 남편이 무한동력에나 심취해 있음에도 그런 거야."

"맞아."라고 마틴은 답변했다. "그러나 실용적인 것을 발명하느라고 굶는, 괴짜 아닌 발명가들도 있어. 때로는 그들이 성공했다고 기록돼 있다고. 분명히 나는 불가능한 것을 추구하는 게 아니라…"

"자기가 '불가능한 일을 해낸다'고 말했잖아." 그녀는 참견했다.

"그건 비유적으로 한 말이야. 나는 다른 사람들이 나보다 앞서 해낸 것을 하려는 거야. 글을 쓰고, 글로 먹고사는 것."

그녀의 침묵이 그를 자극했다.

"그럼 자기에게는 내 목표가 무한 동력처럼 턱없는 망상으로 보여?" 그는 물었다.

그는 제 손을 꼭 쥐는 그녀의 손에서 답변을 읽었다. 아픈 자식을 어루만지는 어머니의 손이었다. 그때 그 순간 그녀에게 그는 아픈 자식, 불가능한 것을 해내려고 몸부림치는 얼빠진 남자였다.

대화를 마무리하며 그녀는 그에게 제 부모님의 적대감에 대해 다시금 경고했다.

"그래도 자기는 나를 사랑하지?" 그는 물었다.

"사랑해! 너무 사랑해!" 그녀는 소리쳤다.

"그리고 나는 자길 사랑해. 자기의 부모님을 사랑하는 게 아니야. 그들이 어떤 짓을 해도 나는 상처받지 않아." 그의 목소리는 승리감에 들떠 있었다. "나는 자기의 사랑을 믿기 때문에, 자기 부모님의 적개심이 두렵지 않아. 세상 모든 것이 길을 잃고 헤맬지라도, 사랑만은 그렇지 않아. 가다가 나약해져서 맥없이 머뭇대지 않는 한, 사랑은 잘못 갈 수가 없어."

31장

마틴은 브로드웨이에서 우연히 거트루드 누나를 만났다. 결과적으로는 상서롭고도 곤혹스러운 우연이었다. 길모퉁이에서 차를 기다리다가 그녀가 먼저 그를 보았으며, 굶어서 홀쭉해진 얼굴과 절망과 수심이 깃든 눈을 알아보았다. 사실 그는 절박했고 걱정이 많았다. 이미 맡겨 놓은 자전거로 빚을 더 얻어 보려고 전당포 주인과 헛되이 말씨름을 하고 나온 참이었다. 우중충한 가을이 온 터라 얼마 전에 자전거를 맡기고 검정 정장을 찾았던 것이다.

"검은색 양복이 있잖아." 그의 자산을 낱낱이 알고 있는 전당포 주인의 답변은 이랬다. "그걸 갖고 가서 그 유대인 립카 놈에게 맡긴 거지? 만약에 그랬다면…."

그 남자가 위협적인 표정을 지었으므로 마틴은 얼른 외쳤다.

"아니, 아니에요. 양복은 내가 갖고 있어요. 하지만 사업상 그걸 입었으면 해요."

"좋아." 화가 누그러진 고리대금업자는 대꾸했다. "그럼 나는 사업상 그걸 받았으면 해. 당신에게 돈을 더 꿔 주기 전에 말이야. 내가 괜히 그러겠어?"

"하지만 그 자전거는 40달러짜리고 상태도 좋잖아요." 마틴은 따졌다. "그런데도 당신은 그걸 담보로 잡고 나한테 고작 7달러를 빌려줬어요. 아니, 그마저도 아니죠. 당신이 이자를 먼저 빼서 6달러 25센트."

"돈을 더 빌리려거든 그 양복을 갖고 와."라는 답변에 마틴은 그 갑갑한 소굴에서 빠져나왔으며, 절박한 심정이 얼굴에까지 드러나, 누나에게 연민을 불러일으켰다.

남매가 만나자마자 텔레그래프 애비뉴 행 전차가 와서, 오후에 장보러 나온 사람들을 태우려고 멈추었다. 거트루드는 자신의 팔을 잡아 전차에 오르도록 부축해 주는 동생의 손길에서 그가 따라 오르지 않을 것임을 간파했다. 그녀는 돌아서서 동생을 내려다보았다. 동생의 초췌한 얼굴에 다시금 가슴이 저몄다.

"너는 안 타니?"

다음 순간 그녀는 전차에서 내려 동생 옆에 섰다.

"나는 걸으려고… 운동 삼아서." 그는 해명했다.

"그러면 나도 몇 블록 함께 걸을게." 그녀는 당당하게 말했다. "건강에 좋을 거야. 요즘 영 기운이 없거든."

마틴의 눈에도 과연 누나의 외양은 늘 그렇듯이 푹 퍼져 보였다. 지나치게 뚱뚱한 몸, 처진 어깨, 지치고 주름진 얼굴, 무겁고도 딱딱한 걸음걸이… 그 걸음걸이는 자유롭고 행복한 걸음걸이를 희화화한 것 같았다.

"누나는 여기서 그만 가는 게 낫겠어. 다음 전차를 타." 그가 말했다. 그러나 그녀는 이미 첫 번째 모퉁이에서부터 제자리걸음을 하고 있는 거나 마찬가지였다.

"맙소사! 내가 벌써 지치다니!" 그녀는 헐떡였다. "그래도 네가 그런 신발을 신고 걷는 것만큼은 걸을 수 있어. 네 신발은 밑창이 하도 닳아서 북 오클랜드에 닿기 훨씬 전에 터져버리겠구나."

"집에 괜찮은 신발이 있어." 그는 얼버무렸다.

"내일 저녁 먹으러 와." 그녀는 불쑥 초대했다. "남편은 집에 없을 거야. 사업차 샌 리앤드로로 간단다."

마틴은 고개를 저었으나, 저녁 식사라는 말에 눈에 떠오른 굶주린 늑대 같은 눈빛을 감추지는 못했다.

"너 돈 한 푼 없지, 마트? 그래서 걷는 거지? 운동 삼아!" 그녀는 비꼬며 콧방귀를 뀌려 했으나 코를 훌쩍거리고 말았다. "가만, 어디 보자."

그리고 그녀는 손가방을 뒤적여 5달러짜리 금화를 꺼내 그의 손에 쥐여 주었다. "내가 너의 지난번 생일을 챙기지 못한 것 같아, 마트." 그녀는 어색하게 중얼거렸다.

마틴의 손이 본능적으로 금화를 쥐었다. 그는 그 돈을 받아서는 안 된다는 걸 알지만, 단호히 물리치지 못하고 고통스럽게 망설였다. 그 돈은 그에게 음식과 생명을 뜻했다. 그의 몸과 두뇌에 비치는 빛이요, 글을 더 쓸 수 있게끔 하는 힘이었다. 또 누가 알랴? 그 힘으로 금화를 많이 벌어들이는 글을 쓰게 될지? 그의 눈앞에 막 탈고한 에세이 두 편이 환하게 떠올랐다. 그 두 편은 탁자 밑, 반송되었으나 우표가 없어서 재발송되지 못한 원고 무더기의 꼭대기에 놓여 있었다. 방금 타자로 친 듯 제목이 선명했다.『신비의 제사장』과『미의 요람』. 아직 아무 데도 부치지 않은 그 두 편은 그가 같은 주제로 쓴 어떤 글들보다 나았다. 그것들을 부칠 우표만 있다면! 그러자 반드시 성공하리라는 확신이, 허기와 더불어 솟구쳐 그는 재빨리 동전을 호주머니에 집어넣었다.

"거트루드 누나, 내가 백 배로 갚아줄게." 그는 목이 메어 꺽꺽거렸다. 눈은 촉촉했다.

"내 말 잘 들어!" 그는 돌연 밝게 외쳤다. "한 해가 가기 전에 이 작고 노란 녀석 백 개가 누나 손에 들어가게 해 줄게. 믿어 달라고 하지 않겠어. 누나는 기다려 보기만 해."

물론 그녀는 믿지 않았다. 제 불신이 거북했지만 딱히 다른 수는 없어서 그녀는 말했다.

"네가 굶고 있다는 걸 알아, 마트. 머리끝부터 발끝까지 배고파 보여. 언제라도 밥 먹으러 오렴. 남편이 집에 없을 때 애 하나를 보내 알려 줄게. 그리고 마트…"

그녀가 무슨 말을 할지 내심 알면서도 그는 기다렸다. 그녀의 사고 과정이 그에게는 훤히 보였다.

"네가 직업을 가질 때가 된 것 같지 않니?"

"누나는 내가 성공할 것 같지 않아?"

그녀는 고개를 저었다.

"나 자신 말고는, 누나, 아무도 나를 믿어 주지 않아." 반항기로 그의 목소리가 격해졌다. "나는 이미 좋은 작품을 써 놨어. 많이 써 놨다고. 조만간 작품이 팔릴 거야."

"그게 좋은지 어떻게 알아?"

"왜냐하면…" 그는 머뭇거렸다. 머릿속에 펼쳐지는 문학의 방대한 영역과 문학사는, 그녀에게 제 믿음을 설명하려고 해 봤자 소용없음을 알렸다. "글쎄, 그게 잡지에 실리는 글들의 99퍼센트보다 나으니까."

"네가 정신을 차려야 할 텐데." 그녀는 가느다랗게, 그러나 그의 병증을 옳게 진단했다는 확신을 담아 대꾸했다. "네가 정신을 차려야 할 텐데." 그녀는 되뇌었다. "내일 저녁 먹으러 오려무나."

차에 오르는 그녀를 부축해 준 다음, 그는 우체국으로 달려가 5달러 중 3달러를 들여 우표를 샀다. 그리고 나중에 모스 가로 향하다 우체국에 들러 다수의 크고 두툼한 봉투들의 무게를 재어, 2센트짜리 우표 3장만 남기고 나머지를 다 붙였다.

그 밤은 마틴에게 중요한 밤이 되었다. 식사 후에 러스 브리슨덴을 만났기 때문이다. 그가 어떻게 거기에 오게 됐는지, 어떤 친구 혹은 인연이 그를 불렀는지 마틴은 알지 못했다. 그에 대해 루스에게 물어볼 만큼 궁금하지도 않았다. 간단히 말해, 브리슨덴이 무기력한 얼간이로 보였으므로 마틴은 그를 무시해 버렸다. 한 시간 후에는 브리슨덴이 촌뜨기이기도 하다고 단정했다. 그가 이 방 저 방 어슬렁대면서 그림을 뚫어지게 쳐다보거나, 탁자나 책장에서 책과 잡지들을 집어 들어 코를 박았던 것이다. 그 집에 새로 온 인물인데도 그는 사람들 속에서 결국 혼자가 되어, 널찍한 안락의자에 몸을 묻고 제 호주머니에서 꺼낸 얇은 책에 몰두했다. 그러면서 무심결에 손가락으로 머리카락을 애무하듯이 만지작거렸다. 그날 저녁 마틴은 그에게 더 이상 신경 쓰지 않았으며, 그가 몇몇 젊은 여자들과 능숙하게 농지거리하는 모습을 한 번 봤을 뿐이었다.

모스 가에서 나온 마틴은 벌써 큰길까지 반쯤은 내려간 브리슨덴을 우연히 따라잡게 되었다.

"아, 당신이군요?" 마틴은 말했다.

상대방은 무례하게 툴툴거렸으나 나란히 걸었다. 마틴이 더 이상 말을 걸지 않았으므로 몇 블록이나 지나는 동안 둘 사이에는 침묵만이 있었다.

"시건방진 녀석!"

상대의 난데없는 독설에 마틴은 어이가 없었다. 재미있기도 하지만 반감이 커지기도 했다.

"그런 데 뭐 하러 갔어?" 또 한 블록을 묵묵히 지난 후 또 한 차례의 급습이 있었다.

"당신은?" 마틴은 맞받아쳤다.

"제기랄, 모르겠어."라는 답변이 왔다. "경솔한 짓은 이번이 처음이야. 하루에는 스물네 시간이 있고 나는 어떻게든 시간을 써야 하거든. 술 한잔하러 가지."

"그럽시다." 마틴은 대꾸했다.

다음 순간 그는 기다렸다는 듯한 제 답변에 당황했다. 집에는 잠자리에 들기 전 몇 시간 동안 써야 할 잡문과, 잠자리에 들어서도 읽어야 할 책들이 있었다. 그에게는 어느 흥미진진한 소설보다 로맨스로 충만한 허버트 스펜서의 자서전은 물론, 바이스만의 책이 그를 기다리고 있었다. 왜 좋아하지도 않는 이런 사람과 시간을 낭비해야 할까? 그런데 그가 술을 마시러 가게끔 이끈 것은 그 남자도, 술도 아니었다. 밝은 불빛, 거울들, 눈부시게 늘어선 술잔들, 뜨겁고 붉게 달아오른 얼굴들, 웅웅 울리는 사내들의 목소리였다. 그것이었다. 일이 잘풀려서 번 돈으로 사내답게 술을 마시는 사람들, 그런 낙천적인 남자들의 목소리였다. 그는 외로웠고, 그것이 문제였다. 그 때문에 삼치가 낚싯바늘에 꿰인 흰 천 쪼가리를 덥석 물 듯 초대를 덥석 받아들였던 것이다. 셸리 핫 스프링스에서 조와 함께 술을 마신 이후, 포르투갈인 식료품점 주인과 마신 단 한 번을 제외하고 마틴은 술집에서 술을 마신 적이 없었다. 육체적 피로와 달리 정신적 피로는 술에 대한 욕구를 불러일으키지 않아 마실 필요가 없었다. 그런데 지금그는 술을, 아니 그보다는 술을 따르고 마시는 분위기를 갈구했다. '동굴'이란 술집은 그런 장소였으며, 브리슨덴과 그는 널찍한 안락의자에 앉아 스카치에 소다수를 섞은 칵테일을 마셨다.

그들은 이야기를 나누었다. 그들은 많은 것에 대해 이야기했고, 브리슨덴과 마틴은 서로 번갈아 칵테일을 시켰다. 엄청나게 술이 센 마틴은 상대의 주량에 놀랐고, 상대가 하는 말에는 경탄을 금치 못했다. 얼마 안 돼 그는 브리슨덴이 모든 것을 안다고 생각하게 되었으며, 그 자리에 그가 두 번째로 만나는 지식인이 있다고 결론지었다. 그런데 브리슨덴에게는 칼드웰 교수에게는 없는 것이 있었다. 이른바 불, 번뜩이는 통찰과 직관, 제어할 수 없이 타오르는 천재성이었다. 살아 있는 언어가 그에게서 술술 흘러나왔다. 그의 얇은 입술이기계의 날처럼 베고 찌르는 구절들을 찍어 냈다. 그렇지 않으면 그 얇은 입술은 첫소리를 애무하듯 오므리며 부드럽고 매끄러운 발음을, 열정과 영광의 달큰한 구절들을, 잊히지 않을 만큼 아름다운 구절들을, 생명의 신비와 수수께끼의 반향이 울리는 구절들을 만들어 냈다. 또한 그 얇은 입술은 나팔과도 같아서 그로부터 우주적 투쟁의 충돌과 격동이, 은처럼 맑고 별이 가득한 하늘처럼 찬란한 구절들이, 과학의 최종 언어를 압축하면서도 그 이상을 말하는 구절들이 울려 나왔다. 그건 시인의 말이었다. 알기 어려운, 표현할 수 있는 말이 없는, 그럼에도 일반적인 언어의 미묘하고 뭐라고 꼬집어 말할 수 없는 함의로 표현되는, 초월적 진리가 울려 나왔다. 그는 놀라운 선견지명으로, 경험주의의 전초기지를 넘어선 곳을 보았다. 그곳을 설명할 언어는 없으나 기적과도 같은 뛰어난 화술로, 알려진 단어들에 미지의 의미를 담아, 그는 범상한 영혼에게는 전할 수 없는 메시지를 마틴에게 전했다.

마틴은 그에 대한 첫인상을 잊었다. 여기, 책들이 제공해야 할 최상의 지식이 펼쳐지고 있었다. 여기 지성이, 그가 존경할 수 있는 살아 있는 인간이 있었다. '당신 앞에 무릎을 꿇습니다.' 마틴은 속으로 거듭 말했다.

"당신은 생물학을 공부했군요." 그는 의미심장한 투로 소리쳤다.

놀랍게도 브리슨덴은 고개를 저었다.

"하지만 당신이 말하는 진리는 오직 생물학으로만 입증될 수 있어요." 마틴은 주장했으나 텅 빈 응시만이 돌아왔다. "사람은 자기가 읽은 책들과 일치하는 결론을 내리기 마련이죠."

"그런 말을 들으니 기쁘네."라는 답변이었다. "내가 대충 섭렵한 지식으로 진리에 이르는 지름길을 찾아냈다니 대단히 안심이 되는군. 그런데 나로서는, 내가 옳은지 그른지 굳이 알려고 하지 않아. 어차피 다 쓸데없으니까. 인간은 궁극적인 진실을 결코 알 수 없다네."

"당신은 스펜서의 제자군요!" 마틴은 승리감으로 환호했다.

"한창 젊을 적에 읽은 것 말고는 스펜서를 읽지 않아. 그리고 그때 읽은 것도 그의 『교육론』뿐이야."

"나도 그렇게 편하게 지식을 끌어모을 수 있다면!" 반 시간 후에 마틴이 느닷없이 푸념했다. 브리슨덴의 정신적 능력을 면밀히 분석하고 있었던 것이다. "당신은 순전히 독단적이고, 그래서 그토록 경이로운 생각을 할 수 있는 겁니다. 당신은 과학이 귀납적인 방식으로 최근에 이르러서야 추론해 낼 수 있었던 사실들을 독단적으로 얘기하고 있어요. 단숨에 올바른 결론으로 도약한다고요. 확실히 당신은 지름길로 전력 질주하는군요. 어떤 초이성적인 과정으로, 진리에 이르는 길을 빛의 속도로 찾아내는 것 같아요."

"그래, 그 때문에 조셉 신부와 듀톤 수사가 고생했지." 브리슨덴은 답했다. "오, 아니야." 그는 덧붙였다. "나는 아무것도 아니야. 행운의 장난이 나를 가톨릭 대학에 보낸 거지. 자네는 그런 지식을 어디서 주워 모았나?"

그에게 얘기하는 동안 마틴은 브리슨덴을 열심히 관찰했다. 길고 마른 귀족적인 얼굴로부터 축 처진 어깨, 옆 의자에 놓인 외투와 많은 책을 넣고 다닌 탓으로 불룩하게 튀어나온 호주머니까지. 브리슨덴의 얼굴과 길고 가느다란 손은 과도하게 햇볕을 쬐어 짙게 그을어 있었다. 마틴은 그 그을림이 마음에 걸렸다. 브리슨덴이 실외활동을 많이 하는 사람이 아님은 명백했다. 그런데 어떻게 태양에 저토록 심하게 그을렸을까? 섬뜩하고 중요한 것을 시사한다고 생각하면서, 마틴은 눈길을 그의 얼굴로 되돌렸다. 갸름한 형태에, 툭 튀어나온 광대뼈와 동굴처럼 깊이 들어간 뺨, 마틴이 이제껏 본 중에 가장 섬세하고 잘생긴 매부리코가 보였다. 눈의 크기는 별다르지 않았다. 크지도 작지도 않았으며, 눈동자는 애매한 갈색이었다. 그런데 눈동자 속에서 불꽃이 타오르고 있었다. 아니 그보다는, 이중적이고 묘하게 모순된 표현이 잠복해 있었다. 그 눈동자는 도발적이며 무엇에도 굴하지 않고, 지나치게 냉혹하면서도 연민을 불러일으켰다. 마틴은 이유도 모른 채 그에게 동정을 느꼈는데, 곧 그 이유를 알게 되었다.

"아, 난 폐병쟁이야." 브리슨덴은 자기가 애리조나에서 왔다고 말하고 나서, 잠깐 뒤에, 퉁명스럽게 알렸다. "거기 좋은 기후에서 이 년쯤 지냈지."

"여기 기후에서는 못 버틸 수도 있잖아요. 겁나지 않으세요?"

"겁나냐고?"

그의 되뇌임에는 어떤 감정도 담겨 있지 않았다. 그런데도 마틴은 그의 금욕적인 얼굴에서 겁낼 게 아무것도 없다는 공시를 읽었다. 그의 두 눈이 독수리의 눈처럼 꼬리가 치켜 올라가며 미간이 좁아졌고, 콧구멍이 넓어지면서 콧등 또한 독수리의 부리처럼 되었다. 마틴을 숨을 죽였다. 브리슨덴의 얼굴은 도전적이고, 단호하고, 공격적이었다. 마틴은 뼛속까지 전율하며 속으로 외쳤다. 굉장해! 그는 어느 시인의 시구를 소리 내어 읊었다.

우연의 몽둥이질을 당해

내 머리는 피투성이이나 수그러지지 않는다.

"자네는 헨리를 좋아하는군." 순식간에 우아하고 부드러운 표정으로 바뀌면서, 브리슨덴이 말했다. "물론 그렇겠지. 자네한테서 다른 시인의 시가 나올 수 없을 테지. 아, 헨리! 용감한 영혼. 그는 요즘의 엉터리 시인들, 잡지를 기웃거리는 엉터리들 속에서 내시들 한가운데 선 검투사처럼 우뚝 솟아 있어."

"당신은 잡지들을 좋아하지 않는군요." 마틴은 가볍게 딴죽을 걸었다.

"자네는 좋아하나?" 사나운 대꾸에 마틴은 움찔했다.

"나… 나는 잡지에 실리는 글을 씁니다. 아니, 그런 글을 쓰려고 합니다." 마틴은 말을 더듬었다.

"그쪽이 낫군." 누그러진 대꾸였다. "자네는 잡지에 실리는 글을 쓰려고 하지만, 실리지 못하지. 나는 자네의 실패를 존경하네. 자네가 어떤 글을 쓰는지 알겠어. 한눈에 알겠다고. 자네의 글에는 그 글이 잡지에 실리는 걸 막는 한 가지 요소가 있어. 바로 배짱, 잡지들의 입장에서는 그런 특정한 상품은 쓸모가 없거든. 그들이 원하는 건 시시껄렁하고 징징 짜는 이야기들인데, 그런 걸 얻을 데는 수두룩하지만 자네는 아니지."

"나는 잡문을 쓰기에 과분한 사람이 아닙니다." 마틴은 맞섰다.

"천만에…" 브리슨덴은 말을 잠시 멈추고 마틴에게 역력한 가난을 오만한 눈으로 죽 훑어보았다. 낡은 넥타이와 해진 칼라, 반질거리도록 닳아빠진 외투 소매와 살짝 닳은 한쪽 소맷부리까지, 그리고 그의 시선은 도로 올라와 마틴의 움푹 팬 뺨에 머물렀다. "천만에, 잡문이 자네에게 과분해. 너무나 과분해서 자네는 그렇게 쓰기를 바랄 수조차 없어. 아니, 이보게, 내가 자네에게 뭘 좀 먹자고 하면 모욕이 되려나?"

마틴은 뜻하지 않게 얼굴이 화끈 달아올랐고, 브리슨덴은 득의의 웃음을 터뜨렸다.

"배부른 사람은 그런 초대를 모욕으로 느끼지 않는다네." 그는 결론지었다.

"당신은 고약하군요." 마틴은 쏘아붙였다.

"어쨌든, 나는 초대하지 않았어."

"감히 그러지 못한 겁니다."

"아, 그랬나? 난 모르겠어. 지금 자네를 초대하네."

그 말을 하면서 브리슨덴은 의자에서 반쯤 일어나, 당장 음식점으로 출발할 기세였다.

마틴은 주먹을 불끈 쥐었다. 관자놀이에서 맥이 뛰었다.

"뱀을 산 채로 삼킵니다! 뱀을 산 채로 삼켜요!" 브리슨덴은 길거리 약장수가 손님을 끄는 소리를 흉내 내어 외쳤다.

"나는 당신을 산 채로 삼킬 수도 있습니다." 이번에는 마틴이 오만한 눈으로 상대의 병약한 몰골을 훑어보았다.

"그런데 난 그럴 가치도 없다는 건가?"

"천만에요," 마틴은 잠시 생각했다. "이 일로 그럴 가치가 없어요." 그는 기분 좋은 웃음을 맘껏 터뜨렸다. "당신이 나를 놀려먹었다는 걸 인정합니다, 브리슨덴. 내가 배가 고프고 당신이 그걸 알아챘다는 건 일반적인 현상이에요. 부끄러울 게 없습니다. 나는 속 좁은 사람들의 관습적인 도덕을 비웃는 사람입니다. 그런데 당신이 나타나 예리한 말로 정곡을 찌르니, 나도 바로 속 좁은 도덕의 노예가 되는군요."

"자네는 모욕으로 느꼈어." 브리슨덴은 확언했다.

"방금 전에는 분명히 그랬습니다. 어린 시절의 편견이죠. 그때 그런 것들을 배웠고, 그것들 때문에 내가 이후에 배운 것들도 제값을 하지 못합니다. 나라는 벽장에 깊이 넣어 둔 비밀이죠."

"그런데 지금은 문을 닫아 두었겠지?"

"확실히 닫아 뒀습니다."

"정말로?"

"정말로요."

"그럼 가서 뭘 좀 먹자고."

"언젠가 갚겠습니다." 마틴은 응답했다. 2달러에서 남은 돈으로 자기가 이번에 시킨 칵테일 값을 치르려는데, 브리슨덴의 윽박질에 웨이터는 돈을 탁자에 도로 내려놓았다.

마틴은 인상 쓰며 돈을 호주머니에 집어넣었다. 그리고 잠깐 동안 어깨를 다정히 누르는 브리슨덴의 손을 느꼈다.

32장

다음 날 오후, 마틴을 찾는 두 번째 손님이 오자 마리아는 즉각 흥분했다. 그러나 이번에는 정신을 놓지 않고 브리슨덴을 품위 있는 응접실에 모셨다.

"내가 찾아와서 언짢은가?" 브리슨덴이 먼저 말했다.

"아뇨, 괜찮아요." 마틴은 악수를 하고 그를 제 방으로 안내하여 하나밖에 없는 의자에 앉혔다. 자신은 침대에 걸터앉았다. "그런데 내가 여기 사는 줄 어떻게 알았죠?"

"모스 가에 전화했지. 모스 양이 전화를 받았고, 나는 여기 오게 된 거야." 그는 외투 호주머니에서 얇은 책을 꺼내 탁자에 던졌다.

"어떤 시인의 시집이야. 읽고 나서 가지게." 그리고 마틴의 사양에 답했다. "나더러 책으로 뭘 하란 말인가? 오늘 아침에도 각혈했어. 위스키 있나? 물론 없겠지. 잠깐 기다려."

그는 나갔다. 마틴은 계단을 내려가는 그의 길쭉한 뒷모습을 지켜보고는 문을 닫으려다, 한때는 넓었을 그의 어깨가 이제는 무너진 가슴 위로 오그라든 것을 알아채고 가슴이 아팠다. 마틴은 컵 두 개를 갖다 놓고, 헨리 본 말로의 신작 시집을 읽기 시작했다.

"스카치는 없어." 브리슨덴이 돌아와서 알렸다. "그 거지 같은 상점에는 미국 위스키밖에 없더군. 그거라도 사 왔어."

"레몬을 사 오라고 애들한테 시킬게요. 그걸로 토디를 만들자고요." 마틴은 제안했다.

"이런 시집으로 말로는 얼마나 벌게 될까요?" 그는 그 시집을 집어 들고 물었다.

"아마도 50달러쯤"이라는 답변이었다. "그거라도 받아 내든지, 아니면 출판업자를 꾀어 손해를 무릅쓰고 책을 찍어 내게 한 것만으로도 운이 좋은 거지."

"그럼 시를 써서 먹고살 수는 없는 겁니까?"

마틴의 말투와 표정에는 낙담한 기색이 역력했다.

"턱도 없지. 어떤 바보가 그런 기대를 하겠나? 겉만 번드르르한 시를 쓴다면, 그래 가능해. 브루스, 버지니아 스프링, 세드윅 같은 시인들은 아주 잘 먹고 잘살아. 하지만 진짜 시를 쓰면… 본 말로가 어떻게 연명하는지 아는가? 펜실베이니아의 남자 기숙학원에서 강사 노릇을 하는데, 온갖 사설 지옥 중에 그가 구할 수 있는 일자리로는 그나마 나은 거야. 그가 앞으로 50년을 더 산다고 해도 나는 그와 나를 맞바꾸지 않겠어. 그럼에도 그의 시는 요즘의 풋내기 시인들이 쏟아 낸 허섭스레기 속에서 당근 속 루비처럼 눈에 번쩍 뜨이거든. 헌데 그가 듣는 평이란! 빌어먹을 놈들, 깡그리 다 둔해 터진 놈들!"

"글을 쓰지 못하는 사람들이 글을 쓰는 사람들에 대해 너무 많은 비평을 합니다." 마틴이 동의했다. "스티븐슨과 그의 작품에 대해 이러니저러니 하는 쓰레기 같은 글들이 엄청나게 많아서 나는 놀랐어요."

"시체를 뜯어먹고, 산 사람의 등골의 빼먹는 악귀들!" 브리슨덴은 이를 부드득 갈고 내뱉었다. "그래, 나도 그 자식들을 알아. 스티븐슨이 다미안 신부(한센병 환자들을 위해 평생을 봉사한 벨기에의 성직자 – 옮긴이)에게 보낸 편지를 갖고 그를 쪼아 대고, 분석하고, 재고…"

"자기들의 알량한 자아를 잣대로 그를 재죠." 마틴이 끼어들었다.

"그래, 바로 그거야, 딱 맞는 말이야. 진, 선, 미를 입이 마르도록 외쳐 대다가 결국은 그의 등을 토닥이며 '아이고, 착해라, 우리 멍멍이'라고 하는 거야. 쳇! 오죽하면 리차드 리얼프가 죽으면서 그들을 '재잘대는 갈까마귀 같은 자들'이라고 했겠어."

"별 무리를 쪼는 갈까마귀 같은 자들이죠." 마틴은 상대의 변조를 받아서 이었다. "유성처럼 날아가는 대가들을 쪼아 대는. 내가 그런 자들, 비평가니 서평가니 하는 작자들에 대한 풍자문을 쓴 적도 있어요."

"보여 주게." 브리슨덴이 부탁했다.

그래서 마틴은 『별 무리』의 사본을 찾아냈다. 그 글을 읽는 동안 브리슨덴은 낄낄대고 두 손을 문지르느라 토디를 마시는 것도 잊어버렸다.

"나한테는 자네가 바로 별 무리 같구먼. 볼 눈이 없는 난쟁이들의 세상에 내던져진 별 무리." 그 글을 다 읽고 난 그의 촌평이었다. "당연히 자네가 투고한 첫 번째 잡지사에서 덥석 물었겠지?"

마틴은 자신의 원고에 대해 적어 둔 장부를 넘겨 보았다. "스물일곱 군데에서 거절당했습니다."

브리슨덴은 폭소를 터뜨리려 했으나, 발작적인 기침을 터뜨렸다.

"이보게, 시를 쓰지 않았다고 발뺌하지 말게." 그는 헐떡거렸다. "좀 보여 달라고."

"지금 읽지 말아요." 마틴은 호소했다. "당신과 얘기하고 싶어요. 싸 줄 테니 집에 갖고 가서 읽으세요."

브리슨덴은 『연애시 연작』과 『미녀와 진주』를 갖고 갔고, 다음 날 와서 인사도 하기 전에 말했다.

"더 내놔."

그가 마틴이 시인임을 보장했을 뿐만 아니라, 마틴은 브리슨덴 또한 시인임을 알게 되었다. 마틴은 그의 작품에 홀딱 반해 버렸으며, 그가 출판을 위한 시도조차 해 보지 않았다는 사실에 놀랐다.

"그것들은 염병에 걸려 버리라지!" 마틴이 브리슨덴의 작품을 잡지사들에게 보내 보겠다고 자청하자, 그는 이렇게 답했다. "그것들은 내버려 두고, 자네는 아름다움을 그 자체로 사랑하게. 배를 타고 자네의 바다로 돌아가. 그게 내가 자네에게 하는 충고야, 마틴 에덴. 이 병들고 썩은 도시에서 뭘 바라나? 자네는 잡지계의 천한 요구에 맞춰 아름다움을 팔아 보려는 헛수고로 날마다 제 목을 조르고 있어. 전에 자네가 인용한 구절이 뭐였더라? 아, 그래, '인간, 최신 하루살이.' 자네, 최신 하루살이는 명성을 얻어서 뭘 하려는가? 명성은 자네에게 독이 될 거야. 그따위 이유식을 먹고 크기에는 자네가 너무 단순하고, 너무 원초적이고, 너무 합리적이라고 나는 믿네. 자네가 시한 줄도 잡지에 팔지 않았으면 좋겠어. 자네가 섬겨야 할 단 하나의 주인님은 아름다움이야. 아름다움을 섬기고 대중은 무시해 버려! 성공! 헨리의 『유령』을 능가하는 자네의 스티븐슨에 관한 소네트, 『연애시 연작』, 그리고 바다에 관한 시들이 성공을 보장해 주지 못한다면, 성공이란 게 대체 뭔가? 자네의 기쁨은 글을 써서 성공하는 데 있지 않고, 글을 쓰는 데에 있어. 자네는 그렇게 말하지 못하겠지. 난 알아. 자네도 알아. 아름다움이 자네를 아프게 해. 아름다움은 자네에게 끝나지 않을 고통이고, 치유되지 않을 상처이며, 화염의 칼이야. 자네가 왜 잡지사와 흥정해야 하지? 아름다움을 자네의 목적으로 삼아. 왜 자네가 아름다움을 거푸집에 넣어 금화를 찍어 내야 해? 어쨌거나 자네는 할 수도 없어. 그러니 내가 흥분할 필요도 없지. 잡지를 천 년 동안 읽어 봤자 키츠의 시 한 줄 만한 값어치도 없어. 명성과 돈은 내버려 두고, 내일 당장 선원 계약을 해서 바다로 나가라고."

"명성이 아니고, 사랑을 위해서입니다." 마틴은 웃었다. "당신의 우주에는 사랑이 있을 자리가 없는 모양이죠? 내 우주에서 아름다움은 사랑의 시녀죠."

브리슨덴은 연민과 동경이 담긴 눈길로 그를 바라보았다. "자네는 참 젊네, 마틴, 참 젊어. 자네는 높이 날아오를 텐데, 날개가 가장 섬세한 실로 짜여 있고 가장 선명한 염료로 물들여져 있지. 그걸 그을게 하지 마. 그런데 물론 자네의 날개는 이미 그을었어. 『연애시 연작』을 쓰려면 찬미의 대상인 어떤 여자가 있었을 테고, 그게 그 시에서 아쉬운 점이야."

"그 시는 여자와 더불어 사랑을 찬미합니다." 마틴은 웃었다.

"광기의 철학이야." 브리슨덴이 대꾸했다. "대마초에 취할 때는 나도 그런 생각이 들곤 해. 하지만 조심하게. 이 부르주아 도시들은 자네를 죽이고 말 거야. 내가 자네를 만난 배신자들의 소굴을 봐. 퇴폐라는 말로도 모자라. 그런 분위기에서는 누구도 정신이 온전할 수가 없어. 타락한다고. 타락하지 않은 사람은 한 명도 없어. 남자, 여자, 그들 전부 다 돈이라는 고도의 지적이고 예술적인 충동에 끌려 제 뱃속을 채우지…."

그는 갑자기 말을 멈추고 마틴을 쳐다보았다. 그리고 번뜩이는 통찰력으로 상황을 꿰뚫어 보았다. 그의 얼굴에 경악이 떠올랐다.

"그렇군, 자네가 그 엄청난 『연애시 연작』을 그 여자를 위해, 그 창백하고 시들시들한 여자를 위해 썼다니!"

다음 순간 마틴의 오른손이 뻗어 나가 그의 멱살을 움켜잡고, 이빨이 딱딱 맞부딪도록 그를 흔들어 댔다. 그러나 마틴이 그의 눈을 보니 그 눈에는 두려움이 없었다. 전혀 없었다. 신기해하며 조소하는 악마가 있었다. 마틴은 정신 차리고 브리슨덴을 침대 위로 비스듬히 던지면서 손을 놓았다.

브리슨덴은 잠시 동안 고통스럽게 헐떡대더니 낄낄거리기 시작했다.

"자네가 생명의 불을 흔들어 완전히 꺼 버렸으면, 나는 영원히 자네에게 빚을 지게 됐을 텐데." 그는 말했다.

"요즘 내가 신경이 곤두서 있어요." 마틴은 사과했다. "당신이 다치지 않았기를 바랍니다. 새로 토디를 타 드릴게요."

"이야, 천하장사네!" 브리슨덴은 말을 이었다. "힘자랑하는 겐가? 자넨 무시무시하게 강해. 젊은 표범, 어린 사자야. 좋아, 좋아, 그 힘의 대가를 치를 사람은 자네지."

"무슨 말입니까?" 마틴은 잔을 건네며 물었다. "자, 쭉 들이키면 괜찮을 거예요."

"왜냐하면…" 브리슨덴은 토디를 홀짝거리고 맛을 음미하며 미소 지었다. "왜냐하면 여자들 때문이지. 여자들이 자네가 죽을 때까지 자네를 괴롭힐 거야. 여태까지 괴롭혔듯이 말이야. 난 애송이가 아니라고. 이제 내 목을 졸라 봐야 소용없어. 난 할 말을 할 거니까. 명백히 이번은 자네의 풋사랑이야. 그런데 아름다움을 위해서, 다음번에는 보다 나은 취향을 보여 줘. 부르주아의 딸과 도대체 뭘 하겠다는 거야? 그런 여자애들은 내버려 두라고. 삶을 비웃고 죽음을 야유하며, 사랑을 마다하는 법 없는 대단한 여자, 걷잡을 수 없이 활활 타오르는 불꽃 같은 여자를 고르라고. 그런 여자들이 있고, 그들도 부르주아의 온실 같은 삶에서 배출된 여느 겁쟁이만큼 기꺼이 자네를 사랑할 걸세."

"겁쟁이라고요?" 마틴은 항의했다.

"바로 그거야, 겁쟁이. 자기들에게 지껄여진 오밀조밀한 도덕을 지껄이면서, 삶을 제대로 살기는 겁내지. 그들은 자네를 사랑하겠지만, 마트, 자기들의 오밀조밀한 도덕을 더 사랑할 거야. 자네가 원하는 것은 삶의 멋진 방기, 위대하고 자유로운 영혼, 불타는 나비야. 조그맣고 칙칙한 나방이 아니지. 오, 자네는 그 멋진 나비들도 역시 지겨워하게 될 거야. 불행히도 그때까지 살아 있게 된다면, 여자라면 다 지겨워하게 될 거라고. 그런데 자네는 그때까지 살지 못할 거야. 배를 타고 바다로 돌아가지 못할 거야. 그래서 이 역병이 창궐하는 도시들을 배회하다 뼛속 깊이 썩어 문드러져, 죽어 버릴 거야."

"설교 계속 하세요. 내게서 대답을 들을 수는 없을 겁니다." 마틴은 말했다. "결국 당신은 당신 나름의 지혜가 있고, 나는 내 나름의 지혜가 있어요. 내 것도 당신 것만큼 흠이 없어요."

그들은 사랑, 잡지, 그리고 많은 것들에 대해 의견이 달랐으나, 서로 좋아했다. 마틴으로서는 깊은 우애라 해도 지나치지 않았다. 마틴의 갑갑한 방을 브리슨덴이 방문하는 동안만일지라도, 그들은 날마다 함께 시간을 보냈다. 브리슨덴은 반드시 위스키를 갖고 왔고, 둘이 시내로 나가 저녁을 먹을 때도 내내 칵테일을 마셔 댔다. 비용을 다 내는 그 덕분에, 마틴은 고급 요리를 알게 되었으며 처음으로 샴페인을 마셔 보았고, 라인 포도주도 접했다.

그러나 브리슨덴은 여전히 수수께끼였다. 금욕적인 얼굴에 급격히 떨어지는 체력에도 불구하고, 그는 내놓고 쾌락을 탐닉했다. 그는 죽음을 두려워하지 않았으며, 삶의 모든 방식을 신랄하게 비꼬았다. 그러면서도, 죽어 가면서 삶을 철저히 사랑했다. 그는 살려는 광기, 짜릿한 흥분을 느끼려는 광기, 그 자신이 언젠가 썼듯이 '내가 태어난 우주 먼지 속, 나의 작은 공간에서 꿈틀거리려는' 광기에 사로잡힌 사람이었다. 새로운 짜릿함과 새로운 감각을 추구하여 마약에 손대고 여러 이상한 짓을 한 적도 있었다. 마틴에게 말한 바로는, 한번은 갈증이 해소될 때의 그 격렬한 쾌감을 경험하기 위해 자발적으로 3일이나 물을 마시지 않았다는 것이었다. 그가 누구이고 무엇을 하는 자인지, 마틴은 결코 알 수 없었다. 그에게 과거는 없고 미래는 임박한 죽음이며, 현재는 삶의 모진 열병이었다.

33장

마틴은 점점 더 궁지에 몰렸다. 아무리 절약해도 잡문을 써서 벌어들이는 돈으로는 지출을 감당할 수 없었다. 추수감사절이 다가왔건만 검은 정장이 전당포에 있는 탓에 모스 가의 저녁 만찬 초대에 응하지 못했다. 그런 사정을 알자 루스는 낙담했으며, 그 또한 그 영향으로 더욱 절망감이 들었다. 어떻게 해서든 가겠다고, 그는 그녀에게 말했다. 샌프란시스코로 넘어가서 「트랜스콘티넨탈」 잡지사를 찾아가, 자기가 받아야 할 5달러를 거두어 양복을 되찾겠다고.

아침에 그는 마리아에게서 10센트를 빌렸다. 브리슨덴이 있었다면 그에게 빌렸겠으나, 그 종잡을 수 없는 기인은 사라져 버렸다. 그를 본 지 2주가 지났으므로, 혹시 자기가 그의 마음을 상하게 했는지 머리를 쥐어짜 봐도 딱히 짚이는 바는 없었다. 10센트로 마틴은 배를 타고 샌프란시스코로 건너갔으며, 돈을 받지 못할 경우에 겪어야 할 곤란을 생각하며 마킷 가를 걸었다. 그럴 경우 그는 오클랜드로 돌아갈 방도가 없을 것인데, 샌프란시스코에는 10센트를 빌릴 지인도 없었다.

「트랜스콘티넨탈」 지 사무실의 문은 살짝 열려 있었고, 마틴은 문을 마저 열려다가 사무실 안에서 나오는 커다란 목소리에 동작을 멈추었다. 그 목소리는 이렇게 외쳤다. "하지만 문제는 그게 아니오. 포드 씨. (포드, 그것이 마틴이 편지에서 본 편집자의 이름이었다.) 문제는 당신이 돈을 줄 수 있느냐는 거요. 현금으로, 당장. 내 말 알겠소? 「트랜스콘티넨탈」 지의 전망이라든가 내년 편집 계획에 나는 관심 없소. 내가 원하는 건, 내가 하는 일에 대한 대가를 받는 거요. 그리고 바로 이 자리에서 말하겠는데, 내가 그 돈을 손에 쥐기 전에는 「트랜스콘티넨탈」 크리스마스 특집호는 인쇄되지 않을 거요. 잘 있으시오. 돈을 구하거든 나를 찾아오시오."

문을 확 열고 나온 남자는 화난 표정으로 마틴을 지나 복도로 돌진하면서, 욕설을 중얼대고 주먹을 부르쥐었다. 마틴은 바로 들어가지 않기로 하고 통로에서 15분 정도 시간을 끌었다. 그리고 문을 밀쳐 열고 들어섰다. 그것은 새로운 경험이었으니, 그는 처음으로 편집 사무실에 들어와 본 것이었다. 그 사무실에서는 분명 명함이 필요 없어서, 사환이 포드 씨를 찾아온 사람이 있다고 안쪽 방에 알렸다. 그리고 사환은 반쯤 돌아오다 그를 손짓으로 불러 안쪽 개인 사무실, 편집자의 방으로 안내했다. 그 방에 대한 마틴의 첫인상은 뒤죽박죽 어질러져 있다는 것이었다. 다음으로 그는 뚜껑을 덮을 수 있는 고급 책상에 앉아 호기심 어린 눈길을 보내는, 구레나룻을 기른 젊은 남자를 알아보았다. 마틴은 그의 평온한 표정에 탄복했다. 인쇄업자와의 언쟁이 그의 평정을 조금도 흐트러뜨리지 않았음이 명백했다.

"나, 나는 마틴 에덴입니다." 마틴은 말문을 열었다. ("내가 받을 5달러를 주시오."라고 말하고 싶었다.)

그러나 이 사람은 그가 만난 첫 번째 편집자였으므로, 이런 상황에서 너무 급작스럽게 겁을 주고 싶지 않았다. 놀랍게도, 포드 씨는 의자에서 튀어 일어나 "설마 당신이!"라고 외쳤고, 다음 순간 두 손으로 마틴의 손을 잡고 야단스럽게 흔들어 댔다.

"당신을 만나 이루 말할 수 없이 기쁩니다, 에덴 씨. 당신이 어떤 모습일지 자주 생각했답니다."

이 순간 그는 마틴과 한 팔 정도의 거리를 두고 탐조등 같은 눈으로 마틴의 두 번째로 좋은 양복을 죽 훑어보았다. 그 양복은 그의 가장 낡은 옷이기도 해서, 마리아의 다리미를 빌려 정성껏 바지에 줄을 세워 놓긴 했지만, 어떻게 손써 볼 수 없을 만큼 헤져 있었다.

"그런데 솔직히 말해서 당신이 훨씬 나이 든 사람일 줄 알았습니다. 그만큼 당신의 단편은 넓은 경험의 폭과, 저력과, 성숙하고 깊은 사고를 보여 주었습니다. 그 소설은 걸작입니다! 첫 대여섯 줄을 읽자마자 나는 알았습니다. 내가 그 소설을 어떻게 처음 읽게 됐는지 얘기하죠. 아니, 먼저 당신을 우리 직원들에게 소개하겠습니다."

포드 씨는 끊임없이 떠들어 대면서 그를 일반 사무실로 데리고 가 편집 차장인 화이트 씨에게 소개했다. 편집 차장은 마르고 약해 보이는 작은 남자로, 감기라도 앓는 것처럼 손이 이상하게 차가웠으며 구레나룻은 성기고 부드러워 보였다.

"그리고 에덴 씨, 이쪽은 엔즈 씨입니다. 우리의 영업부장이죠."

마틴은 눈빛이 날카로운 대머리 남자와 악수했다. 백설 같은 수염에 거의 다 뒤덮여 극히 일부만 드러난 얼굴로 보건대, 그는 팔팔하게 젊은 듯싶었다. 그 수염은 일요일마다 그의 아내가 뒷목 면도와 더불어 세심하게 다듬어 주는 것이었다.

세 남자가 마틴을 둘러싸고 동시에 칭송해 대는 바람에, 서로 시간을 다투어 내기라도 하는 듯했다.

"우리는 왜 당신이 찾아오시지 않는지 종종 궁금했습니다." 화이트 씨가 말했다.

"차비가 없었습니다. 나는 만 건너편에 살거든요." 마틴은 돈이 꼭 필요하다는 걸 보여 주기 위해 쌀쌀하게 답했다.

물론, 그는 생각했다, 내 꼬락서니 자체로 얼마나 절실한지 설명이 될 거야. 기회가 올 때마다 반복해서 그는 자기의 방문 목적을 시사했다. 그러나 그를 칭송하는 자들은 귀머거리였다. 자기들이 그의 작품을 처음 보고 무슨 생각을 했는지, 이어서 무슨 생각을 했는지, 아내와 가족들이 무슨 생각을 했는지 나열하며 찬양가만 불러 댔다. 그러나 아무도 그 작품에 대한 원고료를 지불할 기미마저 비치지 않았다.

"내가 당신의 단편을 어떻게 처음으로 읽게 됐는지 얘기했던가요?" 포드 씨가 말했다. "물론 안 했겠죠. 나는 뉴욕에서 돌아오던 길이었는데, 기차가 오그던에 섰을 때 새로 탄 신문팔이 아이가 「트랜스콘티넨탈」 신간호를 갖고 왔습니다."

세상에! 마틴은 생각했다. 내가 당신이 빚진 푼돈 5달러를 달라고 애걸복걸하는 동안에 당신은 침대차를 타고 다녔구먼. 분노의 파도가 그를 덮쳤다. 음울했던 지난 몇 달간의 헛된 기다림, 굶주림과 궁핍이 그를 강하게 덮쳐 왔고, 당장의 허기가 깨어나 그를 깨물어 대면서 전날부터 아무것도 먹지 못한 데다 그때 먹은 것도 입가심에 불과했음을 상기시키는 탓에, 「트랜스콘티넨탈」이 그에게 저지른 잘못이 엄청나게 느껴졌다. 이 순간 그는 눈에 뵈는 게 없었다. 이놈들은 강도도 아니었다. 좀도둑이었다. 거짓말과 위약으로 그를 속여 단편을 빼앗아 갔다. 좋아, 그는 보여 줄 것이다. 돈을 받기 전에는 그 사무실을 떠나지 않으리라고 그는 의지를 단단히 굳혔다. 돈을 받지 못하면 오클랜드로 돌아갈 방도가 없다는 사실을 떠올렸다. 그는 가까스로 자제하고 있었으나 얼굴에 떠오른 늑대처럼 사나운 표정이 이미 상대의 기를 질리게 한 터였다.

그들은 더더욱 떠벌였다. 포드 씨는 자기가 어떻게 『종소리』를 처음 읽게 됐는지 다시 얘기했고, 동시에 엔즈 씨도 제 조카딸의 『종소리』에 대한 호의적인 논평을 애써 반복하면서, 조카딸이 앨러미다의 교사라고 밝혔다.

"내가 여기 왜 왔는지 말하겠습니다." 마침내 마틴은 통고했다. "당신들이 그토록 좋아하는 단편의 고료를 받기 위해서입니다. 5달러, 내가 알기로는 그게 당신들이 출판 즉시 지불하기로 한 금액입니다."

포드 씨는 그 다변하는 얼굴에 기꺼이 타협하겠다는 표정을 떠올리며 손을 호주머니로 뻗었으나, 갑자기 엔즈 씨를 돌아보며 자기는 돈을 집에 두고 왔다고 말했다. 엔즈 씨는 이를 불쾌하게 여기는 것이 명백했다. 바지 호주머니를 방어하려는 듯이 재빨리 움직이는 그의 팔을 마틴은 보았고, 돈이 거기 있음을 알았다.

"미안합니다." 엔즈 씨는 말했다, "막 한 시간 전에 인쇄업자에게 청구액을 지불하느라 잔돈까지 내줬습니다. 이다지 여유 자금이 없는 건 내 불찰입니다. 하지만 그 청구서는 기한이 아직 안 된 것이었고, 인쇄업자가 가불까지 해 달라고 간곡히 부탁할 줄이야 몰랐습니다."

두 남자는 기대에 차서 화이트 씨를 쳐다보았으나, 그 양반은 웃으면서 어깨를 으쓱할 따름이었다. 어쨌거나 그는 양심에 걸릴 게 없었다. 잡지의 문학 편집을 배우기 위해 「트랜스콘티넨탈」에 입사했으나, 그 대신 그가 주로 배운 것은 재정이었다. 그 자신의 임금 넉 달치가 체불되었는데, 「트랜스콘티넨탈」이 편집 차장 전에 인쇄업자를 달래야 함을 그도 알았다.

"하필 우리의 이런 모습을 에덴 씨께 보이다니, 참 난처하군요." 포드 씨가 경쾌하게 서두를 놓았다. "전적으로 우리의 불찰임을 인정합니다. 하지만 우리가 어떻게 할지 말씀드리죠. 내일 아침 만사 제치고 당신에게 수표를 우편으로 부쳐 드리겠습니다. 엔즈 씨, 에덴 씨의 주소를 알고 있죠?"

당연히, 엔즈 씨는 그 주소를 알고 있으며 내일 아침 첫 번째로 수표를 부치겠다고 했다. 그런데 은행과 수표에 대해서는 아는 바가 거의 없을지라도, 마틴은 그들이 내일 부칠 수 있는 수표를 오늘 주지 말아야 할 이유는 없다는 건 알 수 있었다.

"그럼 우리가 내일 수표를 부치리라는 걸 이해하셨죠, 에덴 씨?" 포드 씨가 말했다.

"나는 그 돈이 오늘 필요합니다." 마틴은 완고하게 답했다.

"불행히도 사정이… 당신이 다른 날 오셨더라면…" 포드 씨가 상냥하게 말문을 열었으나 엔즈 씨가 가로챘다. 성미가 급하니 눈빛이 날카로운 것이었다.

"포드 씨가 상황을 설명했잖습니까." 그는 퉁명스럽게 말했다. "나도 했고요. 수표는 내일…"

"나 역시 설명했습니다." 마틴이 끼어들었다. "그 돈을 오늘 받아야겠다고 설명했잖습니까."

영업부장의 딱딱한 태도에 그는 심장 박동이 약간 빨라졌으며, 부장에 대한 경계의 눈길을 늦추지 않았다. 「트랜스콘티넨탈」이 지불할 수 있는 현금이 그 양반의 바지 호주머니에 있음을 간파했기 때문이다.

"사정이 너무 나빠서…" 포드 씨가 입을 열었다.

그런데 그 순간 엔즈 씨가 다급히 돌아서서 사무실을 나가려 했다. 동시에 마틴이 그에게 달려들어 한 손으로 멱살을 잡았다. 엔즈 씨의 백설 같은 턱수염이, 여전히 말끔히 다듬어진 채로, 45도 각도로 천장을 향하게 되었다. 화이트 씨와 포드 씨는 영업부장이 모직 깔개가 흔들려 털리듯 흔들리는 꼴에 공포에 질렸다.

"호주머니에 있는 걸 다 털어놔, 피어나려는 젊은 재능을 꺾어 버리는 이 덕망 높으신 양반아!" 마틴은 훈계했다. "내놓으라고, 안 내놓으면 내가 흔들어서 동전 한 닢까지 다 털려 나오게 할 테니." 그러고 겁에 질린 두 구경꾼에게 을러댔다. "가만히 있어! 끼어들면 누군가 다칠 거야."

엔즈 씨는 하도 목이 졸려, 멱살을 잡은 손이 느슨해지고 나서야 호주머니 털기 계획에 따르겠다는 뜻을 표할 수 있었다. 바지 호주머니를 뒤지고 또 뒤져 도합 4달러 15센트가 나왔다.

"호주머니를 뒤집어." 마틴이 명령했다.

추가로 10센트가 떨어졌다. 마틴은 기습의 결과물을 두 번째로 세어 확인했다.

"다음으로 당신!" 그는 포드 씨에게 소리쳤다. "난 75센트를 더 받아야겠어."

포드 씨는 지체 없이 호주머니를 살살이 뒤져 60센트를 내놓았다.

"이게 다인 게 확실해?" 그 돈을 챙기면서 마틴은 무섭게 캐물었다. "당신 조끼 주머니에는 뭐가 있지?"

속이지 않는다는 징표로 포드 씨는 조끼의 양호주머니를 까뒤집었다. 한쪽에서 판지 조각 하나가 바닥으로 떨어졌다. 그가 그걸 주워 다시 호주머니에 넣으려는데, 마틴이 외쳤다.

"그게 뭐지? 배표? 그걸 나한테 줘. 이건 10센트짜리이니, 당신이 10센트를 갚은 걸로 해주겠어. 지금까지 내가 배표를 포함해서 4달러 95센트를 받았고, 아직 5센트가 남았어."

그가 화이트 씨를 노려보자 그 연약한 작자는 5센트짜리 동전을 건네주었다.

"고맙군." 마틴은 그들 모두를 향해 말했다. "잘들 있으라고."

"강도!" 엔즈 씨가 그의 뒤통수에 대고 으르렁거렸다.

"좀도둑!" 마틴은 맞받아치고 문을 쾅 닫고 나왔다.

마틴은 의기양양했다. 너무나 의기양양한 나머지 「말벌」지가 『미녀와 진주』의 원고료 15달러를 체불했음을 상기하고 바로 가서 받아 내기로 했다. 하지만 「말벌」을 운영하는 일단의 깨끗이 면도를 한 건장한 젊은이들은 아무거나 훔치고 아무에게서나 빼앗으며 자기들끼리도 등치는, 순전한 날강도들이었다. 사무실 집기가 약간 파손된 후에, 편집장(전직 대학교 운동선수)은 영업부장과 광고 대행업자와 사환의 유능한 보조를 받아 마틴을 사무실에서 몰아냈을뿐더러, 내친김에 그를 계단의 맨 아랫단에 내팽개치는 데 성공했다.

"다시 오시오, 에덴 씨, 언제든 환영이오." 그들은 층계참에서 내려다보며 웃어 댔다.

마틴은 일어나면서 싱긋 웃었다.

"아이고!" 그는 웅얼대며 응수했다. "「트랜스콘티넨탈」의 패거리는 암염소들이던데, 당신들은 전문 싸움꾼들이군."

더 많은 웃음이 이 말을 반겼다.

"이 말은 해야겠소, 에덴 씨." 「말벌」의 편집자가 아래를 향해 외쳤다. "시인으로서 당신은 꽤 괜찮더이다. 그런데 그 오른팔 엇갈려 치기는 어디서 배운 거요?"

"당신이 뒷목 조르기를 배운 데서." 마틴이 대꾸했다. "어쨌거나 당신 눈에 멍이 들 거요."

"당신 목이 뻣뻣해지지 않기를 비오." 편집자가 걱정해 주는 듯이 말했다. "우리 다 같이 가서, 물론 당신 목이 그렇게 된 거 말고, 우리가 한판 한 걸 기념하여 한잔하는 게 어때요?"

"당신 눈에 멍이 안 들면 멍들게 해 주리다." 마틴은 응낙했다.

빼앗은 자들과 빼앗긴 자는 함께 술을 마시면서, 싸움은 강자가 이기는 법이며 『미녀와 진주』의 원고료 15달러는 「말벌」의 편집부 것이라는 데 사이좋게 합의했다.

34장

루스가 마리아 집의 현관 계단을 올라가는 동안 아서는 대문간에서 기다렸다. 그녀는 빠르게 타자 치는 소리를 들었고, 문을 열고 그녀를 맞아들인 마틴은 원고의 마지막 쪽을 타자로 치던 참이었다. 그녀는 추수감사절 저녁 만찬에 그가 참석할지 확인하러 왔는데, 그녀가 그 말을 꺼내기도 전에 마틴은 자기가 몰두해 있던 글에 대해 얘기하기 시작했다.

"자, 이걸 읽어 줄게." 그는 타자기에서 종이를 꺼내고 원고의 순서를 맞추면서 외쳤다. "최신작이야. 이전에 쓴 어떤 것과도 달라. 처음부터 끝까지 너무나 달라서 나는 거의 겁이 날 지경이야, 그래도 내심 이게 좋은 작품이라고 생각해. 당신이 판단해 줘. 하와이에 대한 단편소설로, 제목은 『위키-위키』라고 지었어."

추운 방에서 루스는 몸이 떨리고 방으로 맞아들이는 그의 손이 너무 차가운 데에 이미 충격을 받았건만, 그의 얼굴은 창작열로 환히 빛났다. 그의 낭독을 그녀는 경청했다. 그녀의 얼굴에는 이따금 못마땅한 기색이 비칠 뿐이었으나, 그는 끝까지 읽고 물었다.

"솔직하게 말해 줘. 어때?"

"나… 나는 모르겠어." 그녀는 답했다. "그게 과연… 당신은 그게 팔리리라 생각해?"

"안 팔리겠지."라는 고백이었다. "잡지에 실리기에는 너무 강해. 하지만 이건 진실이야, 맹세코 진실이야."

"팔리지 않을 줄 알면서 왜 그런 걸 꾸역꾸역 쓰는 거야?" 그녀는 가차 없이 따지고 들었다. "당신은 먹고살기 위해 글을 쓰는 거잖아, 안 그래?"

"그래, 그렇지. 그런데 이 처절한 이야기가 나를 낚았어. 나는 쓰지 않을 수가 없었어. 나더러 써야만 한다고 했어."

"하지만 그 주인공, 그 위키-위키를 왜 그렇게 거친 인물로 만들었어? 독자들에게 분명히 거슬릴 거고, 그러니 편집자들이 당신 작품을 거절하는 거야."

"왜냐하면 진짜 위키-위키는 그런 식으로 말하니까."

"그건 좋은 취향이 아니야."

"인생이지." 그는 무뚝뚝하게 답했다. "그게 현실이야. 그게 진실이라고. 나는 인생을 내가 본 대로 써야만 해."

그녀는 아무 말 하지 않았고, 둘은 거북한 상태로 잠시 묵묵히 앉아 있었다. 그가 그녀를 다 이해하지 못하는 것은 사랑하는 탓이었고, 그녀가 그를 이해하지 못하는 것은 그가 그녀의 지평 너머의 너무나 거대한 존재인 탓이었다.

"아, 「트랜스콘티넨탈」에서 원고료를 받아 냈어." 그는 보다 쉬운 화제로 말을 돌렸다. 지난번에 본 구레나룻의 삼중창단과 그들이 4달러 90센트와 배표를 물어내던 장면이 떠올라 그는 낄낄댔다.

"그럼 당신은 올 거네!" 그녀는 기쁘게 외쳤다. "사실 나는 그걸 알려고 왔어."

"오다니?" 그는 멍하게 중얼거렸다. "어디를?"

"내일 저녁 만찬 말이야. 그 돈을 받아 내면 정장을 찾겠다고 당신이 말했잖아."

"까맣게 잊고 있었어." 그는 순순히 말했다. "오늘 아침 시청의 단속원이 마리아의 암소 두 마리와 송아지를 끌고 갔어. 그런데 마리아는 돈이 한 푼도 없어서 내가 그 암소와 송아지를 찾아 줘야 했어. 「트랜스콘티넨탈」에서 받은 5달러, 『종소리』의 원고료는 단속원의 호주머니로 들어가 버린 거야."

"그럼 당신은 오지 않겠다는 거야?"

그는 제가 걸친 옷을 내려다보았다.

"갈 수가 없다고."

실망과 질책의 눈물이 그녀의 푸른 눈에서 반짝였으나, 그녀는 아무 말도 하지 않았다.

"다음 추수감사절에는 당신이 나와 함께 델모니코 레스토랑에서 저녁 식사를 하게 될 거야." 그는 기운 내서 말했다. "아니면 런던이나 파리, 당신이 바라는 어디에서건. 내가 장담할게."

"며칠 전 신문에서 읽었어." 그녀는 불쑥 밝혔다. "이 지역에서 몇 명이 철도우편국 발령을 받았대. 당신은 그 시험을 수석으로 합격했잖아?"

그는 제게 소집장이 왔으나 거절했음을 인정하지 않을 수 없었다. "나는 나 자신을 믿었고, 지금도 믿어." 그는 결론지었다. "일 년 후 나는 철도우편국 직원 열댓 명의 월급을 합친 것보다 더 많은 돈을 벌 거야. 자기는 기다려만 봐."

"오." 그가 말을 마치자 그녀가 한 말은 이게 다였다. 그녀는 일어나서 장갑을 끼었다. "난 가야 해, 마틴. 아서가 기다리고 있어."

그는 그녀를 끌어안고 입을 맞추었으나, 그녀는 수동적이기만 했다. 몸에 긴장이 없었고, 팔은 그를 감싸지 않았으며, 그의 입술을 맞는 그녀의 입술도 여느 때와 달리 마주 누르지 않았다.

대문간에서 돌아서면서 그는 그녀가 자기에게 화가 났다고 단정했다. 하지만 왜 그랬을까? 단속원이 마리아의 소를 채간 것은 불운한 사건이었다. 운명의 일격이었다. 그 일로 누구도 비난받아서는 안 되었다. 그는 그 일에 대해 자기가 달리 처신할 수도 있었다는 생각은 도무지 들지 않았다. 그래, 맞아, 자기가 약간은 비난받아야 한다는 생각이 그다음에 들었다. 철도우편국의 소집을 거부했기 때문이다. 그리고 그녀는 『위키-위키』를 좋아하지 않았다.

그는 층계를 오르려다 돌아서서, 오후에 늘 그랬듯이, 우편함으로 갔다. 기다란 봉투 뭉치를 꺼내면서 다시금 기대의 열기에 휩싸였다. 한 개는 길지 않았다. 짧고 얇았으며, 겉면에 「뉴욕 아웃뷰」의 주소가 인쇄되어 있었다. 그는 봉투를 찢어서 열려다 멈칫했다. 원고를 수락한다는 내용일 수는 없었다. 그 출판사에 원고를 보낸 적이 없었다. 어쩌면… 어쩌면 원고를 청탁하는 편지일지도 모른다는 엉뚱한 생각에 심장이 멈출 뻔했다. 그러나 다음 순간 그는 그 절대로 불가능한 억측을 떨쳐 버렸다.

그것은 편집장의 서명이 있는 짧고 공식적인 편지로, 자기들이 동봉한 익명의 편지를 받았다는 사실을 알리면서, 「뉴욕 아웃뷰」의 편집진은 어떤 상황에서도 익명의 투서를 신뢰하지 않으니 안심하라는 내용이었다.

동봉된 편지는 조잡한 인쇄체로 써져 있었으며, 마틴에 대한 무식한 비난의 잡탕이었다. 잡지사에 글을 파는 '소위 마틴 에덴이라는 자'는 작가가 전혀 아니며, 오래된 잡지의 글을 훔쳐서, 타자로 쳐 갖고 자기 이름으로 보낸다고 단언하는 것이었다. 봉투에 샌 리앤드로 우체국 소인이 찍혀 있으니, 마틴은 그 편지를 쓴 이를 알아내려고 두 번 생각할 필요가 없었다. 히긴보삼의 문법, 히긴보삼의 사투리, 히긴보삼의 독특한 사고방식이 편지에 철철 넘쳤다. 한 줄마다 마틴은 공들여 쓴 이탤릭체 대신, 매형이라는 식료품 상인의 난폭한 주먹을 보았다.

그런데 왜? 그가 자문해 봤자 답은 없었다. 자신이 히긴보삼에게 어떤 해를 끼쳤단 말인가? 얼토당토않은 일이었다. 설명이 있을 수 없었다. 그 주에 동부의 다양한 잡지 편집자들로부터 비슷한 편지가 열 통 넘게 왔다. 편집자들의 대처는 훌륭하다고 마틴은 판단했다. 그들은 그를 전혀 알지 못했음에도 일부는 동정심을 가지기도 했던 것이다. 그들이 익명의 투서를 혐오한다는 것은 분명했다. 마틴은 자기를 해치려는 사악한 시도가 실패했음을 알았다. 사실, 그 투서가 어떤 결과를 냈다면 오히려 좋은 것일 수밖에 없었는데, 적어도 그의 이름이 많은 편집자들의 주의를 끌게 되었기 때문이다. 언젠가는, 아마도, 그들은 그가 투고한 원고를 읽으면서, 자기들이 받았던 익명의 투서에서 언급된 친구가 그임을 기억해 낼 것이다. 그 기억들이 그들의 판단력을 그에게 유리한 쪽으로 조금이라도 기울게 할지 또 누가 알겠는가?

마틴에 대한 마리아의 평가 점수가 급락한 것은 이 무렵이었다. 어느 아침 그는 부엌에서 고통으로 신음하는 그녀를 보았다. 괴로운 눈물이 뺨으로 줄줄 흘러내리는데도 그녀는 엄청난 양의 다림질을 해내려고 헛되이 애쓰고 있었다. 그는 그녀의 병이 독감이라고 바로 진단하고, 뜨거운 위스키(브리슨덴이 사 온 술병에 남은 것)를 그녀에게 먹인 다음 잠을 자라고 일렀다. 그러나 마리아는 고집불통이었다. 그날 안에 다림질을 다 해서 배달하지 않으면, 다음 날 일곱 명의 작고 굶주린 자식들의 입에 들어갈 음식이 없다는 항변이었다.

곧 그녀가 놀랄 일이 벌어졌다. (그리고 이 일에 대해 그녀는 죽는 날까지 끊임없이 얘기했다.) 마틴 에덴이 난로에서 다리미를 들고,

최고급 블라우스를 다림질 판에 던진 것이었다. 그 블라우스는 케이트 플래내건이 제일 아끼는 일요일 의상이었으며, 마리아의 세계에서 그녀보다 엄격하고 까다롭게 옷차림을 따지는 이는 없었다. 또한 플래내건 양은 블라우스가 그날 밤에 반드시 배달되어야 한다는 특별한 지시를 보낸 바 있었다. 다들 알 듯, 그녀는 대장장이 존 콜린스와 사귀고 있었고, 마리아만 남몰래 알 듯, 플래내건 양과 콜린스 씨는 다음 날 금문공원에 갈 계획이었다. 마리아는 끝내 그 블라우스를 다려 보려 했으나 무리였다. 마틴이 비틀거리는 그녀를 부축해서 의자에 앉혀, 그녀는 거기 앉아서 붉거진 눈으로 그를 지켜보았다. 15분 만에 그 블라우스가 탈 없이 다려지는 것을 그녀는 보았고, 그녀 자신이 다린 것만큼이나 마틴이 잘 다렸다고 인정하게 되었다.

"다리미가 뜨겁기만 했으면 난 더 빨리 할 수 있었어요." 그는 설명했다.

그녀가 보기에는, 그가 휘두르는 다리미는 그녀가 이제껏 엄두도 내지 못했을 정도로 뜨거웠다.

"당신이 물을 뿌리는 방법은 완전히 틀렸어요." 그는 툴툴댔다. "자, 어떻게 뿌려야 하는지 가르쳐 줄게요. 압력을 넣어야 해요. 다림질을 빨리 하고 싶으면 압력을 넣어서 물을 뿌리라고요."

그는 지하실의 장작더미에서 포장 상자를 골라내서 판자로 뚜껑을 맞춰 덮고, 실바 가족이 고물상에 팔려고 모아둔 고철 더미에 달려들었다. 새로 물을 뿌린 옷가지를 상자에 넣고 판자를 덮어서 다림질을 할 수 있게끔, 장치가 완성되어 가동되었다.

"나를 보라고요, 마리아." 상의를 벗어젖히고 내의 바람으로 자신이 말한 '진짜 뜨거운' 다리미를 움켜쥐면서 그는 말했다.

"다림질을 다 끝내고 나서 그가 모직물을 빨더라고." 훗날 마리아는 이렇게 설명했다. "그가 말하기를, 마리아, 당신은 정말 바보예요, 내가 모직물 빠는 법을 보여 줄게요, 라고 했어. 그러고 보여 줬지. 십분 만에 기계를 만들었어. 맥주 통 하나, 바퀴 통 하나, 장대 두 개로 말이야. 그런 걸로 말이야."

마틴은 그 발명품을 셸리 핫 스프링스에서 조에게 배웠다. 똑바로 세운 장대 끝에 낡은 바퀴 통을 고정시키면, 이것이 피스톤 역할을 하게 되는 것이었다. 그런 다음 이것을 부엌 서까래에 부착된 굴림 막대에 단단히 붙들어 매면, 맥주 통 안의 모직물을 바퀴 통이 누르게 되었다. 따라서 그는 한 손으로 빨랫감을 철저하게 두드릴 수 있었다.

"나는 더 이상 모직물을 빨지 않았어." 마리아의 이야기는 늘 이렇게 끝났다. "애들더러 장대와 바퀴 통과 맥주 통을 돌리라고 했지. 에덴 씨는 똑똑한 사람이야."

그럼에도 불구하고, 마리아의 부엌-세탁소를 개조하여 멋지게 가동시킴으로써 그 집 안에서 그의 위상은 크게 추락했다. 그녀의 상상력이 그에게 부여했던 낭만적인 광휘가 그가 전직 세탁부라는 냉혹한 사실 앞에 바래 버렸던 것이다. 그의 모든 책, 자가용을 타거나 위스키병을 한정 없이 들고 그를 찾아오는 귀빈들은 소용이 없었다. 결국 그는 단순한 노동자였으며, 그녀의 계급과 지위의 일원이었다. 그가 더욱 인간적이고 친근하게 여겨졌지만, 더 이상 신비롭지는 않았다.

가족들은 마틴을 지속적으로 소외시켰다. 히긴보삼의 이유 없는 공격에 이어, 허먼 본 슈미트가 본심을 드러냈다. 몇 편의 가벼운 소설, 유머러스한 시, 재담이 팔린 덕분에 마틴은 일시적으로 호사를 누렸다. 빚의 일부를 갚고도 전당포에서 검은 정장과 자전거를 찾을 수 있었다. 자전거의 크랭크 걸쇠가 휘어 수리할 필요가 있었으므로, 장래의 매제와 우호를 다지려고, 그는 그걸 본 슈미트의 수리소로 보냈다.

　같은 날 오후에 자그마한 소년이 자전거를 가져다줘서 마틴은 기분이 좋았다. 이 유별난 친절에 마틴은 본 슈미트 또한 친해지려 한다고 판단했다. 보통은 수리를 맡긴 사람이 자전거를 찾으러 가야 했기 때문이다. 그런데 자전거를 살펴보니 도통 수리가 되어 있지 않았다. 잠시 뒤에 그는 여동생의 약혼자에게 전화를 걸었고, 그 작자는 그와 '어떤 형태, 어떤 방식, 어떤 종류'의 인연도 맺지 않으려 한다는 것을 알게 되었다.

　"허먼 본 슈미트." 마틴은 쾌활하게 답했다. "내 지나가다 한번 들러서 네 놈의 네덜란드산 코를 갈겨 줘야겠어."

　"내 가게로 와." 폰 슈미트가 말했다. "난 경찰을 부를 테니. 넌 고생 좀 해 봐야 돼. 난 널 알아, 나랑 한 판 뜨지도 못하지. 난 너 같은 치들과 일절 엮이고 싶지 않아. 넌 건달, 그래, 건달이고, 나라고 눈 뜬장님은 아니야. 네 여동생과 결혼한다고 해서 나한테 빌붙을 생각은 마. 왜 일해서 정직하게 돈을 벌지 않는 거야? 대답해 보라고."

　자신의 철학을 설명할 가치도 없으므로, 마틴은 화를 누그리며 재미있다는 뜻의 긴 휘파람을 불고 수화기를 내려놓았다. 그런데 그 재미가 잦아들자 반작용이 왔다. 그는 외로움에 짓눌렸다. 아무도 그를 이해해 주지 않았고, 누구도 그를 필요로 하는 것 같지 않았다. 브리슨덴만이 예외였는데 그는 사라져 버렸다. 종적이 묘연했다.

마틴이 과일가게에서 나와 장거리를 팔에 안고 집을 향해 돌아설 때, 석양이 지고 있었다. 모퉁이에 멈춰 선 전차에서 한 야윈 이가 내렸다. 그 친근한 모습에 마틴은 기쁨으로 가슴이 두근거렸다. 브리슨덴이었다. 전차가 가기 전에 언뜻 보니, 그의 외투 호주머니 한쪽은 책들로, 다른 쪽은 술병으로 불룩했다.

35장

브리슨덴은 자신의 오랜 부재에 대해 아무런 설명도 하지 않았고, 마틴도 캐묻지 않았다. 그는 토디 잔에서 올라오는 증기 너머 친구의 초췌한 얼굴을 보는 것으로 만족했다.

"나도 빈둥대지는 않았어." 마틴이 그동안 해낸 작업에 대해 듣고 나서, 그는 선언했다.

그는 외투 안쪽 호주머니에서 원고 뭉치를 꺼내 건넸으며, 마틴은 그 제목을 호기심으로 훑어보았다.

"그래, 그거야." 브리슨덴은 웃었다. "아주 좋은 제목이지, 응? '하루살이'. 바로 그 한 단어. 자네에게 책임이 있네. 자네가 생각하는 인간, 늘 똑바로 서 있는 자, 생명을 갖게 된 무생물, 최신 하루살이,

체온계에 표시되는 일정 온도의 작은 공간에서 거드름을 피우는 존재, 그게 내 머릿속에 들어왔어. 머릿속에서 없애 버리려면 써내야만 했다고. 자네가 이 글을 어떻게 생각하는지 말해 주게."

마틴은 처음에는 얼굴이 붉게 상기되었으나 읽어 가면서 창백해졌다. 그 글은 완벽한 예술이었다. 형식이 내용에 승리했다. 상상도 하기 힘든 물질의 원자까지 그가 너무도 완벽한 구조로 표현하여 마틴의 머리가 기쁨으로 출렁이고, 눈에서는 열정적인 눈물이 흘러나오고, 등줄기에 한기가 오르내리게 하는 것을 승리라고 말할 수 있다면 말이다. 그것은 6, 7백 줄가량의 장시로, 환상적이고 경이로우며, 이 세상의 것이 아니었다. 무섭고 불가능한 것이었다. 그런데 그것이 종잇장 위에 검은 잉크로 휘갈겨져 있었다. 그 시는 우주의 심연을 뒤져 가장 먼 행성들의 존재와 무지개의 스펙트럼을 입증하면서, 인간과 그의 영혼의 모색을 궁극의 언어로 다루었다. 반쯤 숨죽여 흐느끼다가도 시들어 가던 심장이 갑자기 고동치는, 죽어 가는 인간의 두개골 안에서 벌어지는 광란의 축제였다. 시는 당당한 리듬으로 별과 별들이 충돌하는 서늘한 소요로부터 별자리의 형성으로, 캄캄한 공허 속에서 가공할 힘을 발하는 차가운 태양과 불꽃처럼 타오르는 성운으로 나아갔다. 그리고 처음부터 끝까지, 행성들의 비명과 충돌하는 천체의 굉음 속에서 성마른 인간의 새된 목소리가 가느다랗지만 끊어짐 없이, 은빛 북(베틀의 부속품으로 베를 짜는 기구 - 옮긴이)이 베틀을 가로지르듯이, 이어지고 있었다.

"문학판에 이런 작품은 없어요." 마침내 말을 할 수 있게 되었을 때, 마틴은 한마디 했다. "굉장해요! 정말 굉장해요! 나는 어질어질해요.

이 시에 취해 버렸어요. 그 거대하고도 극도로 미세한 질문… 나는 그에 대한 생각을 떨쳐 낼 수가 없어요. 영원히 질문을 거듭하는 인간의 작고 가느다란 울부짖음이 아직도 내 귀에 울려요. 마치 코를 치켜들고 나팔소리를 내는 코끼리들과 포효하는 사자들을 뚫고 가는 각다귀들의 죽음의 행진 같아요. 결코 채워질 수 없는 미시적 욕망… 내가 바보 같은 소리를 하고 있다는 걸 알지만, 시에 사로잡혀 어쩔 수가 없어요. 당신은… 당신이 어떤 사람인지 몰라도, 굉장해요, 그뿐이에요. 그런데 어떻게 이런 시를 썼죠? 어떻게 썼나요?"

마틴은 잠시 열변을 멈추었다가, 새로이 토해 냈다.

"나는 다시는 글을 쓰지 않겠어요. 나는 칠장이에 불과해요. 당신이 진정한 장인의 작품을 보여 주었어요. 천재적으로! 이 시는 천재적인 것 이상이에요. 천재적인 것을 초월하죠. 미쳐 버린 진실이죠. 한 줄 한 줄이 다 진실이고요. 나는 당신이 그걸 알기나 하는지 의문이에요, 이 독선주의자 선생. 과학도 당신이 틀렸다고 말할 수 없을 거예요. 이 시는 비꼬인 진실이죠. 우주의 검은 쇠틀에서 찍혀 나와 강력한 소리의 리듬과 교직되어 휘황하고 아름다운 직물로 완성되었어요. 이제 나는 더 이상 말하지 않겠어요. 난 압도되어 납작해져 버렸고, 네, 앞으로도 역시 그럴 거예요. 당신 대신 이 시를 팔도록 내게 맡겨 줘요."

브리슨덴은 싱긋 웃었다. "이 기독교의 나라에서 이 시를 실을 용기가 있는 잡지는 없어. 자네도 알잖나."

"나는 그런 거 몰라요. 내가 알기로는 기독교의 나라에서 이 시에 달려들지 않을 잡지사는 없을 거예요. 이런 걸 날마다 얻을 수는 없으니까요. 이건 올해의 시 정도가 아니라고요. 이 세기의 시라고요."

"자네 주장에 의문을 제기하고 싶군."

"그만 냉소적으로 굴어요." 마틴은 강권했다. "잡지 편집자들이 다 얼빠진 건 아니라고요. 나는 알아요. 당신하고 내기라도 할까요?『하루살이』를 투고하면 첫 번째나 두 번째 잡지사에서 수락하리라는데, 당신이 원하는 뭐든지 걸겠어요."

"내가 자네에게 이 시를 맡기지 못하는 이유는 단 한 가지야." 브리슨덴은 잠시 침묵했다 말을 이었다. "이건 커. 내가 쓴 것 중에 가장 큰 거야. 난 알아. 이건 내 백조의 노래, 마지막 작품이야. 나는 이것에 엄청나게 자부심을 느껴. 이것에 경배해. 이건 위스키보다 나아. 내가 달콤한 환상과 깨끗한 이상을 가진 단순한 청년이던 시절 꿈꾸던 것… 이건 위대하고 완벽한 거야. 이제야, 인생의 막바지에 이르러 이걸 겨우 손에 쥐었는데, 돼지들이 주물럭대서 더럽히게 하지 않겠어. 아니, 자네의 내기를 받아들이지 않겠어. 이건 내 거야. 내가 만들었고 자네와 나누었으니, 그걸로 됐어."

"하지만 세상 사람들도 생각해야죠." 마틴이 항변했다. "아름다움의 역할은 기쁨을 주는 것이에요."

"이건 내 아름다움이야."

"이기적으로 굴지 말아요."

"나는 이기적이지 않아." 브리슨덴은 제 얇은 입술이 하려는 말이 마음에 들 때 하는 버릇대로, 냉정한 미소를 지었다. "굶주린 돼지만큼이나 욕심이 없다고."

마틴이 그의 결심을 흔들어 보려고 애썼으나 소용이 없었다. 마틴은 그에게 잡지에 대한 그의 증오가 과격하고 광적이며, 그의 행동은 어떤 젊은이가 에페소스의 다이애나 신전을 불태운 것보다 천 배나 비열하다고 말했다. 쏟아지는 맹비난 속에 브리슨덴은 흡족하게 토디를 홀짝였고, 잡지 편집자들에 대한 것만 빼고는 상대방의 말이 나 맞다고 수긍했다. 편집자들에 대한 그의 증오는 한도가 없어서, 그들을 비난할 때는 마틴을 능가했다.

"이걸 자네가 타자로 쳐 줬으면 하네." 그는 말했다. "자네가 어느 속기사보다 어떻게 칠지에 관해 천 배는 더 잘 알 테니까. 그리고 이제 자네한테 몇 가지 충고를 하고 싶어." 그는 외투의 바깥 호주머니에서 두툼한 원고 뭉치를 빼냈다. "자네의 『태양의 수치』야. 난 이 원고를 한 번이 아니라 두세 번이나 읽었어. 내가 할 수 있는 최대의 찬사야. 자네가 『하루살이』에 대해 그토록 칭찬을 했으니 나는 할 말이 없지만, 이 말은 해야겠네. 『태양의 수치』가 출판되면 대성공일 거야. 이 글은 논쟁을 야기할 거고, 그게 수천 달러어치 광고만큼이나 자네를 알릴 거야."

마틴은 웃었다. "다음 충고는 이 원고를 잡지사에 투고하라는 거겠네요."

"그건 절대로 아냐. 이 글이 인쇄된 걸 보고 싶다면, 일급 출판사에 보내게. 어떤 출판사의 원고 검토자들은 이 글을 좋게 보고할 만큼 미쳤거나 취해 있겠지. 자네는 책을 많이 읽었고, 그 책들의 피와 살이 마틴 에덴의 정신에서 증류되어 고인 것이 『태양의 수치』야. 어느 날 마틴 에덴은 유명해질 거고, 그 명성 중 적잖은 부분은 이 작품 덕택일 거야. 그러니 자네는 출판사를 구해야 하네. 빠를수록 좋아."

브리슨덴은 그날 밤이 깊어서야 돌아갔다. 그는 전차에 첫발을 올려놓다 갑자기 몸을 돌려 마틴의 손에 꼬깃꼬깃 접힌 작은 종잇장을 쥐여 주었다.

"이걸 가지게." 그는 말했다. "내가 오늘 경마장에 갔는데 기가 막히게 맞혔거든."

종이 울리고 전차는 미끄러져 갔다. 뒤에 남은 마틴은 제 손에 쥐어진 구겨지고 끈적거리는 종잇장이 뭔지 궁금했다. 방에 돌아와 펴 보니 백 달러짜리 지폐였다.

그는 주저 없이 그 돈을 썼다. 제 친구가 돈이 많다는 걸 알고 있었고, 자신이 성공해서 그 돈을 갚으리라는 깊은 확신이 있기도 했다. 다음 날 아침 그는 모든 빚을 갚았으며 마리아에게 석 달 치 방세를 선불했고, 전당포에 잡혀 있던 저당물을 다 찾았다. 매리언의 결혼 선물을 산 다음, 크리스마스에 루스와 거트루드에게 줄 간단한 선물도 샀다. 마지막으로, 남은 돈으로 마리아 가족 전원을 오클랜드로 몰고 갔다. 겨울이 지나서야 그는 약속을 지키게 되긴 했지만, 약속 대로 제일 막내까지 신발을 사 주고 마리아에게도 한 켤레 선사했다. 또한 뿔피리, 인형에다 다양한 장난감들, 그리고 사탕 다발과 견과 꾸러미를 그들의 품에 넘치도록 안겼다.

가장 큰 지팡이 모양의 사탕을 찾아 마리아와 함께 이 유별난 행렬을 끌고 제과점에 들어갔을 때, 마틴은 루스와 그녀의 어머니와 마주쳤다. 모스 부인은 충격을 받았다. 루스조차 마음이 상했다. 그녀는 사람의 외양을 상당히 고려하건만, 그녀의 연인이 마리아랑 꼭 붙어서 거지꼴의 포르투갈 군대를 끌고 오는 모습이 보기에 썩 좋지는 않았던 것이다. 그러나 그보다 그녀를 더 속상하게 한 것은 그의 긍지와 자존심의 결여였다. 더욱이, 그 어느 때보다 예리하게, 그녀는 그 일을 통해 그가 노동자 계급 출신임을 씻어 내기가 불가능하다고 판단하게 되었다. 그 사실 자체로 낙인이건만 부끄러움도 없이 온 세상에 드러내고 다니다니, 선을 넘어선 행동이었다. 그녀와 마틴의 약혼은 비밀로 지켜졌으나 둘의 오랜 교제에 대한 뒷말이 없지 않았으며, 그 제과점에는 그녀의 연인과 그를 따르는 무리를 암암리에 힐끗거리는 몇몇 지인들이 있었다. 그녀에게는 마틴과 같은 넓은 포용력이 없었고 환경을 뛰어넘을 능력도 없었다. 그녀는 깊이 상처받았으며, 수치심에 예민한 기질이 발동했다. 그리하여 그날 늦게 그녀를 찾아간 마틴은 선물을 상의 호주머니에서 꺼내지도 못하고, 보다 적당한 기회를 기다릴 수밖에 없었다. 격하게 분노의 눈물을 쏟아 내는 루스의 모습이 그로서는 너무나 뜻밖이었다. 그녀가 고통받는 광경은 그로 하여금 자기가 못된 짓을 저질렀다고 인정하게 했지만, 그의 영혼은 그 이유도 경위도 찾아낼 수 없었다. 자기가 아는 사람들이 부끄럽다는 생각은 결코 해 본 적이 없었으며, 크리스마스를 맞아 마리아의 가족에게 한턱내는 것이 루스에 대한 배려가 부족하다는 증거가 될 수는 없을 듯했다. 한편으로는, 그녀의 설명을 듣고 나니 그녀의 관점이 이해가 가기도 했다. 그는 그것을 최고로 훌륭한 여자를 포함한 모든 여자에게 다 있는 타고난 연약함으로 여겼다.

36장

"가세. 내 자네에게 진짜 난장판을 보여 주지." 1월의 어느 저녁, 브리슨덴은 말했다.

샌프란시스코에서 둘이 함께 저녁을 먹고 오클랜드로 돌아가기 위해 선착장에 왔을 때, 마틴에게 '진짜 난장판'을 보여 주려는 생각이 덜컥 들었던 것이다. 그는 돌아서서 선창을 내달렸다. 외투 자락을 날리는 그의 깡마른 뒷모습을 마틴은 기를 쓰고 쫓아갔다. 브리슨덴은 주류 도매상에서 1갤런들이 포도주 두 병을 사서 양손에 하나씩 들고 마틴에게는 1쿼터 들이 위스키 여러 병을 들게 한 후, 미션 가 행 전차에 올랐다.

진짜 난장판이란 어떤 곳일지 궁금해하면서도 마틴은 생각했다. 루스가 지금 내가 이러는 걸 본다면 뭐라고 할까.

"아무도 없을지도 몰라." 전차에서 내려 우회전하여 마킷 가 남쪽으로, 노동자 계급이 사는 빈민촌 한가운데로 뛰어들면서 브리슨덴은 말했다. "그러면 자네는 오랫동안 고대해 왔던 것을 볼 수 없게 되겠지."

"그게 대체 뭔데요?" 마틴이 물었다.

"인간들. 그 상인의 소굴에서 자네가 어울리던 횡설수설하는 어중이떠중이들 말고, 지적인 인간들. 자네는 책을 많이 읽었고 그런 사람이 자네뿐인 줄 알지. 내가 오늘 밤 자네에게 책을 읽은 다른 사람들을 보여 주면, 자네는 더 이상 외롭지 않을 거야."

한 블록 지나 그는 말했다. "그들의 끝없는 토론 때문에 내가 골

머리를 썩이지는 않아. 책에서 얻은 철학에 나는 관심 없어. 그래도 자네는 그 친구들이 부르주아 돼지가 아니라 지식인들이라는 걸 알게 될 거야. 하지만 조심하라고, 그들은 어떤 주제에 관해서든 자네가 기진맥진할 때까지 떠벌일 테니까."

잠시 후 포도주병을 받아들이려는 마틴의 성의를 무시하고, 그는 헐떡이며 말했다. "노튼이 있으면 좋겠는데. 노튼은 관념론자야. 하버드 출신. 기억력이 비상해. 관념론에 심취해 철학적 무정부주의까지 나아가는 바람에 집에서 쫓겨났지. 아버지가 철도회사 사장이고 어마어마한 재벌인데, 아들은 샌프란시스코에서 한 달에 25달러를 받고 무정부주의 팸플릿을 편집하면서 배를 곯고 있어."

마틴은 샌프란시스코를 거의 알지 못했고 마킷 가 남쪽 구역은 전혀 몰랐다. 어디로 가는지 감조차 잡히지 않았다.

"계속 얘기해 줘요." 그는 말했다. "그들을 만나기 전에 알려 줘요. 그들은 어떻게 생계를 유지하죠? 어쩌다 이런 데 살게 된 건가요?"

"해밀턴이 있으면 좋겠어." 브리슨덴은 술병을 내려놓고 잠시 쉬었다. "스트론-해밀턴이 그의 이름인데, 중간에 하이픈을 붙여야 해. 오래된 남부 가문의 성씨지. 그는 방랑자야. 사회주의 협동조합 상점에서 6달러의 주급을 받고 점원을 하든지 하는 시늉을 하고 있지만, 내가 아는 가장 게으른 사내야. 뼛속까지 떠돌이고, 떠돌다 이 도시로 들어왔어. 한번은 그가 종일 벤치에 앉아 입도 다시지 못하는 걸 보고, 내가 두 블록 떨어진 식당으로 저녁 먹으러 가자고 했더니 그가 말하더군. '너무 번거로워요. 그냥 나한테 담배 한 갑 사 주시죠.' 자네처럼 그도 스펜서주의자였는데 크레이스가 유물주의적 일원론자로 바꾸어 놓았지. 내가 그에게 발동을 걸겠다면 일원론부터 걸고넘어지겠어. 노튼도 일원론자야. 그런데 오로지 정신 만을 인정해. 그 역시 크레이스와 해밀턴에게 논쟁거리를 원 없이 제공해 줄 수 있지."

"크레이스는 누군데요?" 마틴이 물었다.

"우리는 그의 거처로 가는 거야. 대학에서 해고당한 전직 교수야. 뻔한 얘기지. 강철 같은 지성의 소유자야. 되는대로 먹고 살아. 정 안 되면 거리에서 구걸을 하기도 했어. 시체에서 수의도 벗겨 낼 파렴치한이야. 그와 부르주아들의 차이는 그는 아무런 환상 없이 빼앗는다는 거지. 니체든, 쇼펜하우어든, 칸트든, 뭐든 떠들어 대겠지만, 그가 메리를 포함해 이 세상에서 가장 아끼는 건 자신의 일원론이야. 생물학자 헤켈이 그의 작은 양철 신이지. 그를 모욕하는 유일한 방법은 헤켈을 한 대 갈기는 거야. 여기가 집합소야." 층계를 오르기 전에 그는 현관에 술병을 내려놓았다. 아래층에 술집과 식료품 가게가 있는, 길모퉁이의 평범한 이층 건물이었다. "패거리가 여기 살지. 이층 전체를 쓰는데 크레이스만이 방 두 개를 써. 올라가자고."

이층 복도에는 불빛이 전혀 없었으나, 브리슨덴은 칠흑 같은 어둠에 익숙한 허깨비처럼 거침없이 뚫고 갔다.

"한 친구가 있는데, 스티븐스라고. 신지론자야. 한번 발동이 걸리면 꽤 시끄럽지. 지금은 식당에서 접시를 닦아. 고급 시가를 좋아해서, 싸구려 식당에서 10센트짜리 음식을 먹고 나서 50센트짜리 시가를 사서 피우는 걸 본 적도 있어. 그가 나타날 경우에 대비해 내 호주머니에 시가 두 개를 챙겨 왔지. 또 한 친구는 패리야. 오스트레일리아 사람이야. 통계학자이고 걸어 다니는 백과사전이지. 1903년도 파라

과이의 곡물 생산량이나, 1890년 중국의 영국제 판금 수입량, 또는 지미 브릿이 배틀링 넬슨과 어느 체급에서 맞붙었는지, 1868년도 미국의 웰터급 챔피언이 누구였는지 그에게 물어보라고. 자동판매기처럼 기계적으로 신속하게 정답을 내놓을 거야. 그리고 석공인 앤디는 모든 일에 자기 생각이 분명하고 장기를 잘 둬. 제빵사 해리는 열렬한 사회주의자이고 신실한 노조원이지. 그런데, 자네는 요리사와 급사들의 파업을 기억할 거야. 해밀턴이 그 노동조합을 조직해서 파업으로 몰고 간 녀석이야. 사전에 모든 계획을 바로 여기 크레이스의 방에서 짰지. 단지 재미로 그 짓을 했는데, 노동조합에 남아 있기에는 너무 게을렀어. 원하기만 했으면 그는 크게 됐을 거야. 가능성이 무궁무진한 친구지. 대책 없이 게으르지만 않다면."

브리슨덴은 어둠을 뚫고 실금 같은 빛이 틈새로 새 나오는 문 앞까지 갔다. 문을 두드리자 응답과 함께 문이 열렸으며, 마틴은 어느새 크레이스와 악수를 하고 있었다. 그는 눈부시게 흰 이와 늘어진 턱수염, 크고 빛나는 검은 눈을 가진, 까무잡잡한 미남이었다. 젊고 풍만한 금발의 메리는 부엌 겸 식당으로 쓰이는 작은 뒷방에서 설거지를 하고 있었다. 앞방이 침실이자 거실이었다. 머리 위로 한 주의 빨래를 몰아서 한 듯한 젖은 옷가지가 줄에 죽 널려 있는데, 너무 낮게 널려 있어서 마틴은 구석에서 얘기하는 두 남자를 첫눈에 보지 못했다. 그들은 브리슨덴과 그가 들고 온 술병을 환호로 맞았으며, 소개를 통해, 마틴은 그들이 앤디와 패리임을 알게 되었다. 그는 그들에게 합류하여 패리가 전날 밤에 본 권투 시합 얘기를 들었다. 그동안 브리슨덴은 의기양양하게 토디를 만들고 포도주와 칵테일을 준비했다. "패거리를 데려와."라는 그의 명령에 따라, 앤디가 방마다 돌아다니며 세입자들을 불러 모았다.

"거의 다들 있다니 우린 운이 좋아." 브리슨덴이 마틴에게 속삭였다. "노튼과 해밀턴이 오는군. 가서 얘기해 봐. 스티븐스는 없대. 내가 둘을 불붙이려 한다면 일원론으로 시작하겠어. 서로 몇 차례 주고받을 때까지 기다려 봐. 그러면 서서히 달아오를 거야."

처음에는 대화가 산만했다. 그럼에도 마틴은 그들의 두뇌의 영민한 작동에 감탄하지 않을 수 없었다. 그들은 각자 견해를 가진 사람들이었고, 그 견해들이 종종 충돌하고 그들이 영악하게 굴지라도, 그들은 허울뿐인 자들이 아니었다. 어떤 주제에 관해서 얘기하건, 마틴은 신속히 알아챘는데, 각자 여러 영역의 지혜를 연관 지어 적용했고, 사회와 우주에 관한 깊고도 통일된 인식을 담지하고 있었다. 어느 누가 지어낸 말도 그들은 따라 하지 않았다. 모두 이런저런 면에서 반란자들이었으며, 상투적인 말을 하는 법이 없었다. 마틴은 모스 가에서 그토록 광범위한 주제의 토론을 들어 본 적이 없었다. 시간만 있다면 그들이 다루지 않을 사안은 없을 것 같았다. 대화는 험프리 와드 부인의 신간으로부터 버나드 쇼의 최근 희곡으로, 또 드라마의 장래를 거쳐 맨스필드에 대한 회상으로 흘러갔다. 그들은 조간신문의 사설을 칭찬하거나 비웃다가, 난데없이 뉴질랜드의 노동 조건으로부터 헨리 제임스와 브랜드 매튜까지 거론했으며, 독일의 극동 전략과 황화(黃禍)의 경제적 측면을 다루었고, 독일 선거와 베벨의 마지막 연설에 대해 갑론을박했으며, 마침내 지역 정치에 몰두했다. 통일노동당 집행부의 최근 계획과 추문들, 연안 선원들의 파업을 조종한 전술이 파헤쳐졌다. 그들이 가진 내부 정보에 마틴은 충격을 받았다. 그들은 신문에는 결코 실리지 않는 것, 꼭두각시들을 춤추게 하는 철사와 끈과 보이지 않는 손들을 알았다. 메리가 대화에 동참하여 그가 이제껏 만난 여성들에게서는 볼 수 없었던 지성을 과시하는 것도 마틴에게는 놀라웠다. 다 같이 스윈번과 로제티에 관해 얘기한 후에, 그녀는 그를 샛길로 끌어 그가 알지 못했던 프랑스 문학으로 인도했다. 그녀가 마테를링크를 옹호하자 그에게 만회의 기회가 왔다. 그는 자신이 면밀히 추론해 낸 『태양의 수치』의 주제를 동원했다.

몇 명이 더 들르고 방에 담배 연기가 자욱할 때, 브리슨덴이 도발의 붉은 깃발을 흔들었다.

"여기 자네가 도끼로 때려잡을 새로운 먹잇감이 왔네, 크레이스." 그는 말했다. "허버트 스펜서를 연모하는 하얀 장미처럼 순수한 젊은이야. 할 수 있으면 그를 헤켈주의자로 개종시키게."

정신을 차린 크레이스는 자성을 띤 금속성의 물질처럼 번쩍이는 듯했다. 반면에 노튼은 소녀처럼 감미로운 미소를 지으며 동정 어린 눈길을 보냈는데, 자기가 보호해 주겠으니 안심하라는 뜻인 것 같았다.

크레이스는 바로 마틴에게 달려들었으나 차츰차츰 노튼이 끼어들더니, 둘만의 논쟁이 격화되었다. 그저 들으면서 마틴은 믿어지지가 않았다. 두 눈을 씻고 다시 볼 일이었다. 어떻게 이런 일이, 더군다나 마킷 가 남쪽 구역 노동자들이 사는 빈민촌에서 벌어질 수 있다는 말인가. 책이 이 사람들 속에 살아 있었다. 그들은 열정적으로 열변을 뿜어냈다. 술과 분노에 다른 사내들이 휘말리듯이, 이 두 남자는 지적인 자극에 요동쳤다. 그가 듣는 얘기들은 반쯤 신화화된 칸트와 스펜서 같은 반신들에 의해 쓰여 활자로 인쇄된 메마른 철학이 더 이상 아니었다. 살아 있는 철학, 그 면모 그대로 생생하게 이 두 남자로 육화된, 따뜻하고 붉은 피가 흐르는 철학이었다. 가끔 다른 이들도 논쟁에 끼었으며, 모두가 잔뜩 열중한 얼굴로 손에서 담배가 다 타들어 가도록 경청했다.

마틴이 한 번도 끌리지 않았던 관념론이 노튼의 손에서 다듬어지니 계시와도 같았다. 그 논리적 개연성이 그의 지성을 매료시켰는데, 크레이스와 해밀턴에게는 그렇지 않은 듯했다. 그들이 노튼을 형이상학론자라고 비웃자, 노튼은 반대로 그들이 형이상학론자라고 비웃었다. 현상과 실체라는 단어가 이쪽에서 저쪽으로 오고 갔다. 그들은 노튼이 의식을 의식으로 설명하려 한다고 비난했다. 노튼은 그들이 말장난한다고, 이론을 사실에서 추론하지 않고 말에서 추론한다고 비난했다. 이에 그들은 경악했다. 사실로부터 출발하여 사실을 정의한다는 것이 그들의 추론 방식의 기본 교리였던 것이다.

노튼이 칸트의 복잡한 철학을 줄줄 읊을 때, 크레이스는 크고 작은 독일 고전 철학은 다 죽어서 옥스퍼드로 넘어갔음을 상기시켰다. 잠시 후 노튼은 그들에게 해밀턴의 '절감의 원리'를 상기시켰으며, 즉각 그들은 자기들의 추론 과정에 그 원리를 빠짐없이 적용했다고 반발했다. 무릎을 끌어안고 앉아 경청하면서 마틴은 환희를 느꼈다. 그런데 노튼은 스펜서주의자가 아니라서, 두 반대자에게 얘기하는 만큼 마틴에게도 얘기하면서 그의 철학적인 영혼을 얻으려 했다.

"자네들도 알겠지만 버클리가 제기한 문제는 해명되지 않았어." 마틴을 똑바로 쳐다보면서 그는 말했다. "허버트 스펜서가 그럴싸한 답을 내놓았지만, 그걸론 충분하지 않아. 아무리 충실한 스펜서 추종자라 할지라도 더 나은 답을 할 수 없지. 요전에 나는 샐리비의 에세이를 읽었는데, 샐리비가 기껏 할 수 있는 말은 허버트 스펜서가 버클리의 질문에 답하는 데 성공할 뻔했다는 것이더군."

"흄이 뭐라고 했는지는 알지?" 해밀턴이 물었고 노튼은 끄덕였다. 그러나 해밀턴은 나머지 사람들을 위해 그 말을 옮겼다. "그는 버클리의 논점에는 해답이 있을 수 없고, 설득력도 없다고 했어."

"그건 흄의 생각이지."라는 답변이었다. "흄의 생각은 한 가지만 빼면 자네의 생각과 같아. 그는 버클리의 질문에 답할 수 없음을 인정할 만큼 현명하다는 것 말이야."

노튼은 결코 이성을 잃지는 않았으나 예민하고 쉽게 흥분하는 반면, 크레이스와 해밀턴은 상대의 약점을 찾아서 찌르고 쑤시는 한 쌍의 냉혈한들이었다. 밤이 깊어 갈수록 노튼은 형이상학론자라는 비난을 연거푸 두들겨 맞으면서, 의자에서 벌떡 일어나지 않으려고 손잡이를 움켜쥐고 버텼다. 회색 눈이 노기로 번뜩이고 소녀 같은 얼굴이 가혹하고 단호하게 굳어지더니, 그는 상대의 견해에 대반격을 가했다.

"그래, 이 헤켈주의자들아, 내가 주술사처럼 추론한다 치자고. 그럼 모쪼록 자네들은 어떻게 추론하는지 알려 주겠나? 자네들은 아무것도 근거가 없어. 실증과학이 있을 데가 아닌데도 번번이 그걸 끌어들이는, 이 비과학적인 교조주의자들! 유물주의적 일원론이 떠오르기 오래전에 이미 그 토대가 사라졌으니, 근거가 있을 수가 없지. 로크가 장본인이야, 존 로크. 이백 년 전에, 아니 그보다 더 오래전에 그는 『인간 오성론』에서 생득적 관념의 부재를 증명했어. 가장 근사한 건 그게 바로 자네들이 주장하는 바라는 거지. 오늘 밤 자네들은 생득적 관념의 부재를 거듭거듭 선언했어. 그럼 그게 무슨 뜻일까? 자네들은 궁극의 실재를 절대로 알 수 없다는 뜻이야. 자네들의 뇌는 자네들이 태어났을 때 텅 비어 있었어. 드러나는 겉모습 또는 현상이 자네들이 오감으로 받아들일 수 있는 전부야. 그러면 실체는, 자네들이 태어났을 때 머릿속에 없던 것은 얻을 방도가 없는 거라고."

"나는 그렇게 얘기하지 않았어." 크레이스가 말을 가로막으려 했다.

"내가 말을 마칠 때까지 기다려." 노튼은 소리쳤다. "자네들은 힘과 물질의 작용과 상호작용을 어떤 식으로든 우리의 감각에 들어오는 만큼만 알 수 있어. 알다시피, 나는 논쟁을 위해 물질이 존재한다고 인정하려는 거야. 자네들의 주장으로 자네들을 뭉개 버리려는 거라고. 자네 둘 다 철학적 추상화를 이해할 능력을 타고나지 못했으니, 다른 수가 없거든. 이제 자네들은 자네들의 실증과학으로 물질에 대해 무엇을 아는가? 오로지 현상, 그 드러난 겉모습만 알아. 물질의 변화라든지, 자네들의 의식 속에 변화를 일으키는 물질의 변화 같은 것만 알아챌 수 있어. 실증과학은 현상만을 다루는데, 자네들은 굳이 존재론자를 자처하며 실체를 다루려 할 만큼 멍청하지. 누군가 말했듯이, 현상에 대한 지식으로 현상을 넘어설 수는 없어. 자네들이 칸트를 폐기할지라도 버클리의 질문에는 답할 수 없어. 그런데도 자네들은 버클리가 틀렸다는 무리한 가정 아래, 과학이 신의 부재를 증명한다든지, 그만큼이나 중요하게, 물질의 존재를 증명한다고 확언해. 알다시피 나는 자네들의 수준에 맞게 내 생각을 설명하기 위해 물질의 실재를 인정하는 거야. 자네들이 원한다면 실증과학자가 되라고. 하지만 존재론은 실증과학에는 있을 자리가 없으니, 내버려 둬. 스펜서는 불가지론에서 옳았어. 그러나 만약에 스펜서가…"

하지만 오클랜드로 건너가는 마지막 배를 탈 시간이 되어, 브리슨덴과 마틴은 조용히 빠져나왔다. 노튼은 여전히 얘기하고 있었고, 크레이스와 해밀턴은 두 마리 사냥개처럼 그가 말을 마치자마자 달려들 태세였다.

"당신이 내게 별천지를 보여 줬군요." 배를 타고 가면서 마틴은 말했다. "그런 사람들과의 만남이 인생을 가치 있게 하죠. 내 정신은 완전히 깨어났어요. 전에는 관념론을 좋게 생각한 적이 없었거든요. 그래도 받아들일 수는 없어요. 나는 언제까지나 리얼리스트일 거예요. 그렇게 생겨 먹었나 봐요. 하지만 크레이스와 해밀턴에게 제대로 답을 했더라면 좋았을 테고, 노튼에게도 한두 마디 할 말이 있었던 것 같아요. 내가 보기에 스펜서는 어떤 타격도 입지 않았어요. 나는 서커스를 처음 본 아이처럼 흥분이 돼요. 책을 더 읽어야겠어요. 샐리비를 구해서 보겠어요. 나는 아직도 스펜서가 난공불락이라고 생각해요. 다음에는 토론에 참가하겠어요."

그런데 브리슨덴은 고통스럽게 숨을 몰아쉬며 졸고 있었다. 그의 턱은 스카프에 묻힌 채로 움푹 꺼진 가슴까지 내려가 있었고, 기다란 외투에 싸인 그의 몸은 배의 프로펠러의 진동에 따라 흔들리고 있었다.

37장

다음 날 아침 마틴이 첫 번째로 한 일은 브리슨덴의 충고도 지시도 거스르는 것이었다. 『태양의 수치』를 포장해 「아크로폴리스」지에 부쳤다. 그 글을 실어 줄 잡지가 있으리라 믿었고, 잡지를 통해 알려지면 책으로 출판되는 것도 쉬워지리라 생각했다. 마찬가지로 『하루살이』도 포장해서 한 잡지사에 부쳤다. 브리슨덴이 잡지에 대한 광적인 편견을 공공연하게 드러냈음에도 불구하고, 마틴은 그 위대한 시는 활자화되어야 한다고 판단했다. 하지만 그의 허락 없이 발표하려 한 것은 아니었다. 수준 높은 잡지사의 수락을 받은 다음, 그걸 무기로 브리슨덴과 씨름하여 동의를 얻어낼 계획이었다.

그날 아침 마틴은 몇 주 전에 윤곽을 잡아 놓은 소설을 쓰기 시작했다. 그 이후로 그것은 태어나게 해 달라는 끈질긴 아우성으로 그를 괴롭혀 왔다. 생생한 해양 소설, 현실 세계의 현실적인 조건과 현실적인 인물들이 등장하는, 20세기 모험과 낭만의 이야기였다. 그러나 그 줄거리의 밑바탕에는 다른 것 ─ 피상적으로 읽는 독자는 절대로 알아채지 못할 테지만 그럼에도 그런 독자들의 흥미와 재미를 어떤 식으로든 감소시키지는 않을 것 ─ 이 깔려 있었다. 단순히 줄거리 때문이 아니라 바로 그것 때문에, 마틴은 쓰지 않을 수 없었던 것이다. 말하자면, 그에게 구상을 떠올리게 하는 것은 늘 거대하고 보편적인 모티프였다.그런 모티프를 찾아낸 후, 그는 보편적인 문제를 표현하기 위해 도출한 시간과 공간 안에 특정한 인물들과 특정한 장소를 배치했다. 제목은 『기한 초과』로 결정되었으며, 길어야 6만 단어 ― 그의 왕성한 생산력으로 볼 때 별로 많지 않은 분량 ― 가 될 터였다. 집필 첫날인 그날 그는 도구를 능숙하게 다루는 제 솜씨에 기쁨을 느끼며 몰두했다. 더 이상 예리한 칼날이 어긋나 작품을 망칠까 봐 두려워하지 않았다. 여러 달 동안의 집중적인 습작과 연구가 소득이 있었다. 이제 그는 창작물을 보다 과감하고 자신감 있게 주무를 수 있었다. 몇 시간이나 집중적으로 일하면서 인생과 인생사를 전례 없이 확실하게 또 포괄적으로 장악했다고 느꼈다. 『기한 초과』는 특정한 등장인물이 특정한 사건을 겪는 이야기일 것이다. 그러나 확신컨대 언제나, 어느 바다에서나, 어떤 인생에서나 일어날 수밖에 없는 중차대한 문제들에 대한 이야기이기도 할 것이다. 허버트 스펜서 덕분이라고, 그는 잠시 책상에서 몸을 뒤로 젖히며 생각했다. 허버트 스펜서와, 스펜서가 그의 손에 쥐여 준 진화라는 생명의 열쇠 덕분이었다.

쓰면서 그는 그 글이 걸작임을 자각했다. '이건 된다! 이건 된다!'는 말이 귀에 거듭 울렸다. 물론 그 작품은 걸작이 될 것이다. 마침내 그는 잡지사들이 덤벼들 만한 것을 만들어 냈다. 줄거리 전체가 그의 앞에 번개 치듯 번쩍거렸다. 그는 잠깐 눈을 돌려 노트에 한 문단 적었다. 그것이 『기한 초과』의 마지막 문단이 될 것이다. 그의 머릿속에 이미 책이 통째로 들어 있어, 결말에 닿기 몇 주 전에 그것을 쓸 수 있었다. 그는 그 이야기를, 아직 쓰이지 않았을지라도, 다른 해양 소설들과 비교해 보았고, 제 것이 비교할 수 없을 만치 우월하다고 느꼈다. "이것과 맞먹는 글을 쓸 수 있는 사람은 단 한 명이야." 그는 큰 소리로 혼잣말했다. "그건 콘래드지. 그조차 이 글에 정색하고 내게 악수를 청하면서 말할 거야. '잘했어, 마틴, 이 친구야'라고!"

온종일 집필에 매진하던 그는 모스 가의 정찬에 참석하기로 한 약속을 늦어 버리기 전 아슬아슬하게 기억해 냈다. 브리슨덴 덕분에 전당포에서 검은 정장을 찾아 다시 그 집 정찬에 갈 수 있게 되었던 것이다. 시내로 내려가다 도서관에 들러 샐리비의 책들을 찾아보았다. 그중 『생명의 순환』을 대출하여 전차 안에서 노튼이 스펜서에 관한 것으로 언급했던 에세이를 펼쳤다. 읽어 가면서 그는 화가 치밀었다. 얼굴이 붉어지고 턱이 굳어졌으며, 자기도 모르게 주먹을 쥐었다 풀었고, 가증스런 무엇인가의 숨통을 조르듯이 다시 주먹을 그러쥐었다. 전차에서 내려서도 격분한 사람처럼 보도를 성큼성큼 걸었고, 모스 가의 초인종을 몹시 사납게 누르고 나서야 정신이 들었다. 마음을 고쳐먹고 얼굴에 미소를 지었다. 하지만 그러자마자 암울한 기분이 들었다. 온종일 영감의 날개를 타고 머물렀던 저 높은 데서 그는 추락했다. '부르주아', '상인의 소굴' — 브리슨덴이 그 집에 붙인 이름 — 이 마음속에서 되풀이되었다. 그래서 어쨌다고? 그는 거칠게 자문했다. 그는 루스의 가족이 아니라 그녀와 결혼하려는 것이었다.

루스는 그 어느 때보다 아름답고, 정신적이고도 영적이며, 그러면서도 건강하게 보였다. 뺨이 발그레했고, 두 눈은 — 그로 하여금 처음으로 불멸을 느끼게 했던 그녀의 눈은 그를 거듭 매료시켰다. 근래에 그는 불멸을 잊었으며, 과학적인 책들을 애독하다 보니 그로부터 멀어졌다. 그러나 여기 루스의 눈 속에서, 그는 그 어떤 장황한 주장도 능가하는 무언의 주장을 읽었다. 그 앞에서 모든 토론이 무산되고야 마는, 그녀의 눈에서 그는 불멸을 보았다. 사랑이 거기 있음을 보았던 것이다. 그 자신의 눈에도 사랑이 담겨 있었다. 사랑 앞에서는 그 어떤 반박도 소용이 없었다. 그것이 그의 열렬한 믿음이었다.

정찬이 시작되기 전 그녀와 함께 보낸 반 시간 동안 그는 극도로 행복했고, 인생에 극도로 만족했다. 그럼에도 식탁에 앉자 힘든 하루를 보낸 데 필연적으로 따르는 반작용과 피로에 속박되었다. 눈이 아프고 신경이 곤두섰다. 그는 바로 이 식탁에서 처음으로 교양과 세련이 넘치는 — 당시의 그로서는 그렇게 여겼던 분위기 속에서 — 문화인들과 식사를 했음을 기억해 냈다. 그런데 이제는 이 식탁이 경멸스럽고 지겨웠다. 오래전 여기 앉아 있던 자신의 가엾은 모습이 떠올랐다. 어려운 대화를 이해하려고 진땀을 흘리고 갖가지 식사 도구를 어떻게 써야 할지 몰라 쩔쩔매던, 유령과도 같은 하인에게 시달리던, 아찔하도록 높은 사회적 지위로 단숨에 도약하려 애쓰다 결국 제게 없는 지식이나 품위를 있는 척하지 않기로 마음 먹었던, 자신을 솔직히 드러내겠다고 결심하던, 자의식에 가득 찬 야만인을 그는 언뜻 보았다.

배가 가라앉을지도 모른다는 급작스러운 공포를 느낀 승객이 구명조끼의 위치를 확인하듯, 그는 안도감을 느끼려고 루스를 쳐다보았다. 효과가 있었다. 사랑과 루스만은, 나머지 모든 것은 책들의 시험을 견뎌 내지 못했으나, 사랑과 루스만은 견뎌 냈다. 그는 그 둘을 생물학적으로 비준했다. 사랑은 생명의 가장 드높은 발현이었다. 자연은 모든 인간들과 마찬가지로, 그를 사랑하게끔 할 목적으로 바삐 빚어내었다. 자연은 수백만 년을, 아니 수천만 년, 수억 년을 이 일에 매달렸고, 그가 최고의 작품이었다. 자연은 그의 본성에서 사랑을 가장 강력하게 만들었고, 상상력이라는 선물로 몇 만 배 더 강화시켜서, 그를 이 덧없는 세상으로 보내어 전율하고, 녹아 버려, 짝을 짓게 했다. 그의 손이 옆자리의 탁자 밑에 숨어 있는 그녀의 손을 찾았으며, 두 손은 서로를 따뜻하게 꼭 쥐었다. 그녀는 그를 아주 잠깐 쳐다보았는데, 눈동자가 빛을 발하며 녹아내리고 있었다. 온몸에 짜릿한 전율을 느끼는 그의 눈동자 또한 그러했다. 그는 그녀의 눈동자가 빛을 발하며 녹아내리는 것이 그녀가 그의 눈동자를 보았기 때문임을 알지 못했다.

그의 맞은편 대각선 방향으로, 모스 씨의 오른쪽에 지방 고등법원 판사인 블라운트가 앉아 있었다. 마틴은 그를 여러 번 만났으나 도무지 좋아할 수가 없었다. 그 판사와 루스의 아버지는 노동조합의 정책과 지역의 정치 상황, 그리고 사회주의에 대해 얘기하고 있었으며, 모스 씨는 마틴을 책망하려고 그를 마지막 화제에 끌어들였다. 드디어 블라운트 판사가 너그럽고 자애로운 눈길로 그를 쳐다보았다. 마틴은 그에게 미소를 지었다.

"젊은이, 자네도 철들면 거기서 벗어날 게야." 그가 달래는 투로 말했다. "젊은 시절의 치기에는 시간이 제일 좋은 약이지." 그는 모스 씨에게로 말을 돌렸다. "이런 경우에는 토론이 좋지 않을 것 같소. 환자가 고집을 피우게 될 테니까."

"옳은 말씀입니다." 모스 씨가 엄숙히 동의했다. "하지만 때로는 환자에게 그의 상태를 경고해 주는 것도 좋겠죠."

마틴은 쾌활하게 웃었으나 억지웃음이었다. 그날 하루는 너무 길었고 일은 심히 고되었던지라 반작용의 고통도 깊었다.

"분명히 두 분은 훌륭한 의사입니다." 그는 말했다. "하지만 환자의 의견을 약간이라도 들어 보겠다면, 환자는 선생님들의 진단이 엉터리라고 말하렵니다. 실은 선생님들이 내게 있다고 생각하는 질병에 선생님들 자신이 걸려 있습니다. 저로 말하자면 면역이 되었거든요. 선생님들의 핏줄 안에서 설익은 채로 날뛰는 사회주의 철학이 저를 이미 지나갔답니다."

"똑똑하군, 똑똑해." 판사가 중얼거렸다. "입장을 뒤바꿔 놓다니, 논전에서 뛰어난 전략이야."

"선생님의 입에서 나온 말입니다." 눈이 번쩍거렸으나 그는 자제력을 잃지 않았다. "그러니까, 판사님, 저는 당신의 선거 연설을 들은 적이 있습니다. 어떤 '헤니디컬'(henidical, 마틴이 만든 말로, 오스트리아의 사상가 오토 바이닝거(Otto Weininger.1880-1903)의 저서에 나오는 'henid'라는 단어를 형용사형으로 바꾼 듯하다. 'henid'는 인식의 단계까지 발달하지 못한 지각이나 감각을 뜻하므로, 'henidical'은 '모호한, 어중간한' 쯤으로 해석될 것이다 - 옮긴이)한 과정을 거쳐서, 그나저나 '헤니디컬'이란 내가 애용하는 말인데 아무도 그 뜻을 모르더군요. 어떤 '헤니디컬'한 과정을 거쳐 당신은 자신이 경쟁 체제와 강자의 생존을 인정한다고 생각하려 합니다. 그러면서 동시에 강자의 힘을 잘라 내는 온갖 조치를 전폭적으로 지지하는 셈입니다."

"이보게, 젊은이…."

"제가 선생님의 선거 연설을 들었다는 걸 기억하십시오." 마틴은 경고했다. "주(州) 간 통상 규제, 철도 트러스트와 스탠다드 오일 규제, 산림 보전, 그밖에도 수천 가지 사회주의와 다름없는 조치에 대한 당신의 입장은 기록으로 남아 있습니다."

"자네는 권력의 갖은 전횡에 대한 규제를 지지하지 않는다고 말하려는 겐가?"

"요점은 그게 아닙니다. 저는 선생님의 진단이 엉터리라고 말하려는 겁니다. 선생님께 제가 사회주의라는 병에 걸려 있지 않다고 말하려는 거라고요. 똑같은 병에게 기력을 빼앗겨 시들시들하는 건 선생님이라고 말하려는 겁니다. 저로 말할 것 같으면, 당신의 그 잡종 민주주의와 앙숙이듯이 사회주의와도 앙숙입니다. 당신의 민주주의란 사전적 정의에도 맞지 않는 잡소리로 가장한 사이비 사회주의에 지나지 않습니다. 저는 보수적입니다. 너무나 철저히 보수적이라서, 당신처럼 사회 조직이라는 거짓의 장막 속에 살면서 장막을 꿰뚫을 만한 통찰력을 갖지 못한 사람은 제 입장을 이해할 수가 없을 겁니다. 당신은 강자의 생존과 강자의 지배를 인정하는 척합니다. 나는 실제로 인정합니다. 그게 차이입니다. 내가 좀 더 젊었을 때, 그러니까 몇 달 더 젊었을 때는 나도 마찬가지였습니다. 보시다시피, 그때의 나는 당신의 연설에 감명받았습니다. 그런데 상인과 무역업자들은 기껏해야 비겁한 지배자들입니다. 그들은 허구한 날 돈벌이라는 여물통에 주둥이를 박고 꿀꿀댑니다. 그래서 나는, 당신이 믿기 힘들겠지만, 귀족주의로 회귀했습니다. 이 방에서 나만이 개인주의자입니다. 나는 국가에 아무것도 기대하지 않습니다. 강자를, 국가를 그 헛된 도로에서 구해 낼 말을 탄 강자를 기다릴 뿐입니다. 니체가 옳았습니다. 니체가 누구인지 당신에게 설명하느라고 시간을 끌지는 않겠지만, 그가 옳았습니다. 세상은 강자의… 고상할뿐더러 장사와 교환이라는 돼지 여물통에서 허우적대지 않는 강자의 것입니다. 진정한 귀족이, 위대한 금발 짐승이, 절대로 타협하지 않는 자들이, 인생을 긍정하는 자들이 세상을 가집니다. 그들이 당신 같은 사회주의자들을, 사회주의를 두려워하고 자신을 개인주의자라고 여기는 사회주의자들을 먹어 버릴 겁니다. 온순하고 의지가 박약한 당신들의 노예의 도덕은 결코 당신들을 구원하지 못합니다. 오, 당신들은 도통 알아먹을 수 없는 얘기죠. 더 이상 당신들을 괴롭히지 않겠습니다. 그래도 한 가지만 기억하세요. 오클랜드에는 진정한 개인주의자가 한 손으로 꼽을 정도인데, 나, 마틴 에덴이 그중 한 명이라는 것을."

그는 제 할 말을 다 했다는 표시를 하고 루스를 돌아보았다.

"나는 오늘 짜증이 나." 그는 나지막이 말했다. "말이 아니라 사랑을 하고 싶어."

그는 다음과 같이 말하는 모스 씨를 무시했다.

"나는 납득하지 못하겠네. 사회주의자들은 죄다 예수회 수사들이야. 그게 그들을 알아내는 방법이지."

"그래도 우리가 자네를 좋은 공화당원으로 만들 걸세." 판사가 말했다.

"그 전에 말을 탄 강자가 올 겁니다." 마틴은 유쾌히 받아넘기고 루스를 돌아보았다.

그러나 모스 씨는 만족하지 않았다. 그는 게으른 데다 진지하고 합법적인 일을 기피하는 이 장래의 사위를 못마땅해했으며, 그의 생각을 존중하지 않았고 그의 본성을 이해하지도 못했다. 그래서 모스 씨는 화제를 허버트 스펜서로 돌렸다. 블라운트 판사가 능란하게 맞장구를 쳤으며, 마틴은 그 철학자의 이름이 언급된 순간부터 귀를 쫑긋 세우고 판사의 스펜서에 대한 엄숙하고도 자기 만족적인 혹평을 들었다. 모스 씨는 마치 '자, 알겠나?'라고 말하는 듯이 그를 힐끔거렸다.

"깍깍대는 갈까마귀들." 마틴은 소리 죽여 중얼거리고 루스, 아서와 함께 대화를 이어 갔다. 그러나 길었던 하루와 지난밤 '진짜 난장판'의 경험이 그를 무겁게 내리누르고 있는 데다, 전차에서 읽은 에세이에 대한 분노가 그의 마음속에서 여전히 타오르고 있었다.

"무슨 일이야?" 자제하려고 안간힘을 쓰는 그의 모습에 문득 놀라 루스가 물었다.

"신은 없고 불가지(不可知)가 있는데 허버트 스펜서가 그의 예언자이지." 그 순간 블라운트 판사가 그 구절을 인용했다.

마틴은 그에게 맞섰다.

"경박한 판단입니다." 그는 차분하게 말했다. "저는 그 말을 시청 공원에서 어느 노동자의 입으로부터 처음 들었는데, 그 사람은 함부로 그런 말을 해서는 안 됐어요. 그 후로도 종종 누군가 인기를 얻으려고 그 말을 하는 걸 들을 때마다 구역질이 났습니다. 선생님은 부끄러운 줄 아셔야 합니다. 그 위대하고 고귀한 인간의 이름을 당신의 입에서 듣다니 시궁창에 떨어진 이슬방울을 보는 것 같군요. 역겹습니다."

그 말은 청천벽력과도 같았다. 블라운트 판사는 중풍에 걸린 듯한 얼굴로 그를 노려보았으며, 침묵만이 팽배했다. 모스 씨는 속으로 좋아했다. 제 딸이 충격을 받았음을 알 수 있었다. 그가 바라던 바가 이것 — 제 마음에 들지 않는 이 남자의 타고난 난폭성 — 을 끌어내는 것이었다.

탁자 밑에서 루스의 손이 간절히 마틴의 손을 찾았으나, 그는 피가 끓고 있었다. 높은 자리에 앉아 있는 자들의 지적인 가식과 기만에 격노했다. 고등법원 판사! 이런 영광에 빛나는 자들을 그가 진창에서 우러러보며 신이라고 여겼던 것이 불과 몇 년 전의 일이었다.

블라운트 판사는 정신을 차리고 가장된 정중함으로 마틴을 대하면서 대화를 이어 가려 했다. 숙녀들을 배려하여 예의를 지키려는 것이었다. 그런데 이것이 마틴의 화를 돋우었다. 솔직할 수는 없을까?

"선생님은 저와 스펜서를 논할 수 없습니다." 그는 외쳤다. "스펜서에 대해 잘 모르는 그의 나라 사람들보다 당신은 나을 게 없어요. 하지만 당신 잘못이 아니죠. 저는 인정합니다. 시대의 한심한 무지의 일면이니까요. 초저녁에 이리로 오면서 저는 그 무지의 일례와 마주쳤습니다. 스펜서에 관한 샐리비의 에세이를 읽고 있었거든요. 당신도 그 책을 읽어 봐야 합니다. 누구나 구해 볼 수 있어요. 어느 서점에서든 살 수 있고, 공공도서관에서 빌릴 수도 있습니다. 당신은 그 고귀한 인간에 대한 모독과 무지에 있어 샐리비에 비할 바가 아니라서 창피할 겁니다. 그 글은 당신의 수치를 수치스럽게 하는 수치스러운 기록입니다. 그가 숨 쉬는 공기를 함께 숨 쉬어 더럽힐 자격도 없는 진부한 철학자가 그를 '제대로 교육받지 못한 철학자'라고 불렀습니다. 당신이 스펜서의 책을 열 페이지라도 읽어 봤으리라고 생각하지 않지만, 당신보다 유식하리라고 짐작되나 당신보다 스펜서를 더 읽은 것 같지도 않은 비평가들이 그의 추종자들에게 그의 전 저작에서 단 하나의 사상을 끌어내라고 윽박지릅니다. 과학 연구와 현대 사상의 모든 분야에 걸쳐 자신의 천재성을 각인해 놓은 사람, 심리학의 아버지, 오늘날 프랑스 농민의 자식들이 그가 확립한 원칙에 따라 교육을 받고 있을 정도로 교육학에 혁명을 일으킨 사람, 허버트 스펜서의 모든 글에서 말입니다. 그리고 하잘것없는 자들이 그의 아이디어를 기술적으로 활용한 것에서 양식을 얻고 있으면서 그에 대한 기억을 훼손하고 있습니다. 그들의 두뇌에 들어 있는 얼마 되지도 않는 지식조차 대부분은 그의 덕분입니다. 그가 생존하지 않았다면 그들이 앵무새처럼 달달 외운 지식 중에 올바른 것은 틀림없이 공백이 될 겁니다. 그런데도 옥스퍼드의 페어뱅크스 학장 같은 자는… 블라운트 판사님, 심지어 당신보다 더 높은 자리에 앉아 있는 사람은 스펜서가 후대에 사상가라기보다는 시인이자 몽상가로 겨우 남을 거라고 말했습니다. 죄다 주둥이로 실없는 소리나 나불대는 놈들! 『제1원리』에는 어느 정도의 문학적 역량이 일부 담겨 있다'고 그중 하나가 말했습니다. 다른 이들은 그가 독창적인 사상가라기보다는 근면한 노력가라고 했고요. 주둥이만 나불대는 놈들! 주둥이만 나불대는 새끼들!"

얼어붙은 침묵에 마틴은 말을 끊었다. 루스의 가족 모두가 블라운트 판사를 권세와 위업을 성취한 인물로 우러러보는 터라, 마틴의 폭발에 새파랗게 질려 있었다. 남은 식사 시간은 장례식 같았다. 판사와 모스 씨는 자기들끼리만 얘기했고, 다른 이들의 대화는 지리멸렬했다. 그 후에 루스와 마틴이 둘만 있게 되었을 때 사태가 벌어졌다.

"당신을 도저히 못 참겠어." 그녀가 몰아붙였다.

그러나 분노가 아직도 꺼지지 않은 그는 거듭 중얼거렸다. "짐승 같은 자식들! 짐승 같은 놈들!"

그가 판사를 모욕했다고 그녀가 단언하자 그는 대꾸했다.

"그에 대해 바른 소리를 하면 모욕인가?"

"당신 말이 바른지 그른지 나는 관심 없어." 그녀는 고집했다. "예의는 일정 한도를 넘지 않는 거고, 당신은 어떤 사람도 모욕할 면허를 갖고 있지 않아."

"그러면 블라운트 판사는 진리를 비방할 면허를 어디서 얻은 거야?" 마틴은 물었다. "진리를 비방하는 것이 그 밴댕이 소갈머리 같은 작자를 모욕하는 것보다 분명히 더 나쁜 짓이야. 그가 한 짓은 그 정도도 아니지. 그는 이미 고인이 된 위대하고 고귀한 인물의 이름에 먹칠을 했어. 짐승 같은 것들! 짐승 같은 놈들!"

그의 복잡한 분노가 다시 불길을 일으키며 타올랐고, 루스는 그가 무서워졌다. 그가 그토록 화를 내는 모습을 본 적이 없었으며, 그녀로서는 이유를 도통 종잡을 수 없을뿐더러 과도하게만 생각되었다. 그럼에도 그녀를 그에게 끌어당겼고 여전히 끌어당기고 있는 ― 그녀를 그에게 기대게 했고 그 미친 절정의 순간에 그의 목을 두 손으로 감싸게 했던 - 매혹이 그녀의 두려움을 뚫었다. 식탁에서 일어난 사건으로 그녀는 상처받았고 화도 났으나, 그가 '짐승 같은 놈들! 짐승 같은 놈들!'이라고 계속해서 중얼거리는 동안 그의 품에 안겨 떨었다. 그리고 그가 이렇게 말할 때도 그의 품에 여전히 안겨 있었다.

"다시는 당신의 식사 자리를 방해하지 않겠어. 그들은 나를 좋아하지 않고, 그들이 꼴 보기 싫어하는 내 모습을 그들 앞에 억지로 들이미는 건 옳지 않아. 게다가 나도 그들이 꼴 보기 싫거든. 아! 넌더리가 난다고. 내가 순진했을 때, 높은 자리에 있는 사람들, 좋은 집에 사는 사람들, 교육을 많이 받고 은행 계좌도 있는 사람들은 훌륭하리라고 꿈꿨다니, 생각하면 기가 막히는군!"

38장

"어서, 노동조합 지부에 가 보자고."

브리슨덴이 말했다. 반 시간 전의 출혈 - 사흘 동안 두 번째인 ─로 기진해 보였다. 그는 여느 때처럼 위스키 잔을 들고 손을 떨며 잔을 비웠다.

"나더러 사회주의로 뭘 하라고요?" 마틴은 물었다.

"외부인은 5분간 연설할 수 있어." 병자는 부추겼다. "일어나서 속에 있는 말을 다 해 버려. 자네가 왜 사회주의를 바라지 않는지, 그들과 그들의 틀에 박힌 윤리에 대해 어떻게 생각하는지 얘기해. 그들에게 니체를 집어던지고 흠씬 두들겨 맞아 봐. 치고받고 해 봐! 그들에게도 유익할 거야. 그들은 토론을 원하고, 자네도 역시 그러니까.

내가 세상을 뜨기 전에 자네가 사회주의자가 되는 걸 보고 싶네. 그게 자네의 존재를 떠받쳐 줄 거야. 자네에게 다가올 좌절의 시기에 그것만이 자네를 구해 줄 거야."

"다른 사람도 아니고 당신이 왜 사회주의자인지 도무지 모르겠습니다." 마틴은 생각에 잠겼다. "당신은 군중을 그토록 혐오하는데 말이에요. 당신의 심미안에 들 만한 것이 군중들에게는 분명히 없어요." 그는 상대가 위스키를 다시 채우는 술잔에 비난의 손가락질을 했다. "사회주의가 당신을 구해 줄 것 같지 않아요."

"나는 중환자야." 브리슨덴이 말했다. "자네는 다르지. 자네는 건강하고 살아갈 이유도 많아. 그래서 어떻게든 삶에 구속될 수밖에 없어. 내가 왜 사회주의자인지 자네가 궁금해하니 말해 주지. 사회주의가 필연적이기 때문이야. 지금의 시대는 썩었고 비합리적인 체제가 지속될 수 없기 때문이야. 자네의 말을 탄 강자가 올 날이 이미 지나갔기 때문이라고. 노예들은 그런 걸 인정하지 않을 거야. 그들은 너무 많고, 그 강자 지망생이 말에 올라타기도 전에 닥치는 대로 끌어내릴 거야. 자네는 그들로부터 도망칠 수 없어. 그러니 그 노예의 도덕을 통째로 삼켜야만 할 거야. 좋은 사태는 아니지, 난 인정해. 어제오늘의 일이 아니니 자네는 그걸 전적으로 받아들여야 해. 자네는 니체의 사상을 가진 구식 인간이야. 과거는 지나갔고, 역사가 반복된다고 말하는 자는 거짓말쟁이야. 물론 나는 군중을 좋아하지 않지만, 가엾은 개인이 뭘 어쩌겠어? 우리는 말 탄 강자를 볼 수 없을 테니, 뭐든 지금 지배하고 있는 소심한 돼지들보다는 나을 거야. 아무튼 어서 가자고. 난 위험수위까지 마셨고 여기 더 앉아 있으면 취해 버릴 거야. 자네도 의사가, 빌어먹을 의사가 뭐라고 했는지 알지 않나. 하지만 그가 돌팔이라는 걸 내가 보여 주겠어."

일요일 저녁, 작은 강당에 꽉 차 있는 오클랜드의 사회주의자들은 대개 노동자들이었다. 발언 중인 영리한 유대인에게 마틴은 감탄했으나 동시에 반감이 일기도 했다. 그의 좁고 구부정한 어깨와 여윈 가슴은 복작거리는 빈민촌에서 성장했다는 엄연한 방증이었다. 힘 없고 비참한 노예들이 그들 위에 군림해 왔고 세상이 끝날 때까지 군림할 한 줌의 지배자들에 대항하여 오랜 세월 벌여 온 투쟁에, 마틴은 강한 인상을 받았다. 그 왜소한 존재가 하나의 상징으로 여겨졌다. 그 남자는 척박한 생존 조건에서 생물학적인 법칙에 따라 소멸해 가는 다수의 약자와 무능력자들을 대표하여 나선 사람이었다. 그들은 생존에 부적합했다. 그들의 교묘한 철학과 서로 힘을 합치려는 개미와도 같은 근성에도 불구하고, 자연은 그들을 거부하고 예외적인 인간을 택했다. 자연은 왕성한 생산력으로 뿌려놓은 우글우글한 알들 속에서 오직 최상의 것만 골라냈다. 인간이 경주마와 오이를 길러 내는 것도 자연을 모방한 동일한 방식이었다. 우주의 창조자는 당연히 더 나은 방식을 고안할 수 있었을 것이나, 이 특정한 우주의 피조물들은 이 특정한 방식을 감수하지 않으면 안 되는 것이다. 물론 그들은 사라져 가면서 꿈틀꿈틀 몸부림칠 것이다. 사회주의자들이 몸부림치고, 지금도 무대 위 발언자와 땀을 흘리는 군중이 생존의 고통을 최소화하고 우주의 허를 찌를 새로운 방안을 짜내려고 몸부림치고 있듯이.

마틴은 이와 같이 생각했고, 브리슨덴이 그 무리에게 호통치라고 부추겼을 때도 이런 식으로 호통을 쳤다. 그는 지시에 따라 무대로 올라갔으며, 관례대로 의장에게 인사말을 했다. 그 유대인의 연설을 듣는 동안 머릿속에 떠오른 생각을 정리하면서, 그는 낮은 목소리로 더듬대며 시작했다. 이런 집회에서는 발언자 한 명당 5분이 할애되었다. 그러나 주어진 5분이 다했을 때 그는 한창 열을 올리고 있었고, 그들의 원칙에 대한 공격을 반도 못 한 상태였다. 흥미를 느낀 청중은 박수로 의장에게 그의 시간을 늘려 주라고 촉구했다. 그들은 마틴을 자신들의 지성에 맞설 만한 적수로 평가하여, 한마디도 놓치지 않고 집중해서 들었다. 그는 분노와 확신으로 노예들과 그들의 도덕과 전술에 대해 아낌없는 공격을 가했으며, 청중이 바로 그 문제의 노예들이라고 노골적으로 내비쳤다. 스펜서와 맬서스를 인용했고, 생물학적인 발전 법칙을 공언했다.

"그래서." 그는 빠르게 요약하여 결론지었다. "노예와 같은 사람들로 이루어진 나라는 지속될 수 없습니다. 기존의 발달 법칙은 여전히 유효합니다. 생존을 위한 투쟁에서, 앞서 밝혔듯이, 강자와 강자의 후손이 살아남는 경향이 있는 반면, 약자와 약자의 후손은 짓밟혀서 사라지는 경향이 있습니다. 그 결과 강자와 강자의 후손이 살아남고, 투쟁이 계속되는 한, 한 세대마다 힘이 증가합니다. 그것이 발전입니다. 그런데 당신네들 노예들은… 노예가 되는 건 최악이죠, 나는 인정합니다…. 발전 법칙이 폐기된 사회를 꿈꿉니다. 약자와 무능력자들이 사라지지 않고, 무능력자가 하루에 몇 번이라도 원하는 만큼 먹고 싶은 대로 먹고, 모두가, 강자든 약자든, 짝을 찾아 후손을 남기는 사회를 꿈꾸고 있습니다. 그 결과는 어떻게 되겠습니까?

각 세대의 힘과 생존 가치는 더 이상 증가하지 않을 것입니다. 반대로 감소할 것입니다. 당신들의 노예 철학의 인과응보로 내려지는 천벌입니다. 당신들의 노예 사회는, 노예의, 노예에 의한, 노예를 위한 사회는 그것을 이루는 생명력이 약화되고 거덜나기 때문에, 반드시 약화되고 거덜나고야 말 것입니다. 내가 설명하는 것은 생물학이지 감상적 윤리가 아니라는 점을 명심하십시오. 노예들의 국가는 지속될 수가 없으므로…"

"미합중국은 어떻습니까?" 청중 속에서 한 남자가 소리쳤다.

"어떠냐고요?" 마틴은 답했다. "13개의 식민 주들이 통치자들을 몰아내고 이른바 공화국을 이루었습니다. 노예들 자신이 주인이었습니다. 칼을 든 주인은 더 이상 있지 않았습니다. 그런데 당신들은 어떤 식으로라도 주인이 없으면 뭔가를 해 나갈 수가 없었으므로, 일단의 새로운 주인들이, 위대하고 강인하고 고상한 자들이 아니라, 약삭빠르고 거미처럼 음험한 장사꾼들과 고리대금업자들이 등장했습니다. 그러고 당신들을 또다시 노예로 만들었습니다. 그런데 그들은 진정한 남자들이 정당한 무기를 휘둘러 약자를 굴복시키듯이 솔직하게 하지 않고, 은밀하게, 음험한 모략으로, 속임수와 감언이설과 거짓말로 복속시켰습니다. 그들은 판사를 매수하여 자기들의 노예로 부려 왔으며, 입법부를 타락시켜 노예로 부려 왔고, 당신들 노예의 자식들을 고대의 노예제도보다 더 끔찍한 공포 속에 몰아넣어 왔습니다. 오늘날 당신들의 자식들 이백만 명이 미합중국이라는 장사꾼들의 과두정치 아래 노역을 당하고 있습니다. 당신들 노예 천만 명이 제대로 먹지도 자지도 못합니다. 하지만 본론으로 돌아갑시다, 앞서 노예들의 사회는 속성상 발전 법칙을 폐기해야 하기 때문에 존속할 수 없다고 설명했습니다. 노예 사회는 성립되자마자 퇴행하기 시작합니다. 당신들이 발전 법칙의 폐기를 얘기하기는 쉬우나, 당신들의 힘을 보전할 새로운 발전 법칙은 어디에 있습니까? 그것을 만들어 내십시오. 이미 만들어져 있습니까? 그러면 얘기하십시오."

떠들썩한 소란 속에 마틴은 제 자리로 돌아와 앉았다. 수십 명이 일어나 의장에게 발언권을 달라고 아우성쳤다. 그리고 한 사람씩 차례로 요란한 응원의 박수갈채를 받아 가며 분노와 열정으로, 그리고 흥분된 몸짓을 섞어 공격에 응답했다. 열광적인 밤이었다. 지적으로 열광적인, 사상 투쟁의 장이었다. 몇 명은 요점을 벗어나기도 했으나, 대개의 발언자들은 마틴의 질문에 직접적인 답변을 했다. 그들은 마틴에게는 생소한 맥락의 사고로 그를 흔들어 놓았다. 그리고 그에게 새로운 생물학 법칙이 아니라 기존의 법칙을 새롭게 적용하는 방법을 알게 해 주었다. 그들은 예의를 차리기에는 너무나 진지해서, 의장이 질서를 잡기 위해 여러 차례 의사봉을 두드렸다.

때마침 풋내기 기자 하나가 청중 속에 앉아 있었다. 뉴스거리가 없는 날에 거기 파견되어 선정적인 기삿거리를 절실히 필요로 하던 참이었다. 그는 똘똘한 풋내기 기자가 아니었다. 그저 입심이 좋았다. 토론을 따라가기에는 너무 아둔했다. 사실 그는 자신이 이 말하기를 광적으로 좋아하는 노동자들보다 훨씬 우월하다는 자만심을 갖고 있었다. 높은 자리에 앉아 나라와 언론을 쥐락펴락하는 자들에 대한 엄청난 존경심 또한 갖고 있었다. 게다가, 아무것도 아닌 일로도 기사를 ― 심지어 특종을 ― 써내는 최정상급 기자의 능력에 도달하겠다는, 말하자면 이상을 갖고 있었다.

그는 대체 무슨 얘기가 오가는지 알지 못했다. 알 필요도 없었다. '혁명' 같은 단어들이 그에게 단서를 주었다. 뼈 화석 하나로 골격 전체를 재현해 낼 수 있는 고생물학자처럼, 그는 '혁명'이라는 단어 하나로 모든 발언을 재현해 낼 수 있었다. 그 밤에 그는 그 짓을 했고, 잘 해냈다. 그리고 마틴이 가장 큰 물의를 일으켰으므로, 그는 그 모든 발언을 마틴의 입에다 입혀서 마틴을 거기서 일어난 반란의 괴수로 만들어 냈다. 마틴의 반동적인 개인주의를 가장 극렬한 사회주의 행동대원의 발언으로 변형시켰다. 그 풋내기 기자는 예술가라도 된 듯, 커다란 붓으로 노동조합 지부에 색을 입혀 놓았다. 눈이 야성적이고 머리카락이 치렁치렁한 남자들, 신경쇠약에 걸린 퇴폐적인 유형의 남자들, 정열적으로 떨리는 목소리들, 높이 치켜든 불끈 쥔 주먹들, 그리고 배경에는 악담과 고함과 성난 사람들의 걸걸한 불평이 깔려 있었다.

39장

다음 날 아침, 마틴은 제 작은 방에서 커피를 마시며 조간신문을 읽었다. 머리기사에서, 그것도 제1면의 머리기사에서 자신의 이름을 보는 것은 신기한 경험이었다. 그런데 그 기사에 자신이 오클랜드 사회주의자들의 가장 악명 높은 우두머리로 묘사되어 있는 것을 보고 깜짝 놀랐다. 그 풋내기 기자가 그의 말로 조합해 낸 폭력적인 발언을 훑어본 마틴은 처음에는 그의 조작에 화가 났지만, 결국 웃으며 신문을 내던져 버렸다.

"그 기자는 술에 취했거나 악의가 있었던 거예요." 그날 오후 브리슨덴이 찾아와 의자에 힘없이 기대앉자, 그는 침대에 걸터앉은 채 말했다.

"하지만 무슨 상관이야?" 브리슨덴이 물었다. "그 신문을 읽은 부르주아 돼지들이 자네에게 호감을 가져 주기를 바라는 건 아니잖아?"

마틴은 잠시 생각해 보고 나서 말했다.

"그들의 호감에는 관심 없어요, 손끝만치도요. 그런데 이 일로 루스 가족과의 관계가 더 어색해질 것 같아요. 그녀의 아버지는 늘 내가 사회주의자라고 주장했으니, 이 형편없는 기사를 보고 믿음을 굳히겠죠. 내가 그의 의견에 신경 쓰는 건 아니에요. 무슨 차이가 있겠어요? 오늘 쓰던 걸 당신한테 읽어 주고 싶어요. 『기한 초과』라는 작품이고, 반쯤 진도가 나갔어요."

그가 크게 낭독하고 있는데, 마리아가 문을 벌컥 열고 말쑥한 차림의 젊은이를 들여보냈다. 그 젊은이는 두리번거리며 들어와 석유 버너와 방구석의 부엌을 눈여겨보고 나서야 마틴에게로 시선을 돌렸다.

"앉아요." 브리슨덴이 말했다.

마틴은 침대에서 옮겨 앉아 그 젊은이가 앉을 자리를 내준 다음, 그가 용무를 말하기를 기다렸다.

"나는 어젯밤 당신의 발언을 들었습니다, 에덴 씨. 당신을 인터뷰하러 왔어요." 그가 말문을 열었다.

브리슨덴이 폭소를 터뜨렸다.

"사회주의자 동무세요?" 기자는 브리슨덴에게로 시선을 돌려, 다 죽어 가는 사나이의 창백한 안색을 살피며 물었다.

"이 친구가 그 기사를 썼단 말이죠?" 마틴이 부드럽게 말했다. "아니, 아직 어린애네요!"

"따끔한 맛을 보여 줘." 브리슨덴이 권했다. "천 달러라도 내서 내 폐가 5분간만 괜찮아졌으면 좋겠군."

풋내기 기자는 자기를 앞혀 놓고 양편에서 오가는 말에 약간 당황했다. 그러나 사회주의 집회에 관한 뛰어난 기사로 칭찬을 받았고, 사회를 위협하는 조직의 우두머리, 마틴 에덴의 개인 인터뷰를 해 오라는 추가 지시를 받고 온 터였다.

"사진 촬영을 거부하시지는 않겠죠, 에덴 씨?" 그는 말했다. "사진기자가 밖에서 대기하고 있는데, 해가 더 기울기 전에 사진을 찍는 게 좋겠다고 합니다. 인터뷰는 그 후에 하죠."

"사진기자라." 브리슨덴이 음미하듯이 말했다. "따끔한 맛을 보여 줘, 마틴! 따끔하게 해 주라고!"

"나도 늙어 가는 모양이에요." 마틴은 답했다. "그래야 하는 줄 알지만 정말 흥이 나지 않아요. 별일 아닌 것 같아서."

"엔간히 속 썩었을 그의 어머니를 위해서라도." 브리슨덴이 재촉했다.

"그건 고려할 만하네요." 마틴은 답했다. "그래도 내가 기운이 날

만큼은 아니에요. 아시다시피, 어떤 녀석에게 따끔한 맛을 보여 주려면 기운을 써야 하거든요. 게다가, 이 일이 뭐가 중요하겠어요?"

"맞아요. 그런 식으로 받아들이시면 됩니다." 풋내기 기자는 경쾌하게 말했지만, 진작부터 걱정스럽게 문을 힐끔거리고 있었다.

"하지만 저 친구가 쓴 건 한마디도 사실이 아니죠." 그는 브리슨덴에게만 대화를 한정한 채 말을 이었다.

"일반적인 서술 방식이었을 뿐입니다. 이해하세요." 풋내기는 용기 내어 말했다. "더욱이 좋은 선전이 됩니다. 그게 중요하죠. 그 기사는 당신에게 이득을 주려는 거였어요."

"좋은 선전이 된다네, 마틴." 브리슨덴이 엄숙히 되뇌었다.

"그리고 내게 이득을 주려는 거였답니다. 생각해 보니 참!" 마틴이 덧붙였다.

"그러면… 어디서 태어나셨죠, 에덴 씨?" 기대에 찬 표정을 지으며 풋내기가 물었다.

"그는 메모도 안 해." 브리슨덴이 말했다. "머리로 다 기억해."

"저는 기억하는 걸로 충분합니다." 풋내기는 속으로 걱정하는 티를 내지 않으려 했다. "제대로 된 기자는 번거롭게 적을 필요가 없습니다."

"충분했다네? 어젯밤에도." 그러나 브리슨덴은 묵언 수행자가 아니라서, 돌연 태도를 바꾸었다. "마틴, 자네가 따끔한 맛을 보여 주지 않겠다면, 내가 보여 주지. 그러다가 바닥에 쓰러져 죽더라도 상관없어."

"볼기짝 때리기는 어떨까요?" 마틴이 물었다.

브리슨덴은 위엄 있게 숙고한 끝에 머리를 끄덕였다.

다음 순간 마틴은 침대 가장자리로 당겨 앉으며 풋내기의 얼굴을 제 두 무릎에 처박았다.

"대들지 마." 마틴은 경고했다. "대들면 나는 네 얼굴을 때려야 할 테니. 그 예쁜 얼굴이 망가지면 안 되잖아."

그의 손이 치켜 올라갔다 내려갔고, 빠르고도 규칙적으로 오르락내리락했다. 풋내기는 버둥대고 욕하고 몸부림쳤지만, 대들려고는 하지 않았다. 브리슨덴은 진지하게 쳐다보았으나, 한 번은 흥분을 주체하지 못하고 위스키병을 움켜쥐며 애원했다. "자, 나도 한 번만 갈기게 해 줘."

"애석하게도 손이 아파서 더 못하겠어요." 마침내 때리기를 멈추고 마틴은 말했다. "꽤 얼얼합니다."

그는 풋내기를 일으켜 다시 침대에 앉혔다.

"이 일로 당신은 체포될 거야." 빨갛게 달아오른 뺨에 아이처럼 철철 눈물을 흘리면서, 풋내기는 으르렁거렸다. "진땀깨나 빼게 해 주겠어. 두고 봐."

"가엾어라." 마틴은 말했다. "저 친구는 자기가 타락의 길로 들어섰다는 걸 깨닫지 못해요. 같은 동족에 대해 그런 식으로 거짓말을 하는 게 정직하지 못하고, 공정하지 않고, 남자답지 않다는 걸, 그는 모른다니까요."

"그는 우리에게 가르침을 받아야 해." 브리슨덴은 말을 멈추고 잔을 채웠다.

"그래요, 본인이 해악을 끼친 나한테 가르침을 받아야 하죠. 이제 식료품점은 틀림없이 내게 외상을 주지 않을 거예요. 가장 나쁜 건 이 불쌍한 녀석이 일류 언론인이자 일급 악당으로 타락할 때까지 이런 짓을 계속할 거란 거예요."

"하지만 아직 시간이 있어." 브리슨덴이 말했다. "자네가 그 녀석을 구제하는 소박한 역할을 할지 누가 알겠나. 왜 내가 한 대 갈기도록 해 주지 않았어? 나도 끼어들고 싶었다고."

"당신들 체포될 거야, 당신들 둘 다, 야, 이… 막돼먹은 놈들아." 잘못을 저지른 녀석은 흐느꼈다.

"안 돼요, 그의 입은 너무 예쁘고 너무 약하거든요." 마틴은 툴툴 거리며 머리를 저었다. "내 손만 아플 겁니다. 이 청년은 개선될 수가 없어. 결국 유명하고 성공적인 언론인이 될 거예요. 양심이 없으니까요. 양심이 없다는 자질 하나만으로 유명해질 겁니다."

풋내기 기자는 문을 나가는 마지막 순간까지 브리슨덴이 여전히 손에 들고 있는 술병으로 제 등을 내려칠까 봐 공포에 떨었다.

다음 날 조간신문에서 마틴은 자신에 대한 새로운 사실을 무척 많이 알게 되었다. "우리는 사회와 철천지원수요. 아니, 우리는 무정부주의자는 아니고 사회주의자요."라고 그가 말한 것으로 인용되어 있었다. 기자가 두 파벌 사이에 차이가 거의 없다는 점을 지적했더니, 그가 긍정의 뜻으로 묵묵히 어깨를 으쓱했다는 것이다. 그의 얼굴은 좌우의 균형이 맞지 않을뿐더러, 다양한 퇴화의 징후가 드러나 있는 것으로 묘사되어 있었다. 그의 암살자 같은 손과 핏발 선 눈에 번들대는 흉포한 눈빛이 특히 눈길을 끈다고도 했다.

또한 마틴은, 자기가 밤마다 시청 공원에서 노동자들에게 연설하고, 대중의 마음에 불을 지르는 무정부주의자와 선동가들 중에서 가장 많은 청중을 끌어모아 가장 혁명적인 발언을 한다는 것도 알게 되었다. 풋내기 기자는 그의 초라한 작은 방과 석유 버너와 하나밖에 없는 의자, 그리고 그와 함께 있는 시체 같은 얼굴의 부랑자를 부각시켜 놓았다. 그 부랑자는 어떤 요새의 지하 감옥 독방에 20년쯤 갇혀 있다 방금 나온 것처럼 보인다고 했다.

풋내기 기자는 부지런히 쫓아다녔다. 그는 마틴의 가족 주변을 종종걸음으로 배회하면서 정보를 캐내었고, 버나드 히긴보삼이 문 앞에 서 있는 히긴보삼의 현금 상회 사진을 얻어 냈다. 그 신사 양반은 처남의 사회주의적 견해를 용인하지 않고 처남 본인도 용인하지 않는, 지적이고 품위 있는 사업가로 묘사되어 있었다. 기사에 인용된 그의 말에 따르면, 처남이라는 자는 일자리가 주어져도 일하려 하지 않는 아무 쓸모 없는 게으름뱅이로, 감옥에 갈 날이 머지않았다는 것이었다. 마찬가지로 허먼 본 슈미트, 매리언의 남편도 인터뷰했는데, 그는 마틴이 집안의 골칫거리라고 하면서 이처럼 선을 그었다. "그는 나한테 빌붙어 먹으려 했지만 내가 제꺽 떨쳐 버렸죠." 본 슈미트는 기자에게 말했다. "이 근처에 얼쩡거리지는 못할 겁니다. 일하지 않는 자는 무가치합니다. 이 말을 받아 적으세요."

이번에는 마틴이 정말로 화가 났다. 브리슨덴은 이 일을 재미있는 익살로 여겼지만, 루스에게 설명하기가 만만찮을 것임을 아는 마틴을 위로할 수는 없었다. 마틴은 그녀의 아버지가 이 사태를 대환영하고 딸을 파혼시키는 데 가급적 활용하리라는 것도 알았다.

얼마나 활용할지는 곧 알게 되었다. 그날 오후에 루스로부터 편지가 왔다. 마틴은 문을 열고 우체부에게 편지를 받아, 문간에 선 채로 재앙을 예감하며 개봉했다. 편지를 읽는 동안, 담배를 피우던 예전의 습관대로 손이 자동적으로 호주머니로 들어가 담뱃가루와 갈색 종이를 찾았다. 그는 호주머니가 비어 있다는 것을, 심지어 궐련을 말아 피울 재료를 찾아 호주머니에 손을 넣었다는 사실도 깨닫지 못했다.

루스의 편지는 감정적이지 않았다. 분노의 기미조차 없었다. 그러나 구구절절, 처음부터 끝까지, 상처받았고 실망했다는 암시가 담겨 있었다. 그는 그녀의 기대에 미치지 못했다. 그녀는 그가 방탕했던 어린 시절을 극복했다고 생각했고, 자신의 사랑이 그가 진지하고 점잖게 살도록 할 만한 가치는 충분히 있다고 여겼다고 했다. 그러나 이제 그녀의 부모님은 단호한 입장을 취하여 파혼하라고 명하셨다. 부모님의 결정이 정당하다는 것을 그녀는 인정하지 않을 수 없었다는 것이다. 두 사람의 관계는 결코 행복한 것일 수가 없었고 처음부터 가망이 없었던 거라고 했다. 편지 전체에서 그녀는 단 한 번 아쉬움을 드러냈는데, 그게 마틴에게는 쓰라렸다. "당신이 어느 직장에 자리를 잡고 성공하려고 노력하기만 했다면 얼마나 좋았을까." 그녀는 다음과 같이 썼다. "하지만 그렇게 될 리가 없었어. 당신의 예전 삶이 너무 거칠고 불규칙적이었으니까. 당신이 비난받을 일이 아니라는 걸 이해할 수 있어. 당신은 자신의 본성과 일찍이 받은 훈련대로 행동할 수밖에 없었어. 그래서 나는 당신을 비난하지 않아, 마틴.

이 점을 기억해 줘. 우리의 관계는 단순히 실수였어. 부모님은 우리가 서로에게 맞지 않고, 너무 늦지 않게 알게 된 걸 둘 다 다행스럽게 여겨야 한다고 말씀하셨어. 나를 만나려고 해 봐야 소용없어." 편지 막바지에 그녀는 말했다. "우리 어머니에게는 물론이고 우리 둘 다에게 즐겁지 않은 만남이 될 거야. 나는 내가 어머니께 크나큰 고통과 걱정을 안겨 드렸다고 느끼고, 그건 사실이야. 나는 속죄하기 위해 아주 열심히 노력하며 살 거야."

그는 끝까지 읽었고, 주의 깊게, 두 번째로 다시 읽었다. 그러고 앉아서 답장을 썼다. 사회주의 집회에서 자신이 했던 발언을 간략히 개괄하고, 어느 모로 보나 그 발언은 신문에 그가 한 말로 적힌 내용과 반대임을 지적했다. 편지의 막바지에는 자신이 열렬히 사랑을 갈구하는, 신이 선택한 연인이라고 썼다. "제발 답장을 해 줘." 그는 말했다. "답장에서 한 가지 대답만 해 줘. 당신은 나를 사랑해? 그게 다야. 내 질문은 이것 하나뿐이고, 당신이 할 대답도 하나야."

그러나 다음 날도, 그다음 날도 답장은 오지 않았다. 『기한 초과』는 손도 대지 않은 채 탁자 위에 놓여 있었으며, 탁자 아래에는 반송된 원고의 무더기가 나날이 커져만 갔다. 난생처음 마틴은 숙면하지 못하고 불면증에 시달렸다. 긴긴밤 끊임없이 뒤척였다. 모스 가에 세 번 갔으나 문간에서 하인에게 퇴짜를 맞았다. 브리슨덴은 거동을 못 할 정도로 허약해져서 제 호텔 방에 누워 있었다. 마틴은 그를 자주 방문했지만 자기 문제로 그를 걱정시키지 않았다.

마틴이 겪는 문제가 한두 가지가 아니었다. 풋내기 기자가 한 짓의 여파는 마틴의 예상보다 광범위했다. 포르투갈인 식료품점 주인은 더 이상 외상을 해 주지 않았고, 자신이 미국인이라는 걸 자랑으로 삼는 청과물상은 그가 조국의 반역자라면서 거래를 끊었다. 어찌나 애국심에 충실했던지 마틴의 외상값을 다 지워 버리고 상환을 금할 정도였다. 동네 사람들의 대화에도 같은 감정이 반영되었고, 마틴에 대한 적개심이 높아만 갔다. 아무도 사회주의 반역자와 인연을 맺으려 하지 않았다. 가련한 마리아는 반신반의하고 겁을 먹었지만, 의리를 지켰다. 한때 마틴을 찾아왔던 근사한 승용차에 대한 경외심에서 깨어난 동네 아이들은 그로부터 안전한 거리를 두고 "떠돌이", "부랑자"라고 놀려 댔다. 그러나 마리아의 아이들은 여러 차례 그의 명예를 걸고 맞짱까지 떠가면서 굳건히 그를 지켰다. 아이들 눈이 멍들고 코피를 흘리기가 다반사라, 마리아의 문제와 고민은 늘어났다.

한번은 오클랜드로 내려가다 마틴은 거트루드와 마주쳤고, 제 짐작과 다르지 않다는 사실을 확인하게 되었다. 버나드 히긴보삼은 집안 망신을 시킨 그에게 격노해서, 그가 자기 집에 발을 들이는 것을 금지했다.

"떠나려무나, 마틴." 거트루드는 애원했다. "어디라도 가서 일자리를 잡고 정착해. 나중에, 이 일이 다 지나가고 나서 돌아오면 되잖아."

마틴은 고개를 저었으나 아무런 설명도 하지 않았다. 어떤 설명을 할 수 있을까? 그는 자신과 가족 사이에 어마어마하게 벌어져 있는 지적 괴리에 오싹했다. 그것을 절대 건널 수도 없고 자신의 입장 — 사회주의에 대한 니체주의자의 입장 — 을 설명할 수도 없었다. 그의 태도와 행동을 그들에게 이해시킬 만한 말이 영어에는, 아니 어느 언어에도 존재하지 않았다. 그들의 인식에서 가장 올바른 행동이란,

그의 경우에는, 일자리를 잡는 것이었다. 그들이 시종일관 하는 말이 그것이었다. 그들의 사상이 전부 그런 말들로 이루어져 있었다. 일자리를 잡아라! 일하러 가라! 불쌍하고 어리석은 노예들이라고, 그는 누나가 얘기하는 동안 생각했다. 세상이 강자의 것이 되는 것이 당연했다. 노예들이 자신을 얽매는 노예제도에 홀려 있으니 말이다. 일자리가 그들이 엎드려 경배하는 황금 물신이었다.

거트루드가 돈을 주려 해서 그는 다시 고개를 저었다. 며칠 안에 전당포에 가야 할 줄 알지만 받을 수 없었다.

"버나드 근처에 오지 마." 그녀는 주의를 주었다. "몇 달 뒤, 그가 분을 가라앉혔을 때, 네가 일하고 싶으면 와서 배달 차를 몰렴. 언제든 나를 만나려거든 연락해, 내가 올 테니. 잊지 마."

그녀는 소리 내어 울면서 갔다. 그녀의 무거운 몸과 꼴사나운 걸음걸이를 지켜보는 그의 가슴이 슬픔으로 찢어졌다. 멀어져 가는 누나를 보고 있자니, 니체주의적인 사고 체계가 흔들려 기우뚱대는 듯했다. 추상적인 개념으로의 노예 계급이야 아무 문제 없지만, 그게 제 가정사일 경우에는 괜찮지만은 않았다. 강자에게 짓밟히는 노예가 있다면, 바로 제 누나 거트루드였다. 그 역설에 그는 이를 악물었다. 어쩌다 감정 혹은 정서를 느끼자마자 흔들리다니, 아아, 노예의 도덕에 흔들리다니, 자신은 어지간히 훌륭한 니체주의자였다. 그가 누나에게 느끼는 연민은 사실 노예의 도덕이었다. 진정으로 강한 자는 연민과 동정을 초월했다. 연민과 동정은 지하의 노예 수용소에서 생겨났고, 비좁게 욱여넣어진 비참한 약자들의 몸부림과 땀에 지나지 않았다.

40장

『기한 초과』는 잊혀진 채 여전히 식탁 위에 놓여 있었다. 식탁 밑에는 이제껏 나갔던 원고들 전부가 돌아와 누워 있었다. 그가 계속 내보내는 단 하나의 원고는 브리슨덴의 『하루살이』였다. 자전거와 검정 정장은 다시 전당포에 가 있고, 타자기 대여업자는 또다시 임대료를 닦달했다. 그래도 그는 더 이상 신경 쓰지 않았다. 새로운 삶의 방향을 찾고 있었으므로, 그것이 찾아질 때까지 삶은 정지돼 있어야 했다.

몇 주 후에 기다리던 일이 일어났다. 거리에서 루스를 만났다. 사실 그녀는 남동생 노먼을 대동하고 있었고, 둘은 그를 무시하려 했으며 노먼이 그더러 비키라고 손을 내저은 것도 사실이었다.

"우리 누나한테 거치적거리면 경찰을 부르겠어." 노먼은 위협했다. "누나는 당신과 얘기하고 싶어 하지 않으니까 당신이 억지 쓰는 건 모욕이야."

"당신이 억지 쓰겠다면 경찰을 불러야 할 거고, 그러면 신문에 이름이 나겠지." 마틴은 냉랭하게 답했다. "이제 내 앞에서 비키고, 원한다면 경찰을 불러. 난 루스와 얘기하겠어."

마틴은 그녀에게 말했다. "난 당신의 말로 듣고 싶어."

그녀는 창백한 얼굴로 떨고 있었으나, 고개를 꼿꼿이 들고 버티면서 무슨 말이냐는 듯한 시선을 던졌다.

"편지에서 내가 당신에게 한 질문 말이야." 그는 다그쳤다.

노먼이 안달하는 몸짓을 했으나 마틴은 빠른 눈길로 저지했다.

그녀는 고개를 저었다.

"이게 다 당신 자신의 뜻인가?" 그는 물었다.

"그래." 그녀는 낮고 분명한 목소리로 신중하게 말했다. "내 뜻이야. 당신이 나를 망신스럽게 해서 나는 친구들 만나기도 부끄러워. 다들 당신 얘기를 하고 있어. 난 알아. 내가 당신한테 할 수 있는 말은 이게 다야. 당신이 나를 매우 불행하게 만들었고, 나는 다시는 당신을 보고 싶지 않아."

"친구들! 뒷말! 신문의 허위보도! 이런 것들은 절대로 사랑보다 강하지 않아! 난 당신이 나를 전혀 사랑하지 않았다고 생각할 수밖에 없어."

그녀의 창백한 얼굴이 붉게 달아올랐다.

"그런 일이 있은 뒤에도 사랑하라고?" 그녀는 희미하게 말했다.

"마틴, 당신은 자기가 무슨 말을 하는지도 몰라. 난 쉬운 여자가 아니야."

"봤지? 누나는 당신과 어떤 인연도 맺고 싶어 하지 않는다고." 노먼은 소리치고 그녀와 함께 걷기 시작했다.

마틴은 그들이 지나가도록 옆으로 물러서서, 외투 호주머니 속을 더듬어 거기 있을 리 없는 담배와 종이를 찾았다.

북 오클랜드까지는 먼 길이었으나, 계단을 올라 제 방에 들어서고 나서야 그는 그 길을 걸어왔음을 깨달았다. 자신이 침대 가에 앉아 막 깨어난 몽유병자처럼 주위를 두리번거리고 있었다. 식탁 위에 있는 『기한 초과』를 보고 그는 의자를 끌어다 앉아서 펜을 찾았다. 그의 천성에는 완성을 향한 논리적 충동이 있었으며, 여기 완성해야할 것이 있었다. 다른 일 때문에 미뤄져 왔으나, 이제 그 다른 일이 끝났으니 그는 이 일에 전념하여 이것을 끝낼 것이다. 그다음에 뭘할지는 알지 못했다. 인생의 전환기가 끝났다는 것만 알았다. 그 기간이 다했으므로, 그는 노동자다운 자세로 마무리하려는 것뿐이었다. 미래는 궁금하지 않았다. 미래가 그를 위해 무엇을 준비해 두었을지 곧 알게 될 터였다. 그것이 무엇이든 상관없었다. 그 어떤 것도 중요하지 않은 것 같았다.

5일 동안 그는 아무 데도 나가지 않고, 누구도 만나지 않고, 겨우 허기만 달래 가면서『기한 초과』를 써나갔다. 여섯째 날 아침 우체부가「파르테논」의 편집자가 보낸 얇은 편지를 갖다 주었다. 힐끗 훑어보니『하루살이』가 수락되었다는 내용이었다. "우리는 카트라이트 브루스 씨에게 그 시의 검토를 의뢰했습니다." 편집자는 이어 갔다. "그가 매우 호평하였으므로 우리는『하루살이』를 놓칠 수가 없습니다. 그 시를 우리 잡지에 싣게 된 것을 진심으로 기쁘게 생각하며, 7월호는 이미 원고가 확정되었으므로 8월호에 등재될 것임을 알려 드립니다. 부디 브리슨덴 씨에게 우리의 기쁨과 감사를 전해 주십시오. 그의 사진과 이력을 회신하여 주시기 바랍니다. 우리의 원고료가 만족스럽지 않을 경우, 당신이 공정하다고 여기는 금액을 즉각 전보로 알려 주십시오."

그들이 제시하는 원고료가 350달러였기 때문에, 마틴은 굳이 전보를 보낼 필요가 없다고 생각했다. 또한 브리슨덴의 동의도 얻어야 했다. 그래, 결국은 자신이 옳았다. 진정한 시를 알아보는 잡지 편집자가 한 명은 있었다. 그리고 세기의 시에 대한 원고료라 할지라도 훌륭한 액수였다. 카트라이트 브루스라면, 마틴이 알기로 브리슨덴이 약간이라도 그 견해를 존중하는 유일한 비평가였다.

마틴은 전차를 타고 시내로 나갔다. 차창 밖으로 스쳐 가는 집들과 교차로들을 바라보면서, 그는 자신이 친구의 성공이나 제 현저한 승리에 그다지 기뻐하지 않는다는 것을 깨닫고 애석했다. 미국에서 유일한 제대로 된 평론가가 그 시를 호평했으며, 좋은 글은 잡지에 실릴 길을 스스로 찾아낸다는 제 주장이 옳다는 것이 입증되었다. 그러나 그에게는 환희의 샘이 말라 버렸다. 자신이 브리슨덴에게 희소식을 전하러 간다기보다 그가 보고 싶어 간다는 것을, 그는 깨달았다. 「파르테논」의 원고 수락은 마틴에게 『기한 초과』에 몰두해 있던 5일 동안 브리슨덴으로부터 연락을 받지 못했을뿐더러, 그에 대한 생각조차 하지 않았음을 일깨워 주었다. 처음으로 그는 자신이 망아 상태에 빠져 있었음을 깨달았고, 그제서야 친구를 잊고 있었다는 가책을 느꼈다. 그런데 그 가책마저 아주 맹렬하지는 않았다. 『기한 초과』를 쓰는 데 관련된 미감 외에는 어떤 종류의 감정에도 그는 무감각했다. 다른 일에 쓸 정신이 없는 상태로 지내 왔고, 아직도 그랬다. 전차가 덜걱대며 지나가는 창밖의 삶이 멀고도 비현실적으로 보였다. 방금 지나친 교회의 첨탑이 갑자기 산산이 부서져 먼지로 그의 머리 위에 쏟아졌다 해도, 그는 흥미도 충격도 거의 느끼지 못했을 것이다.

호텔에서 그는 브리슨덴의 방으로 급히 올라갔다, 다시 급히 내려왔다. 방이 비어 있었다. 짐도 다 사라졌다.

"브리슨덴 씨가 주소를 남겨 두지 않았습니까?" 그가 호텔 직원에게 묻자, 점원은 의아한 듯이 잠시 그를 쳐다보았다.

"소식 못 들었어요?" 점원이 물었다.

마틴은 고개를 저었다.

"아니, 신문에 온통 실렸는데요. 그 사람은 침대에서 죽은 채로 발견되었습니다. 자살했어요. 머리에 총을 쏘았죠."

"벌써 매장되었습니까?" 마틴은 마치 다른 사람의 목소리 같은 제 목소리가 멀리서 그렇게 묻는 것을 듣는 듯했다.

"아뇨. 시신은 부검 후에 동부로 이송되었습니다. 그의 가족이 고용한 변호사들이 일을 처리했죠."

"어지간히 서둘렀군요." 마틴은 말했다.

"음, 글쎄요. 그 일은 5일 전에 일어났는데요."

"5일 전이라고요?"

"네, 5일 전이요."

"오." 마틴은 돌아서면서 웅얼거렸다.

길모퉁이에서 그는 웨스턴 유니언에 들어가, 『파르테논』에 시의 출판을 진행하라고 전보를 쳤다. 호주머니엔 집에 돌아갈 차비인 5센트밖에 없어서 수취인 부담으로 보냈다.

방에 돌아오자 집필을 재개했다. 몇 날 며칠을 식탁에 앉아 썼다. 전당포 말고는 아무 데도 가지 않았고, 움직이지도 않았고, 배가 고프고 음식 재료가 있으면 손에 익은 대로 해 먹었으며, 음식 재료가 없으면 몸에 밴 대로 끼니를 걸렀다. 한 장 한 장 머릿속으로 미리 써 나가면서 이야기의 힘을 증대시키는 계기를 포착하여 발전시키느라,

예상보다 2만 단어가 더 늘어났다. 잘 써야 할 긴요한 필요가 있어서가 아니라, 그 자신의 예술적 규범이 완벽하게 쓰라고 강요하기 때문이었다. 그는 망아 상태에 빠져 일했다. 세상으로부터 아득히 동떨어져, 이전 생부터 알았던 문학적 장식들 가운데 하나의 유령이 된 기분이었다. 죽었는데 자기가 죽은 줄 모르는 사람의 영혼이 유령이라고, 누군가 한 말이 기억났다. 그래서 그는 잠시 쓰기를 멈추고 자신이 실제로는 죽었는데 그걸 모르고 있는 건 아닌지 생각해 보았다.

『기한 초과』가 끝나는 날이 왔다. 타자기 대여업체의 직원이 와서 침대에 앉아 기다리는 동안, 마틴은 마지막 장의 마지막 문단을 타자했다. 말미에 '끝'이라고 대문자로 쳤는데, 그에게는 정말로 끝이었다. 문밖으로 들려 나가는 타자기를 안도감을 느끼며 바라보았고, 침대로 가서 누웠다. 굶어서 어찔어찔했다. 36시간 동안 음식을 넘기지 않았으나 거기에 관한 생각도 하지 않았다. 천장을 향해 누워 눈을 꼭 감고 아무 생각도 하지 않았다. 서서히 올라오는 멍한 혼수상태에 그의 의식이 잠겼다. 반쯤 섬망 상태에서 그는 브리슨덴이 즐겨 인용했던 작자 미상의 시 구절을 중얼거리기 시작했다. 문밖에서 걱정스럽게 귀를 기울이던 마리아는 그의 단조로운 읊조림에 가슴이 철렁했다. 말 자체야 그녀에게는 전혀 중요하지 않았고, 그가 그 말을 하고 있다는 사실이 중요했다. 그 시의 후렴구는 '난 다 했어'였다.

난 다 했어.
류트에 맞춰
노래도 독창도 끝나가.

자줏빛 토끼풀 무더기에
가벼운 그늘이 어리듯.
난 다 했어.
류트에 맞춰
한때는 일찍 나온 지빠귀처럼
이슬 젖은 풀숲에서 노래했지.
이제 나는 잠잠해.
지쳐 버린 홍방울새처럼,
목구멍에 노래가 있지 않거든.
노래하던 시절은 지났어.
난 다 했어.
류트에 맞춰.

마리아는 더 이상 참을 수 없어 난로로 뛰어가 큰 사발에 수프를 담고, 거기에 냄비 밑바닥에서 국자로 긁어낸 다진 고기와 채소 건더기를 넣었다. 마틴은 일어나 앉아 먹기 시작했다. 수저로 듬뿍 떠먹는 도중 간간이 자기는 잠꼬대를 한 것도 열에 들뜬 헛소리를 한 것도 아니었다고 마리아를 안심시켰다.

　그녀가 방에서 나간 후 그는 축 처진 어깨로 침대 가에 처량히 앉아, 생기 없는 눈으로 주위를 둘러보았다. 실은 아무것도 보지 않던 눈에 포장지가 찢어진 잡지가 띄었다. 아침에 배달된 우편물에 개봉되지 않은 채로 섞여 있던 그 잡지가 그의 캄캄한 머릿속으로 빛줄기를 쏘았다. 「파르테논」이군, 그는 생각했다, 「파르테논」 8월호야,

『하루살이』가 실려 있겠지. 브리슨덴이 살아서 이걸 봐야 하건만!

그는 잡지를 넘겨 보다 돌연 멈추었다. 『하루살이』가 화려한 서두 장식과 비어즐리 풍의 가장자리 장식을 곁들여 특집으로 실려 있었다. 서두의 한쪽에는 브리슨덴의 사진이, 다른 쪽에는 영국 대사인 존 밸류 경의 사진이 실려 있었다, 편집자는 서언에 미국에는 시인이 없다고 한 존 밸류 경의 말을 인용하면서, 『하루살이』의 출판이 이에 대한 「파르테논」지의 답변이라고 설명했다. '여기 시인이 있으니, 똑똑히 보시오, 존 밸류 경!' 미국에서 가장 위대한 비평가로 기술된 카트라이트 브루스가, '하루살이는 미국에서 쓰인 가장 위대한 시'라고 한 말도 인용되어 있었다. 마침내 편집자의 서언은 이렇게 끝났다. '우리는 『하루살이』의 진가에 대해 아직도 결론에 이르지 못했다. 아마도 영원히 그럴 수 없을 것이다. 그러나 우리는 이 시의 어휘와 배열에 경탄하면서, 브리슨덴 씨가 이런 어휘들을 어디서 얻었고 또 어떻게 결합시킬 수 있었는지 궁금해하면서, 이 시를 읽고 또 읽었다.' 그다음에 시가 등장했다.

"당신이 죽었으니 망정이지, 브리스, 이 아저씨." 마틴은 잡지가 무릎 사이로 미끄러져 바닥에 떨어지도록 놔두고 중얼거렸다.

잡지의 저속함과 천박함이 역겨웠으나, 그러한 감정에 대해 무감한 자신을 냉정히 관찰했다. 화를 내고 싶었지만 그럴 힘이 없었다. 그는 너무 무감각했다. 피가 너무 굳어서 분노의 격류를 따라갈 수 없었다. 어쨌거나, 무슨 상관인가? 브리슨덴이 규탄했던 부르주아 사회의 다른 많은 일들과 마찬가지인 일이었다.

"가엾은 브리스," 마틴은 중얼거렸다. "당신은 나를 결코 용서하지 않겠지."

그는 힘들게 일어나 전에 타자용지를 담아두었던 상자를 가져왔다. 내용물을 뒤져서 제 친구가 쓴 11편의 시를 골라냈다. 그것들을 발기발기 찢어 휴지통에 버렸다. 그는 맥없이 그 일을 했고, 끝낸 후에는 침대 가에 앉아 텅 빈 눈으로 앞을 바라보았다.

얼마나 앉아 있었는지 몰랐다. 문득, 아무것도 보이지 않는 시야를 길고 흰 수평선이 가로질렀다. 신기한 일이었다. 그런데 그것은 차차 또렷해져서, 태평양의 흰 격류 속에서 포말을 휘날리는 산호초가 되었다. 다음 순간, 그는 흰 파도에 실려 가는 작은 카누를, 양쪽에 노걸이가 달린 카누를 보았다. 둔부에 천을 두른 구릿빛 젊은 신이 배의 후미에서 물에 젖어 번뜩이는 노를 젓고 있었다. 마틴은 그를 알아보았다. 타티 추장의 막내아들 모티였다. 그곳은 타히티이고, 포말을 휘날리는 산호초 너머에 비옥한 땅 파파라가 있었으며, 강어귀에 추장의 초옥이 있었다. 저물녘, 고기잡이를 나갔던 모티가 집으로 돌아오는 중이었다. 그는 산호초를 타넘기 위해 큰 파도를 기다리고 있었다. 그리고 마틴은 자신을, 예전에 자주 그랬듯이 배의 앞머리에 앉아 노를 젓는 제 자신을 보았다. 등 뒤로 큰 파도의 청록색 벽이 솟구칠 때 미친 듯이 노를 저으려고 모티의 신호를 기다리고 있었다. 그다음에 그는 더 이상 구경꾼이 아니고 카누 안에 있는 자신이 되었으며, 모티가 고함쳤고, 둘은 세차게 노 저어 날아오르는 청록의 가파른 벽 위로 질주했다. 배 밑에서 물이 분출하는 증기처럼 쉿쉿 소리를 내고, 공기는 물보라로 가득했다. 돌진, 우르르 몰려오는 파도, 길게 메아리치는 고함, 그리고 카누는 석호의 잔잔한 수면을 떠갔다. 모티가 웃으면서 눈에 들어간 짠물을 털어 냈다. 둘은 함께 노 저어 울타리가 쳐진 산호 해안으로 들어갔다. 코코넛 나무 사이로 보이는 타티의 초옥이 석양에 금빛으로 빛났다.

그 광경은 서서히 사라지고, 그의 눈앞에 누추한 방이 어질러져 있었다. 그는 타히티를 다시 보려 했으나 허사였다. 숲속에서 원주민들이 노래하고 달빛 아래 아가씨들이 춤을 추고 있다는 걸 알고 있건만, 그들을 볼 수가 없었다. 자기가 글을 쓰던 지저분한 식탁과, 타자기가 서 있던 빈자리와, 닦지 않은 유리창만 보일 뿐이었다. 그는 신음하며 눈을 감고, 잠들었다.

41장

마틴은 밤새 깊이 잤고, 아침 배달을 도는 우체부가 문을 두드리는 소리에 깨어났다. 여전히 지치고 위축된 채로 별생각 없이 우편물을 뒤적였다. 해적 출판사에서 온 한 얇은 봉투에 22달러가 들어있었다. 1년 반이나 독촉했던 것이었다. 그는 액수를 무심히 확인했다. 이전에 출판사의 수표를 받을 때 느꼈던 전율은 사라지고 없었다. 이전의 수표들과 달리, 이번 것은 장차 근사한 일이 생기리라는 약속을 품고 있지 않았다. 그저 22달러짜리 수표일 뿐이었으며, 그걸로 먹을 것을 살 수 있었다.

몇 달 전 유머러스한 시를 수락한 뉴욕의 주간지에서 보낸 다른 수표도 있었다. 10달러짜리였다. 문득 생각이 하나 떠올라 그는 그 생각을 차분히 고려해 보았다. 앞으로 어떤 일을 할지 알 수 없었고, 급히 하고 싶지도 않았다. 그동안에도 그는 살아야 했으며 갚아야 할 빚도 많았다. 식탁 밑 수북한 원고 더미에 우표를 붙여서 다시 보내 보는 것이 수지맞는 투자는 아닐까? 그중 한두 편은 수락되어 생계에 도움이 될 것이다. 그는 투자를 하기로 결정하고, 오클랜드 시내의 은행에서 수표를 바꾸어 10달러어치 우표를 샀다. 제 작고 비좁은 방에서 아침을 해 먹을 생각을 하니 끔찍했다. 처음으로 그는 빚을 무시하기로 했다. 15센트에서 20센트가량의 비용만 들이면 제 방에서 아침 식사를 푸짐히 해 먹을 수 있음을 알았다. 그래도 그 대신에 그는 포럼 카페에 들어가 2달러짜리 아침 식사를 주문했다. 웨이터에게 25센트를 팁으로 주었고, 이집트 담배 한 갑을 50센트에 샀다. 루스가 금연을 요구한 뒤로 담배를 피우기는 처음이었다. 이제는 피우지 말아야 할 이유가 없는 데다, 담배를 피우고 싶었다. 그리고 돈이 뭐 그리 중요한가? 5센트면 더햄 담뱃가루 한 봉지와 갈색 종이를 사서 40개의 궐련을 말 수 있겠지만 — 그래서 어쨌다고? — 이제 돈은 그에게 그걸로 당장 살 수 있는 물건 말고는 아무런 의미가 없었다. 그는 해도도 키도, 가야 할 항구도 없었다. 하지만 표류하는 것도 최소한의 삶이었으며, 아픈 삶이었다.

하루하루가 빠르게 흘러갔다. 그는 매일 밤 8시간씩 규칙적으로 잤다. 수표가 더 오기를 기다리면서 일본 식당에서 10센트짜리 식사를 했음에도, 여윈 몸이 회복되고 움푹 파였던 뺨도 차올랐다. 그는 더 이상 수면 단축이나 지나친 일과 공부로 자신을 혹사하지 않앉다. 아무것도 쓰지 않고 책을 펼치지도 않았다. 교외의 언덕을 많이 걸었고, 조용한 공원에서 몇 시간이나 빈둥거렸다. 친구도 지인도 없었으며, 만들고 싶지도 않았다. 아무것도 하고 싶지 않았다. 그는 제 정지된 삶을 다시 움직이게 해 줄, 어디서 올지 모를 어떤 충동을 기다리고 있었다. 그러는 동안 그의 삶은 계획 없이, 공허하고 한가하게 흘러갔다.

한번은 '진짜 난장판'을 보려고 샌프란시스코로 나갔다. 그러나 그 건물 앞까지 가서 입구의 계단을 오르려다 주춤했고, 돌아서서 빈민가에 복작대는 인파를 헤치고 도망쳤다. 철학 토론을 들을 생각을 하니 겁이 났으며, '진짜 난장판'의 일원이 우연히 마주친 자기를 알아볼까 봐 두려워서 슬그머니 그 동네를 떠났다.

때로 『하루살이』가 어떻게 학대당하는지 알려고 잡지와 신문을 들척였다. 그 시는 대성공했다. 그런데 이게 무슨 성공이란 말인가! 모든 사람이 그 시를 읽었고, 모든 사람이 그것이 시인지 아닌지를 따지고 있었다. 지역 신문들이 이 유행을 받아들여 날마다 박학한 비평, 익살스런 사설, 구독자들의 진지한 편지를 실었다. 미국 최고의 여성 시인으로 떠들썩하게 알려진 바 있는 헬렌 델라 델마는 브리슨덴을 자신과 같은 반열에 드는, 문학계의 스타 자리에 앉히기를 거부하고 그가 시인이 아님을 밝히는 방대한 편지들을 독자에게 썼다.

「파르테논」 지는 다음 호에서 그런 유행을 일으킨 데 대해 자화자찬하고, 존 밸류 경을 비웃었으며, 브리슨덴의 죽음을 무자비하게 선정적으로 써먹었다. 구독자가 50만 명에 달하는 한 일간지는 브리슨덴을 조롱하는 헬렌 델라 델마의 독창적이고도 천연덕스러운 시를 게재했다. 또한 그녀는 그를 풍자하는 또 다른 시를 발표하는 짓을 저질렀다.

마틴은 여러 번 브리슨덴이 죽은 것을 다행으로 여겼다. 그가 군중을 그렇게나 미워했는데, 그의 가장 아름답고 성스러운 성과가 바로 그 군중에게 던져졌다. 날마다 그 아름다움에 대한 해부가 자행되었다. 이 땅의 모든 얼간이들이 브리슨덴의 명성에 편승하여 제 옹졸한 자아를 대중 앞에 과시하려고 무가지에 달려들었다. 한 신문은 이렇게 선언했다. '우리는 예전에『하루살이』와 아주 비슷한, 아니 더 나은 시를 한 신사로부터 투고받은 적이 있다.' 다른 신문은 매우 진지하게 헬렌 델라 델마의 풍자시를 꾸짖으면서 이렇게 말했다. '델마 양이 야유하는 기분으로 그것을 썼다는 것은 의문의 여지가 없다. 한 위대한 시인이 다른 위대한, 어쩌면 가장 위대한 시인에게 마땅히 보여야 할 존중이 없다. 그러나 델마 양이『하루살이』의 작가를 질투하든 말든, 그녀는 다른 수천 명의 시인들과 마찬가지로 그의 작품에 매료되었음은 분명하고, 그의 시처럼 시를 써내려고 애쓸 날이 반드시 올 것이다.'

성직자들은『하루살이』를 비난하는 설교를 하기 시작했고, 그 내용을 지나치게 옹호한 한 성직자는 이단으로 몰려 축출되었다. 그 위대한 시는 세상을 즐겁게 하는 데도 기여했다. 만화 잡지와 만화가들이 그 시를 포복절도하게 써먹었으며, 사교 주간지의 개인 칼럼들은 그에 대한 농담을 지껄여 댔고, 그중 하나는 찰리 프렌샴이 아키 재닝스(둘 다 사교계 유명 인사 – 옮긴이)에게 귓속말로,『하루살이』

를 다섯 줄 읽으면 절름발이가 되고 열 줄 읽으면 강물에 뛰어들게 된다고 했다는 것이었다.

마틴은 웃지 않았다. 그렇다고 분노로 이를 악물지도 않았다. 그런 현상이 자아낸 것은 커다란 슬픔이었다. 사랑을 정점으로 한 그의 세계 전체가 붕괴하는 마당에, 잡지계와 친애하는 대중의 붕괴는 사실 대수롭지 않은 붕괴였다. 잡지들에 대한 평가에 있어 브리슨덴이 전적으로 옳았고, 그, 마틴은, 그것을 스스로 깨닫기 위해 몇 년을 고되게 낭비했다. 잡지들은 브리슨덴이 말한 그대로이며 더 고약했다. 그래, 난 갈 데까지 갔어, 그는 이렇게 자위했다. 그는 마차를 몰고 별을 향해 떠났으나 전염병이 창궐하는 늪에 도착한 것이었다. 타히티의 환상이 ─ 깨끗하고 감미로운 타히티 ─ 더욱 빈번해졌다. 그리고 투아모투 제도와 마르케사스 제도가 보였다. 새벽에 무역선이나 돛 하나짜리 작은 화물선을 타고 파피티 산호초를 미끄러지듯 통과하는 자신을 그는 보았다. 진주 환초를 지나 누카비아를 거쳐 타이오해 만으로 순항하면, 거기서 타마리가 그를 접대하려고 돼지를 잡을 것이다. 그는 알았다. 화환을 쓴 타마리의 딸들이 그의 손을 꼭 잡고, 노래하고 웃으면서 화환을 만들어 그에게 씌워 줄 것이다. 남태평양이 부르고 있었다. 조만간 자신이 그 부름에 응답할 것임을, 그는 알았다.

빈둥대며 표류하면서, 그는 지식의 나라를 관통했던 긴 여행의 여독을 풀었다. 「파르테논」에서 350달러의 원고료가 오자, 브리슨덴 가족의 의뢰를 받아 일을 처리한 변호사에게 전달했다. 마틴은 영수증을 받고 브리슨덴이 준 100달러에 대한 차용증을 써 주었다.

오래지 않아 그는 일본 식당의 단골 노릇을 그만두게 되었다. 투쟁을 포기한 바로 그때, 전세는 역전되었다. 그러나 너무 늦은 일이었다. 아무런 흥분 없이 그는 「천년 왕국」지에서 온 두툼한 봉투를 뜯어 300달러의 액수가 적힌 수표를 훑어보았고, 『모험』을 수락하고 보낸 원고료임을 알게 되었다. 그가 세상에 진 빚의 총액은 전당포의 고리대를 포함해서 100달러가 채 안 됐다. 빚을 다 갚고 브리슨덴의 변호사에게 써준 100달러의 차용증서를 청산해도 100달러 이상이 수중에 남았다. 그는 양복점에 정장을 주문하고 시내에서 가장 좋은 카페에서 매끼 먹었다. 여전히 마리아가 세놓은 제 작은 하숙방에서 자긴 했지만, 새 옷을 입은 그의 모습에 동네 아이들이 잠잠해졌다. 더 이상 헛간 지붕 위나 뒷담 너머에서 그를 '떠돌이'라든지 '부랑자'라고 놀려대지 않았다.

하와이에 대한 그의 단편 소설 『위키-위키』는 「워런스 먼슬리」에 250달러에 팔렸다. 「노던 리뷰」가 그의 에세이 『미의 요람』을, 「매킨토시 매거진」이 『손금쟁이』 ― 그가 매리언에게 써준 시 ― 를 가져갔다. 편집자와 독자들이 여름휴가에서 복귀해 원고들이 빠르게 처리되었다. 그런데 무슨 변덕으로 그들이 2년 동안 줄기차게 거절했던 원고들을 이처럼 한꺼번에 수락하는지 마틴은 종잡을 수가 없었다. 그의 원고는 이전에 한 번도 출판된 적이 없었다. 그는 오클랜드 밖으로는 알려지지 않았고, 오클랜드에서도 몇몇이 그를 악명 높은 행동대원이자 사회주의자로 알고 있을 뿐이었다. 그러니 그의 상품의 이처럼 급작스러운 수락을 설명할 길이 없었다. 순전히 운명의 장난질이었다.

『태양의 수치』가 수많은 잡지사에서 거절당한 후, 그는 브리슨덴의 충고를 뒤늦게 받아들여 그 원고를 출판사들에게 보내기 시작했다. 몇 번의 퇴짜를 맞은 다음 그것은 가을에 출판된다는 약속 아래 싱글트리 단리 출판사에 받아들여졌다. 마틴이 인세를 선불로 요구했더니, 출판사는 자기들의 관행이 아니라는 답장을 보내 왔다. 이런 성격의 책들은 수지맞기가 극히 어려우며, 그의 책이 1,000부라도 팔릴지 의문이라는 것이었다. 마틴은 책이 그 정도 팔릴 경우 제게 돌아올 몫을 계산해 보았다. 책 한 권의 소매가 1달러에 인세 15퍼센트로 쳐서, 그의 수익은 150달러가 될 터였다. 글을 다시 써야 한다면 소설만 쓰리라고 그는 결심했다. 길이가 『태양의 수치』의 4분의 1밖에 안 되는 『모험』이 그 두 배의 원고료를 「천년 왕국」지로부터 받아 냈던 것이다. 그가 오래전 읽은 신문기사가 결국은 옳았다. 일급 잡지들은 원고 수락 즉시 원고료를 지불하고, 후하게 지불했다. 그런데 단어당 2센트가 아니라, 「천년 왕국」지가 그에게 지불했듯이, 단어당 4센트였다. 더욱이 일급 잡지들은 좋은 물건을 사는 법이었다. 그러므로 그들이 그의 물건들을 앞으로도 사려 하지 않겠나? 마지막으로 든 그 생각에 마틴은 싱긋 웃었다.

그는 싱글트리 단리 출판사에 『태양의 수치』 저작권을 100달러에 팔고자 한다고 편지를 썼으나, 그들은 그런 모험을 하려 들지 않았다. 그러는 동안 후기작 몇 편이 팔려 돈은 부족하지 않았다. 사실 그는 은행 계좌를 개설했고 그 계좌에, 빚은 일절 없이, 몇 백 달러가 들어 있었다. 『기한 초과』도 몇 번의 퇴짜를 겪고 메레디스 로웰 출판사에 안착했다. 마틴은 거트루드 누나가 자기에게 준 5달러와 그 돈을 100배로 갚겠다던 제 결심을 상기했다. 그래서 500달러의 선인세를 편지로 요구해 보았다. 놀랍게도, 그 액수의 수표가 계약서와 함께 회신되어 왔다. 그는 그 수표를 5달러짜리 금화로 바꾸고 거트루드에게 만나자는 전화를 걸었다.

그녀는 서둘러 오느라고 헐떡이며 그의 방에 들어섰다. 말썽이 생겼다고 생각해 제게 있는 몇 달러를 손가방에 넣어 온 터였다. 남동생에게 큰일이 닥쳤다고 확신한 나머지 그녀는 비틀대며 다가와 흐느끼면서 그의 팔에 안겼고, 동시에 손가방을 그에게 찔러 넣어 주었다.

"내가 갈 수도 있었어." 그는 말했다. "하지만 매형과 다투고 싶지 않았거든. 그렇게 될 게 뻔하잖아."

"그이는 시간이 지나면 괜찮아질 게야." 그녀는 남동생을 달래면서, 마틴이 처한 곤란이 어떤 것인지 헤아려 보려 했다. "그렇지만 네가 우선 직업을 구해 자리 잡아야 해. 버나드는 성실하게 일하는 사람을 좋아해. 신문에 난 그 기사 때문에 그는 분통을 터뜨렸어. 그렇게 화내는 걸 나는 전에 본 적이 없단다."

"난 직업을 구하지 않을 거야." 마틴은 미소 지으며 말했다. "내가 이렇게 말하더라고 그에게 전해도 돼. 나는 직업이 필요 없고, 여기 그 증거가 있어."

그는 백 개의 금화를 그녀의 무릎으로 쏟아 부었다. 그것들은 반짝거리고 잘그락대는 물줄기로 쏟아져 내렸다.

"내가 차비가 없을 때 누나가 5달러를 줬던 거 기억해? 그래, 그거야. 제작 연도는 달라도 크기는 같은 99개의 형제들과 함께 그 5달러가 돌아왔어."

거트루드가 방에 들어왔을 때 겁을 먹고 있었다면, 이제 그녀는 공포로 공황 상태였다. 확신에 찬 공포였다. 그녀는 남동생이 잘못을 저질렀다고 의심하는 것이 아니라 확신했다. 그녀는 공포에 질려 마틴을 바라보았고, 그녀의 무거운 사지는 쏟아지는 금화의 물줄기가 활활 타는 불길이라도 되는 듯이 움츠러들었다.

"누나 거야." 그는 웃었다.

그녀는 울음을 터트리면서 탄식했다. "불쌍한 것, 불쌍한 자식!"

그는 잠시 어리둥절했다. 그녀가 격앙된 원인을 간파하자 수표와 함께 왔던 메레디스 로웰 출판사의 편지를 그녀에게 건네주었다. 그녀는 눈물을 닦아 가며 간신히 편지를 읽어 내려갔다. 이윽고 다 읽자, 그녀는 말했다.

"그러면 이 돈을 네가 정직하게 벌었다는 거니?"

"복권에 당첨되는 것보다 정직하게 벌었어. 나 스스로 그 돈을 벌었으니까."

그녀는 서서히 믿음을 되찾고 편지를 꼼꼼히 다시 읽었다. 그가 그 돈을 가지게 된 거래의 성격을 설명하는 데 오랜 시간이 걸렸고, 그 돈이 정말로 그녀의 것이며 그는 필요 없다는 걸 이해시키는 데는 더 오랜 시간이 걸렸다.

"너를 위해 은행에 넣어 둘게." 마침내 그녀는 말했다.

"그런 짓은 하지 말아 줘. 그 돈은 누나 거니까 쓰고 싶은 대로 써. 누나가 안 받으면, 난 그 돈을 마리아한테 줘 버릴래. 그녀는 그 돈으로 뭘 할지 알 거야. 그런데 누나, 난 누나가 하인을 하나 고용하고 쉬었으면 해."

"버나드한테 전부 얘기할 거야." 떠나면서 그녀는 선언했다.

마틴은 움찔했으나 이내 웃음 지었다.

"응, 그렇게 해." 그는 말했다. "그러면 아마도, 그가 나를 다시 저녁 식사에 초대하겠지."

"그럼, 초대할 거야. 그렇고말고!" 그녀는 그를 끌어당겨 입을 맞추고 끌어안으면서, 열렬히 외쳤다.

42장

어느 날 마틴은 자기가 외롭다는 것을 깨달았다. 건강하고 힘이 넘쳤으나 할 일이 없었다. 글쓰기와 공부의 중단, 브리슨덴의 죽음, 그리고 루스와의 결별로 그의 삶에는 커다란 구멍이 생겼다. 카페에서 호사스런 식사를 하고 이집트 담배를 피운다고 해서 삶이 채워지는 않았다. 정말로 남태평양이 부르고 있었지만, 그는 미국에서의 게임이 아직 끝나지 않았다고 느꼈다. 두 권의 책이 곧 출간될 것이고, 출간될지도 모를 다른 책들도 있었다. 그 책들로부터 돈이 나오면, 그는 한 자루 가득 돈이 채워질 때까지 기다렸다가 남태평양으로 가져갈 것이다. 칠레 달러로 천 달러면 살 수 있는 마르케사스 제도의 한 골짜기와 만을 알고 있었다. 말굽 모양의 육지로 둘러싸인 만으로부터 구름을 머리에 인 까마득한 산꼭대기까지, 내내 이어지는 골짜기는 대략 만 에이커는 되리라. 열대 과일, 야생 닭, 야생 돼지가 지천이고, 때로는 들소 떼가 몰려 다녔으며, 산꼭대기에는 들개들에게 시달리는 야생 염소들이 있었다. 일대 전체가 자연 그대로였다. 인간은 단 한 명도 살지 않았다. 그는 그 땅과 만을 일천 칠레 달러로 살 수 있을 것이다.

그의 기억에 그 만은 근사했다. 어떤 큰 배도 들어올 수 있을 만큼 수심이 깊고, 남태평양 안내 총람이 수백 마일 근방의 배들에게 선박 수리 항구로 추천할 정도로 안전했다. 그는 범선을 ─ 요트처럼 선체에 동판을 입혀서 물 위로 휙휙 날아다니는 것으로 ─ 한 대 사서, 섬들 사이를 코프라(코코넛의 과육을 말린 것 ─ 옮긴이)를 팔고 진주조개를 캐면서 돌아다닐 것이다. 본거지는 그 골짜기와 만이 될 것이다. 그는 타티 추장의 집처럼 가부장적인 초옥을 짓고, 초옥과 골짜기와 배를 까무잡잡한 하인들로 채울 것이다. 거기서 타이오해의 토지관리인과, 떠도는 무역선의 선장들과, 남태평양의 어중이떠중이들 중에서 제일 괜찮은 이들을 접대할 것이다. 늘 문을 열어 두고 왕자처럼 향응을 베풀 것이다. 한때 펼쳤던 책들과 허상이었음이 드러난 세상을 잊을 것이다.

이 모든 걸 이루려면 돈 자루가 찰 때까지 캘리포니아에서 기다려야 했다. 돈은 이미 쏟아져 들어오고 있었다. 책들 중에 한 권만 인기를 끌면, 수북한 원고 더미 전부를 팔아치울 수 있을 것이다. 또한 단편소설과 시를 묶어 책으로 내서, 골짜기와 만과 배를 살 자금을 확보할 수도 있을 것이다. 다시는 글을 쓰지 않을 것이다. 이 점에서 그는 확고했다. 그러나 책들의 출간을 기다리는 동안 일종의 혼수상태에 빠져 멍청하게 있으니, 뭐라도 해야만 했다.

어느 일요일 아침, 그는 벽돌공들이 셸 마운트 공원에서 야유회를 한다는 걸 알게 되어 그곳으로 갔다. 예전에 노동자들의 야유회에 자주 가 봤기 때문에 어떨지 훤히 알았으며, 공원에 들어서니 옛 시절의 감정이 되살아났다. 무엇보다 이 노동하는 인간들은 그와 같은 부류였다. 그는 그들 속에서 태어났고 그들 속에서 살았다. 한동안 떨어져 있었지만, 그들 속으로 돌아오니 기분이 좋았다.

"마트 아닌가!" 누군가의 말소리가 들렸고, 다음 순간 그의 어깨 위에 따스한 손이 놓여 있었다. "그동안 어디 갔었어? 배를 탔나? 이리 와서 한 잔 들라고."

예전에 어울리던 패거리 — 한두 명 빠지고 새 얼굴들이 낀 그 패거리 — 속에 그는 다시 와 있게 되었다. 그 친구들은 벽돌공이 아닌데도, 예전처럼, 춤추고 싸우고 즐기기 위해 일요 야유회에 와 있었다. 마틴은 그들과 함께 술을 마시면서 다시금 인간적인 감정을 느꼈다. 이런 사람들을 떠나다니 바보였다고, 그는 생각했다. 책이라든지 높은 자리에 앉아 있는 인간들은 내버려 두고 이들과 함께 머물렀다면 행복의 총량이 훨씬 더 컸으리라고 확신했다. 그런데 맥주는 지난 시절만큼 좋지 않았다. 맛이 예전 같지 않았다. 브리슨덴이 고급 맥주를 사 주어 그의 입맛을 주제넘게 높여 놓았으리라 생각하니, 책이 그의 눈을 높여 놓아 이 오랜 친구들과 어울리기가 어려워졌을지도 모른다는 걱정이 들었다. 주제넘게 굴지 않으리라고 다짐하고, 그는 무도장인 대형 천막으로 갔다. 배관공 짐을 거기서 만났는데, 함께 있던 키 큰 금발의 아가씨가 즉각 짐을 버리고 마틴에게로 왔다.

"이런, 옛날과 똑같아." 마틴과 금발 아가씨가 빙글빙글 왈츠를 추며 멀어지자, 짐은 자기를 비웃는 친구들에게 말했다. "그래도 난 뭐라 하지 않을 거야. 그를 다시 만나니 더럽게 반갑거든. 그가 춤추는 걸 봐, 응? 비단 같이 매끄럽잖아. 어떻게 아가씨들을 나무랄 수 있겠어."

그래도 마틴이 금발 아가씨를 짐에게 돌려주어 셋이서, 대여섯 명의 친구들도 함께, 빙빙 도는 쌍들을 지켜보고, 웃고, 농담을 주고받았다. 마틴이 돌아와서 모두들 기뻐했다. 그의 책은 아직 어느 것도 출판되지 않았다. 그들이 그를 과장해서 볼 여지가 없었다. 그들은 그를 그 자체로 좋아했다. 그는 망명에서 돌아온 왕자 같은 기분이 들었으며, 외로운 심장은 온정에 흠뻑 잠겨 움텄다. 그는 그날을 만끽하고 최선을 다해 놀았다. 호주머니도 두둑했으므로, 예전에 항해에서 봉급을 받고 돌아왔을 때 그랬듯이, 돈을 물 쓰듯 썼다.

한번은 무도장에서 어떤 젊은 노동자의 팔에 안겨 지나가는 리지 코놀리를 보았다. 다음에는 무도장을 한 바퀴 돌다 다과 탁자 옆에 앉아 있는 그녀와 마주쳤다. 서로 놀라며 인사를 나눈 후, 그는 시끄러운 음악 때문에 소리를 지르며 이야기하지 않기 위해 그녀를 밖으로 데리고 나갔다. 그녀와 애기를 하자마자 그녀는 그의 것이 되었다. 그는 알았다. 그녀가 그렇게 되었다는 것을. 그녀는 당당하면서도 겸허한 눈길로, 거리낌 없는 다정한 몸짓으로, 그의 말을 한마디도 놓치지 않으려는 자세로 그것을 드러냈다. 그녀는 그가 예전에 알던 어린 아가씨가 아니었다. 이제 여자였다. 그녀는 야성적이고 도발적인 아름다움이 향상되어 있었다. 그 야성성은 전혀 상실되지 않았고 도발성과 열정은 절제되고 있음을 마틴은 알 수 있었다. "미인이야, 완벽한 미인이야." 그는 소리죽여 경탄했다. 그리고 그녀는 그의 것이었으므로, 그가 해야 할 일은 "이쪽으로 와 줘"라고 한마디 하는 것뿐이었다. 그러면 그녀는 세상 어디라도 그와 함께 갈 터였다.

머릿속으로 이런 생각을 하는데, 무엇인가 머리 한쪽을 강타하여 그는 쓰러질 뻔했다. 성난 남자가 날린 주먹이었으며, 너무 서두른 나머지 목표로 했던 그의 턱을 빗나간 것이었다. 비틀대며 돌아선 마틴은 커다란 곡선을 그리며 날아오는 주먹을 보았다. 당연히 그는 피했고, 주먹은 헛나가 남자의 몸이 휙 돌아갔다. 마틴은 왼손에 제 몸무게를 실어 그 돌아가는 몸에 훅을 날렸다. 남자는 땅바닥에 옆으로 나가떨어지더니 발딱 일어나 미친 듯이 달려들었다. 격한 감정으로 일그러진 남자의 얼굴을 보면서 마틴은 무엇 때문에 그가 그렇게 화났는지 의아했다. 의아해하면서도 왼손에 제 몸무게를 실어 스트레이트를 날렸고, 남자는 뒷걸음치다 엉덩방아를 찧었다. 짐과 패거리가 둘에게로 달려왔다.

마틴은 온몸에 전율을 느꼈다. 복수와 춤과 싸움과 재미가 있는, 옛 시절과 같은 날이었다. 적수에게 경계의 눈길을 늦추지 않은 채 그는 리지를 곁눈질했다. 여자들은 남자들이 치고받을 때 비명을 지르기 마련이건만, 그녀는 그러지 않았다. 몸을 앞으로 약간 수그리고 숨죽여 지켜보고 있었다. 어찌나 집중했는지 한 손으로 가슴을 누르고 있었고, 뺨이 붉게 상기되었으며, 눈에는 한껏 경탄이 담겨 있었다.

남자는 일어나서는 싸움을 말리는 손길을 뿌리치려고 몸부림쳤다.

"그녀는 내가 돌아오기를 기다리고 있었어!" 그는 주위로 몰려든 사람들에게 소리쳤다. "그녀는 내가 돌아오기를 기다리고 있는데 저 엉뚱한 녀석이 끼어든 거야. 이거 놓으라고, 이 자식들아. 난 저 녀석을 손봐야겠어."

"대체 왜 그래?" 그 청년을 뒤로 끌어당기면서 짐이 말했다. "저 친구가 마틴 에덴이야. 주먹이 빨라서, 내가 일러 주는데, 네가 깔짝대다간 된통 당한다니까."

"그런 식으로 저 녀석이 내 여자를 훔쳐갈 수는 없을걸." 청년은 쏘아붙였다.

"저 친구는 플라잉 더치맨을 때려눕혔어. 너도 그를 알잖아." 짐은 충고를 이어갔다. "저 친구가 5라운드에서 때려눕혔다고. 넌 일 분도 못 버텨. 알겠어?"

이 정보가 화를 누그러뜨린 듯했으며, 청년은 마틴의 힘을 가늠하려는 듯이 노려보았다.

"그렇게 보이지 않는데." 그는 비웃었다. 그러나 열의 없는 비웃음이었다.

"플라잉 더치맨도 그런 줄 알았지." 짐이 달랬다. "자, 이제 이런 짓은 집어치우자고. 다른 아가씨들도 많잖아. 어서 가자."

젊은이는 못 이기는 채 무도장인 대형 천막으로 끌려갔고, 패거리가 뒤따라갔다.

"저 사람 누구야?" 마틴은 리지에게 물었다. "이게 다 무슨 일이냐고?"

예전에는 그토록 강렬하고 오래갔던 싸움의 흥분이 이미 가셨다.

그는 자신이 단순한 감정에 취해 막무가내로 살기에는 지나치게 자기를 분석하게 됐다는 것을 깨달았다.

리지는 머리를 흔들었다.

"오, 그 사람 아무것도 아니야." 그녀는 말했다. "나랑 좀 사귀었어. 난 그럴 수밖에 없었어." 잠깐 뜸을 들였다가 그녀는 해명했다. "너무나 외로웠거든. 하지만 당신을 잊은 적은 없어." 그녀의 목소리가 가라앉았고, 그녀는 그를 똑바로 쳐다보았다. "당신을 위해서라면 언제라도 그 사람을 버릴게."

얼굴을 돌리는 그녀를 바라보면서, 마틴은 손을 뻗어 그녀를 끌어당기기만 하면 된다는 것을 알았다. 문법에 맞는 세련된 영어가 무슨 소용이 있을까 하는 생각에 잠겨, 그녀에게 대답하는 것도 잊고 있었다.

"당신이 그에게 본때를 보여 줬네." 그녀가 웃으며 웅얼거렸다.

"그래도 그 젊은 친구 꽤 세던데." 그는 너그럽게 장단을 맞췄다. "다른 친구들이 말리지 않았다면 나는 전력을 다해 싸워야 했을 거야."

"그날 밤 당신과 함께 있던 그 숙녀는 누구야?" 그녀가 문득 물었다.

"어, 그냥 아는 숙녀야."라고 그는 답했다.

"오래전이었지." 그녀는 생각에 잠긴 듯 웅얼거렸다. "천 년은 된 것 같아."

마틴은 그 얘기를 더 하지 않고 화제를 돌렸다. 둘은 식당에서 점심을 먹었다. 그는 포도주와 비싼 진미를 주문했고, 식사 후에는 그녀와, 그녀하고만 그녀가 지칠 때까지 춤을 추었다. 그는 춤을 잘 췄기 때문에 그녀는 황홀경 속에 돌고 또 돌았다. 머리를 그의 어깨에 기대고 영원히 그렇게 있기를 빌었다. 늦은 오후에는 숲속을 거닐었으며, 옛날처럼, 그녀는 앉고 그는 그녀의 무릎을 베고 대자로 누워 졸았다. 그녀는 그의 머리카락을 어루만졌고, 그의 감긴 눈을 내려다보면서 사랑을 아낌없이 쏟았다. 문득 눈을 뜬 그에게 애정이 만개한 그녀의 얼굴이 보였다. 그녀의 눈꺼풀이 파르르 떨리며 닫혔다가 열렸다. 그녀는 고요히 도전적으로 그의 눈을 들여다보았다.

"나는 오랫동안 조신하게 지내 왔어." 그녀가 낮은 목소리로 속삭이다시피 말했다.

그 말이 놀라운 진실임을 마틴은 마음 깊이 알 수 있었고, 마음속으로 커다란 유혹을 느꼈다. 그녀를 행복하게 만들어 주는 것은 그의 재량이었다. 자신이 행복해지지 못했다고 해서, 왜 그녀를 행복하게 해 주지 말아야 하는가? 그녀와 결혼해서 마르케사스 제도로 데려가 풀로 지은 성채에서 함께 살 수 있었다. 그렇게 하고 싶은 욕망이 강렬했으나, 그러지 말라는 본성의 명령이 더 강했다. 자신도 모르게 그는 여전히 사랑에 충직했다. 아무렇게나 살던 지난 시절과 수월한 삶은 가버렸다. 그 시절을 되돌릴 수 없고, 그가 그 시절로 돌아갈 수도 없었다. 그는 달라져 버렸다. 얼마나 많이 달라졌는지 지금까지도 실감이 안 날 만큼.

"나는 결혼할 생각이 없어, 리지." 그는 가볍게 말했다.

그의 머리카락을 어루만지던 그녀의 손이 확연히 멈칫했다가, 좀 전과 같은 손길이 이어졌다. 그는 그녀의 얼굴이 굳어졌음을 알아챘지만, 결심으로 굳어진 것이었다. 그녀의 뺨에는 여전히 온화한 빛이 어려 있었으며, 그녀의 몸은 녹아내릴 듯이 달아올라 있었다.

"난 그런 뜻이 아니었어." 그녀는 말문을 열었으나 더듬거렸다. "아무튼 나는 상관없어."

그녀는 반복했다. "난 상관없어. 나는 당신의 친구가 된 것만으로도 자랑스러워. 당신을 위해서라면 뭐든지 할 거야. 난 그런 마음인 것 같아."

마틴은 일어나 앉았다. 그녀의 손을 잡았다. 그는 그 동작을 신중하게, 친밀함은 있지만 열정은 없이 했다. 그리고 그런 친밀함은 그녀의 열기를 차게 식혔다.

"이 얘기는 그만하자." 그녀가 말했다.

"당신은 훌륭하고 고상한 여자야." 그는 말했다. "당신을 알게 되어 자랑스러워해야 할 사람은 나야. 그런데 나는 나일 뿐이야. 당신은 캄캄한 세상에서 내게 비치는 한 줄기 빛이라서, 당신이 솔직했던 만큼 나도 당신에게 솔직해야 해."

"당신이 나한테 솔직하든 말든 난 상관 안 해. 당신은 나한테 어떤 짓이든 할 수 있어. 나를 땅바닥에 내던지고 밟고 지나가도 돼. 세상에서 나한테 그럴 수 있는 사람은 당신뿐이야." 그녀는 도발적으로 덧붙였다. "내가 어릴 적부터 나 자신을 지켜 온 게 아무 목적도 없이 한 게 아니야."

"바로 그래서 내가 결혼하지 않으려는 거야." 그는 부드럽게 말했다. "당신이 너무 마음이 넓고 성의를 다해서 나도 그만큼 성의를 다해야 한다는 생각이 들어. 나는 결혼하지 않을 거고, 결혼하지 않고는 사랑을 하지도… 그래, 과거에는 그랬지만, 사랑하지 않을 거야. 내가 오늘 여기 와서 당신을 만나게 된 게 안타까워. 이제 어쩔 수 없지만, 이런 식이 될 줄 몰랐어. 그렇지만, 리지. 내가 얼마나 당신을 좋아하는지 말로 다 할 수가 없어. 좋아하는 것 이상이야. 난 당신을 동경하고 존경해. 당신은 고결하고, 기막히게 착해. 그런데 말이 무슨 소용이야? 그래도 당신한테 하고 싶은 말이 있어. 당신은 힘들게 살아왔지. 내가 좀 편하게 해 줄게." (그녀의 눈에 기쁜 빛이 어렸다가 다시 사라졌다.) "난 곧 얼마간의 돈을… 아주 많은 돈을 분명히 손에 쥐게 될 거야."

그 순간 그는 골짜기와 만, 풀로 지은 성채와 말쑥한 흰 범선을 포기했다. 결국 그런 것이 뭐 그리 중요할까? 그는 예전에 흔히 그랬듯 어디로든 가는 아무 배나 타고 돛대 앞에 서서 떠날 수 있었다.

"그 돈을 당신에게 넘겨주고 싶어. 당신이 하고 싶은 일이 있겠지. 학교에 다닌다든지 실무 학원에 간다든지. 공부를 해서 속기사가 되고 싶을 수도 있고. 내가 당신이 그럴 수 있게 해 주겠어. 아니면 당신 부모님이 생활하시도록 내가 식료품 가게든 뭐든 차려 드릴 수도 있을 거야. 당신이 원하는 게 뭐든 말만 해. 내가 다 해 줄게."

그녀는 대답하지 않았다. 꼼짝없이 앉아서 메마른 눈으로 앞을 바라보며, 목으로 차오르는 울음을 참고 있었다. 그걸 알아채고 마틴도 목이 메었다. 그런 얘기를 한 것이 후회되었다. 그녀가 그에게 한 제안에 비해 그가 그녀에게 한 제안은 너무나 천박했다. 단지 돈이었다. 그는 아무런 고통 없이 떼어 낼 수 있는 외면적인 것을 그녀에게 주려 했던 반면, 그녀는 치욕과 수치, 죄업을 무릅쓰고 또 더없는 희망을 걸고서 그녀 자신을 그에게 주려 했다.

"그 얘기는 그만 하자." 그렇게 말하는 그녀의 목소리가 잠겨 있어서 그녀는 기침을 했다. 그러고 일어섰다. "자, 집에 가자. 난 너무 피곤해."

그날 하루는 저물어 향락객들이 이미 거의 다 떠난 뒤였다. 그런데 마틴과 리지가 숲에서 나오니 패거리가 기다리고 있었다. 마틴은 그들이 그러는 이유를 바로 알았다. 곧 말썽이 생길 거고, 패거리는 경호를 자처하고 있는 것이었다. 그들이 공원 정문을 나서는데 또 다른 패거리, 리지가 사귀던 청년의 친구들이 곳곳에서 나타나 리지를 빼앗긴 앙갚음을 하러 따라붙었다. 말썽을 예상하고 막으려는 몇몇 순경과 특수 경찰관들이 뒤따라오는 탓에 두 패거리는 따로 샌프란시스코 행 기차에 올랐다. 마틴은 16번가 역에서 내려 오클랜드 행 전차를 타겠다고 짐에게 알렸다. 리지는 매우 조용했고 곧 벌어질 일에 대해 아무런 관심이 없었다. 기차가 16번가 역에 도착하자 거기서 출발하려는 전차가 보였으며, 차장이 참을성 없이 종을 치고 있었다.

"저기 있네." 짐이 채근했다. "뛰어가서 저 전차를 잡아. 우리가 놈들을 막을 게. 지금 가! 전차에 올라타라고!"

그 계략에 상대 패거리는 잠시 당황하더니, 기차에서 뛰어내려 쫓아왔다. 전차에 앉아 있는 침착하고 근엄한 오클랜드 시민들은 젊은 한 쌍의 남녀가 뛰어들어 지붕 위 노천 좌석에 앉는 것에 전혀 신경 쓰지 않았다. 그리고 계단에 뛰어올라 운전기사에게 소리치는 짐을 그 한 쌍과 연결 짓지도 않았다.

"속도를 내요, 아저씨, 여기서 빨리 출발하라고요!"

다음 순간 짐은 획 몸을 돌렸고, 승객들은 전차에 오르려는 한 남자의 얼굴을 그가 주먹으로 갈기는 것을 보았다. 전차 옆구리의 앞에서 끝까지 갈기는 주먹들과 맞는 얼굴들이 가득했다. 짐과 그 패거리가 전차 하부 발판에 매달려 전차로 달려드는 다른 패거리와 맞서고 있었다. 종소리를 크게 울리며 전차는 출발했고, 상대 패거리를 다 떨쳐 낸 짐 패거리는 싸움을 마무리 짓기 위해 자기들도 전차에서 뛰어내렸다. 엎치락뒤치락하는 싸움을 멀찍이 뒤로 하고 전차는 내달렸으며, 지붕 위 노천 좌석들 한 귀퉁이에 앉아 있는 조용한 청년과 예쁘장한 여성 노동자가 이 그 소동의 원인인 줄 승객들은 꿈에도 몰랐다.

마틴은 예전에 느꼈던 싸움의 전율을 다시 느끼며 싸움을 즐겼다. 하지만 즐거움은 빠르게 사라지고 그는 커다란 슬픔에 짓눌렸다. 거리낌 없고 속 편한 저 지난 시절의 친구들보다 자기는 훨씬 나이를 더 먹은 — 수백 살은 더 먹은 — 것 같은 기분이 들었다. 그는 먼 길을, 돌아가기에는 너무 먼 길을 왔다. 그들이 살아가는 방식이, 한때는 자기도 그렇게 살았건만, 이제는 싫었다. 전부 다 실망스러웠다. 그는 외계인이 되어 버렸다. 맥주 맛이 조야했듯이, 그들의 우애도 지금의 그에게는 조야하게 보였다. 그는 너무 멀리 떨어져 나왔다. 수천 권의 책들이 그들과 그 사이에서 입을 쩍 벌리고 있었다. 그가 그자신을 추방했던 것이다. 지식의 광대한 영토로 너무 깊숙이 들어온 나머지 이제는 집으로 돌아갈 수가 없었다. 한편으로 그는 인간적이었기 때문에 친구들과 어울리고 싶은 욕구가 충족되지 않은 채로 남아 있었다. 그는 어디에서도 새로운 고향을 찾을 수 없었다. 그 패거리가 그를 이해하지 못하듯이, 그 자신의 가족이 그를 이해하지 못하듯이, 부르주아들이 그를 이해하지 못하듯이. 그가 매우 존경하는 옆자리의 아가씨는 그도, 그가 그녀에게 바친 영예도 이해하지 못했다. 이런 생각을 하는 동안 그의 슬픔은 씁쓸함으로 물들어 갔다.

"그 사람과 화해해." 헤어질 때 그는 그녀에게 충고했다. 둘은 6번 가와 마킷 가 근처, 그녀가 사는 노동자 숙소 앞에 서 있었다. 그 사람이란 그날 자신에게 애인 자리를 빼앗긴 청년을 얘기하는 것이었다.

"그럴 수 없어… 이제는." 그녀는 말했다.

"아냐, 화해하라고." 그는 쾌활하게 말했다. "당신이 휘파람만 불면 그는 달려올 거야."

"내 말은 그런 뜻이 아니야." 그녀는 간결하게 말했다.

그도 그녀가 어떤 뜻으로 한 말인지 모르지 않았다.

그가 작별 인사를 하려 하자 그녀는 그에게 기댔다. 요구하거나 유혹하려는 것이 아닌, 애처롭고도 겸손한 몸짓이었다. 그는 깊이 감동했다. 잘해 주고 싶은 마음이 솟구쳤다. 그는 그녀를 끌어안고 입을 맞추었으며, 제 입술이 남자가 받을 수 있는 가장 진심 어린 입맞춤을 받고 있음을 느꼈다.

"아아!" 그녀는 흐느꼈다. "나는 당신을 위해 죽을 수도 있어. 죽을 수도 있어!"

그녀는 그로부터 갑자기 떨어져 계단을 뛰어 올라갔다. 순간 그의 눈에 눈물이 고였다.

"마틴 에덴." 그는 자신에게 일렀다. "넌 짐승은 아니지만, 빌어먹을 니체주의자야. 할 수 있으면 그녀랑 결혼해서 그 떨리는 가슴을 행복으로 가득 채우겠지. 그런데 넌 못하잖아, 넌 그러지 못하잖아. 너무나 부끄러운 일이야. 불쌍한 늙은 떠돌이가 제 딱하고 오래 묵은 궤양을 설명한다…" 그는 기억나는 헨리의 시구를 읊조렸다. "인생은, 내 생각에, 실수와 수치뿐."

그래… 실수와 수치뿐이었다.

43장

『태양의 수치』는 10월에 발간되었다. 마틴이 속달로 온 소포를 푸니 대여섯 권의 증정본이 탁자에 쏟아졌다. 묵직한 슬픔이 덮쳐 왔다. 이런 일이 몇 달 전에 일어났다면 얼마나 기뻤을까 하는 생각이 들어, 그때 느꼈을 기쁨을 지금 자신의 냉담함과 대비해 보았다. 그의 책, 그의 첫 번째 책인데도 그의 맥박은 한 박자도 빨라지지 않았으며 그는 슬프기만 했다. 이제 아무 의미가 없었다. 의미가 있다면 이 책으로 돈이 들어올 거라는 것이지만, 그는 돈에도 그다지 신경 쓰지 않았다.

그는 한 권을 부엌으로 들고 가 마리아에게 선물했다.

"내가 쓴 책이에요." 그녀가 얼떨떨해서 그는 설명했다. "저기 저 방에서 썼어요. 이 책이 나오는 데 당신의 채소 수프가 몇 주전자는 들어갔을 거예요. 가지세요. 당신 거예요. 이 책으로 나를 기억해 주세요."

그는 자랑하거나 뽐내려는 것이 아니었다. 그녀를 행복하게 하고, 그녀가 그를 자랑스럽게 여기도록 하고, 그를 오래 믿어 준 그녀가 옳았음을 확인시켜 주려는 것뿐이었다. 그녀는 그 책을 응접실의 성경책 위에 올려 두었다. 제 집에 세 든 사람이 쓴 이 책은 성스러운 것으로서 숭배의 대상이었다. 그가 전직 세탁부였다는 충격이 누그러졌으며, 비록 한 줄도 이해하지는 못할지라도, 그녀는 그 책이 구구절절 명문이라고 생각했다. 그녀는 단순하고 실제적인 노동자였으나 뛰어난 재능에 대한 믿음을 갖고 있었다.

『태양의 수치』를 일말의 감동 없이 받아들었을 때처럼, 그는 통신사의 주간 서평란에 실리는 서평들도 그렇게 읽었다. 이 책이 크게 성공하고 있음은 명백했다. 돈 자루에 더 많은 돈이 들어오리라는 뜻이었다. 리지에게 한 약속을 다 지키고도 풀로 이은 성채를 충분히 지을 수 있을 터였다.

싱글트리 단리 출판사는 초판은 신중하게 천 5백 부를 찍었으나 서평이 쏟아지자 재판을 두 배로 불려서 찍어 냈다. 그리고 재판이 배부되기도 전에 3판으로 5천 부 제작에 들어갔다. 런던의 한 출판사는 영국 판을 내려고 전화로 상의해 왔고, 프랑스, 독일, 스칸디나비아에서 이 책의 번역이 추진되고 있다는 소식이 쇄도했다. 마테를링크 학파를 공격하기에 이보다 더 좋은 시기는 있을 수 없었다. 격렬한 토론이 촉발되었다. 샐리비와 헤켈은 이 책을 지지하고 방어했는데, 한때 자기들이 이 책과 같은 입장이었기 때문이다. 크룩스와 월러스가 반대쪽에 포진했고, 올리버 로지 경은 자신의 독특한 우주론과 어울릴 타협점을 도출하려 했다. 마테를링크 추종자들이 신비주의의 기치 아래 결집했다. 체스터턴은 이 주제에 관해 일련의 초당파적 에세이들을 써내 온 세상을 웃겼으며, 사안 전체가, 논쟁과 논쟁가들이 거의 다 조지 버나드 쇼의 우레와 같은 포화에 묵사발이 되었다. 덜 유명한 이들까지 논쟁의 무대로 몰려들어 아수라장이 됐음은 말할 나위 없었다.

"비평적 철학 에세이가 소설처럼 잘 팔리다니 매우 놀라운 일입니다." 싱글트리 단리 출판사는 마틴에게 편지로 이렇게 알렸다. "당신은 이보다 좋을 수 없는 주제를 택했고, 모든 요소들이 기가 막히게 맞아떨어졌습니다. 우리가 물 들어올 때 노를 저으려 한다는 것을 당신께 말씀드릴 필요조차 없겠지요. 미국과 캐나다에서 4만 부 이상이 팔렸고, 새로이 2만 부가 제작 중입니다. 수요에 맞추어 공급을 하기 위해 우리는 연장 근무를 하고 있습니다. 그럼에도 우리는 수요 창출에 기여하기도 했습니다. 광고료로 5천 달러 이상을 지출했으니까요. 이 책은 신기록을 세울 것입니다. 우리가 임의로 첨부한 당신의 다음 책을 위한 계약서 사본을 읽어 봐 주시기 바랍니다. 당신의 인세율을 20퍼센트로 상향했음을 주목해 주십시오. 이는 전통 있는 출판사로서 제시할 수 있는 최고율입니다. 이 제안이 마음에 드신다면, 사본의 빈칸에 당신의 다음 책의 제목을 써넣어 주십시오. 우리는 그 내용에 관하여 어떠한 조건도 달지 않겠습니다. 어느 주제에 관한 어떤 책이라도 좋습니다. 당신이 이미 써 놓은 원고가 있다면 더욱 좋겠지요. 지금이 최적기입니다. 이처럼 좋은 기회는 다시 없을 것입니다. 당신이 서명한 계약서를 보내 주시면, 우리는 기꺼이 5천 달러의 선인세를 지급해 드리겠습니다. 아시다시피 우리는 당신을 신뢰하며, 당신의 저작물 출판을 키워 나가고자 합니다. 또한 일정 기간 동안, 이를테면 10년이라든가, 당신의 모든 저작을 우리가 독점권을 갖고 서적 형태로 출판하는 계약에 대해 당신과 상의하고 싶습니다. 하지만 이에 대해서는 다시 연락드리겠습니다."

마틴은 편지를 내려놓고 속셈해 보았다. 6만 부를 인세율 15퍼센트로 계산하면 9천 달러가 될 터였다. 마틴은 새 계약서에 『환희의 끽연』이라는 책 제목을 써넣고, 신문에 실리는 가벼운 소설들의 공식을 파악하기도 전에 쓴 20편의 단편들과 함께 회신했다. 미국에서 우편물이 오갈 수 있는 가장 빠른 속도로, 싱글트리 단리 출판사의 5천 달러짜리 수표가 날아왔다.

"마리아, 오늘 오후 두 시쯤에 나랑 시내로 나가요." 수표가 배달된 아침 마틴은 그녀에게 요청했다. "아니, 14번가 브로드웨이에서 만나는 게 낫겠네요. 내가 당신을 찾아낼게요."

약속 시간에 그녀는 거기 도착했다. 하지만 그녀의 머리로 이 급작스런 일을 헤아릴 수 있는 유일한 실마리가 신발에 관한 것인지라, 막상 마틴이 신발가게를 그대로 지나 부동산 중개업소로 들어가자 그녀는 커다란 실망감을 맛보았다. 그다음에 그곳에서 그녀의 기억에 영원히 남을 꿈만 같은 일이 벌어졌다. 멀끔한 신사들이 마틴과 얘기하고 또 자기들끼리 상의하면서 그녀에게 자상한 미소를 짓는 것이었다. 타자기가 덜컥거렸다. 굉장한 서류에 그녀더러 서명하라 했다. 그녀의 집주인도 거기 있다가 서명했다. 전부 다 끝나고 그녀가 중개업소를 나서자 집주인이 그녀에게 말했다. "그럼 마리아, 이번 달 임대료 7달러 50센트를 안 내도 되겠네요."

마리아는 너무나 놀라 말문이 막혔다.

"다음 달에도, 그다음 달에도, 그다음 다음 달에도." 집주인은 말했다.

그녀는 마치 은혜를 입은 듯이 두서없는 감사의 말을 했다. 북 오클랜드로 귀가하여 이웃들과 얘기하고 또 포르투갈 식료품상인에게 상황 파악을 의뢰한 후에야, 자기가 오랜 세월 집세를 내고 살아온 그 작은 집의 주인이 되었음을 확인하게 되었다.

"요새는 왜 우리 가게에 오지 않나?" 그날 저녁 마틴이 전차에서 내리자 포르투갈 상인이 가게 밖까지 나와 말을 걸었다. 마틴은 더이상 방에서 요리를 하지 않는다고 설명했고, 가게로 들어가 상인이 내는 포도주를 마셨다. 그 가게에서 제일 좋은 포도주라는 걸 알 수 있었다.

"마리아." 그날 밤 마틴은 마리아에게 알렸다. "난 이 집에서 나갈거예요. 그리고 당신도 곧 나가야 해요. 당신은 이 집을 세놓고 집주인 노릇을 하면 돼요. 샌 리앤드로인가 헤이워드인가에서 낙농업을 하는 남동생이 있다고 했지요? 지금 받아놓은 빨랫거리를 세탁하지 말고… 알겠어요? 빨지 말고 돌려보내세요. 내일 샌 리앤드로인지 헤이워드인지, 하여튼 거기로 가서 남동생을 만나요. 남동생더러 나를 만나러 와 달라고 해 주세요. 난 오클랜드 시내 메트로폴 호텔에 묵고 있을게요. 그러면 좋은 낙농장을 바로 알아보겠죠."

그리하여 마리아는 집주인이자 두 명의 일손이 달린 낙농장의 단독 소유자가 되었으며, 자식들 전부가 신발을 신고 학교를 다님에도 불구하고 통장 잔고가 꾸준히 불어났다. 동화 속 왕자님을 만나기를 꿈꾸되 실제로 만나는 사람은 거의 없을 것이다. 그런데 힘들게 일하며 살아서 동화 속 왕자님을 꿈꾸기에는 머리가 너무 굳어 버린 마리아가 전직 세탁부로 위장한 자신의 왕자님을 만났다.

그러는 동안 세상은 웅성대기 시작했다. "이 마틴 에덴이라는 자는 어떤 사람일까?" 그는 자신에 대한 자료를 출판사에 제공하는 것을 거부했지만, 신문기자들은 그 정도로 포기하지 않았다. 그는 오클랜드에서 살아왔으므로, 기자들은 정보를 제공할 사람을 수십 명 찾아냈다. 그가 어떠한 사람이고 어떠하지 않은 사람인지가 낱낱이, 그가 해 온 모든 일과 하지 않은 거의 모든 일이 대중의 재미를 위해 까발려졌다. 스냅 사진과 사진관 사진들이 동반되었는데, 후자는 마틴이 갔던 동네 사진관의 사진사가 신속히 저작권을 등록하고 시장에 내놓은 것이었다. 잡지와 부르주아 사회에 대한 혐오감이 너무 커서 마틴은 처음에는 이런 간접 광고에 저항했지만, 그러지 않는 쪽이 더 편하기 때문에 결국 굴복했다. 멀리서 찾아오는 특별한 작가들을 만나지 않을 수가 없었다. 또한 더 이상 집필도 공부도 하지 않는 터라 하루가 너무 길어 그 많은 시간을 어떻게든 메워야 했다. 그래서 그는 변덕스런 기분에 따랐고, 인터뷰에 응했고, 문학과 철학에 관해 견해를 피력했으며, 심지어 부르주아들의 초대를 수락하기도 했다. 그는 이상하고도 편안한 상태가 되었다. 더 이상 개의치 않았다. 그는 모든 사람을, 그를 시뻘건 사회주의자로 묘사했던 풋내기 기자마저 용서했다. 그 풋내기에게 특별히 자세를 취한 사진을 곁들인 전면 인터뷰까지 해 주었다.

그는 가끔 리지를 만났다. 그가 저명인사가 된 것을 그녀는 분명 아쉬워했다. 이 점이 둘 사이를 벌려 놓았다. 아마도 이 간격을 좁힐 수 있으리라는 희망 때문에, 그녀는 그의 설득대로 야간 학교와 실무 학원에 다니고, 공임이 턱없이 비싼 대단한 양재사의 옷을 입는 것이리라. 그녀는 나날이 눈에 띄게 나아졌고 그 모든 순종과 노력이 다 그를 위한 것이라서, 그는 자신이 잘하고 있는 건지 의문이 들기에 이르렀다. 그녀는 그의 눈에 들 만한 — 그가 높게 평가하는 듯한 자질을 갖춘 — 여자가 되기 위해 애쓰고 있었다. 하지만 그는 그녀에게 희망을 주지 않았다. 그녀를 오누이처럼 대했으며 거의 대면하지도 않았다.

그의 인기가 한창일 때 메레디스 로웰 출판사는 서둘러 『기한 초과』를 시장에 내놓았고, 그 책은 소설이므로 판매 부수에서는 『태양의 수치』를 능가했다. 그는 몇 주간이나 베스트셀러 목록의 앞자리에 두 권의 책을 올려놓는, 전례 없는 성과를 이룬 것이었다. 그 책이 소설 독자들을 싹쓸이했을뿐더러, 『태양의 수치』를 게걸스럽게 읽은 이들도 그가 완벽히 통달한 장인의 솜씨를 보여 준 해양 소설에 마찬가지로 매료되었다. 그는 먼저 신비주의를 공격했으며 지나칠 정도로 노련하게 공격했다. 그런 다음 자기가 설명했던 바로 그런 문학을 성공적으로 공급함으로써, 자신이 비평가이면서 창작자인 보기 드문 천재임을 증명했다.

돈이 쏟아져 들어왔다, 명예도 쏟아져 들어왔다. 그는 문단에서 혜성처럼 빛을 발했으며, 자기가 일으킨 소동에 관심이 끌린다기보다는 즐거웠다. 그는 한 가지 사소한 일에 어리둥절했는데, 세상이 안다면 똑같이 어리둥절해할 만한 것이었다. 그러나 세상은 그에게는 대단하게 느껴지는 그 사소한 일보다, 그의 어리둥절함에 더 어리둥절해할 터였다. 블라운트 판사가 그를 정찬에 초대했다. 그것이 바로 '사소한 일', 혹은 '사소한 일의 시작'이었는데, 곧 큰일이 되어 버렸다. 그가 블라운트 판사를 모욕하고 지독하게 대했건만, 블라운트 판사는 거리에서 그를 마주치자 정찬에 초대했다. 마틴은 이전에 모스 가에서 블라운트 판사를 수없이 만났어도 정찬 초대는 없었던 사실을 생각해 보았다. 그때 왜 판사는 그를 초대하지 않았을까? 그는 바뀌지 않았다. 그는 똑같은 마틴 에덴이었다. 무엇이 그런 차이를 만들었나? 그가 쓴 원고들이 책의 표지 안에 넣어져서 세상에 나왔다는 것? 그런데 그 원고들은 그때 이미 완성되어 있었다. 그 이후로 쓴 게 아니었다. 블라운트 판사가 세인들과 다름없이 그를 무시하고 그가 따르는 스펜서와 그의 지성을 조롱했던 바로 그 시기에 그 성취는 달성되었다. 따라서 블라운트 판사가 그를 정찬에 초대한 것은 실로 어떤 가치를 인정해서가 아니라, 순전히 가식적인 가치를 얻기 위해서였다.

마틴은 싱긋 웃으면서 초대를 받아들였는데, 자신의 느긋함에 속으로 놀랐다. 그리고 대여섯 명의 고위직 인물들이 부인을 대동하고 둘러앉은 정찬 식탁에서 그는 단연 인기인이었다. 블라운트 판사가, 핸웰 판사의 열렬한 지원을 받아, 마틴에게 스틱스 — 부자라고 해서 가입할 수는 없고 위업을 이룬 이들만이 선택되어 가입하는 초일류 클럽 — 에 이름을 올리라고 개인적으로 강권했다. 마틴은 거절하면서 그 어느 때보다 어리둥절했다.

그는 원고 무더기를 바삐 처분하는 중이었다. 편집자들로부터 쏟아져 들어오는 청탁에 압도되었다. 그는 유려한 문체 아래 내용을 담는 스타일리스트로 알려져 있었다. 『미의 요람』을 발간한 노던 리뷰 출판사가 비슷한 에세이 대여섯 편을 청탁한 때에, 「버튼스 매거진」이 다섯 편의 에세이를 편당 500달러에 사겠다는 투기에 가까운 제안을 해 왔다. 그 제안이 없었다면 원고 무더기에서 대여섯 편을 빼내 노던 리뷰 출판사에 부쳤겠지만, 그는 「버튼스 매거진」에 편당 천 달러에 원고를 주겠다는 역제안을 했다. 그 원고들이 지금 그걸 달라고 아우성치는 바로 그 잡지사들로부터 거절당했던 것을 그는 기억했다. 그들의 거절은 냉혹하고, 자동적이고, 판에 박힌 방식이었다. 그들이 그를 식은땀을 흘리게 했으니, 이제 그가 그들을 식은땀 흘리게 할 작정이었다. 「버튼스 매거진」은 그가 부른 값에 에세이 5편을 샀고, 남은 에세이 4편은 「매킨토시스 매거진」이 같은 가격에 덥석 물어 갔다. 노던 리뷰는 그 정도의 원고료를 감당하기에는 너무 가난했다. 그런 식으로 『신비주의의 고위 사제들』, 『불가사의를 꿈꾸는 자들』, 『자아의 척도』, 『환상의 철학』, 『비평가와 시험관』, 『별무리』, 『고리대금의 위엄』이 세상에 나가 야단법석을 일으켰다. 그 소요가 가라앉는 데는 많은 시일이 걸렸다.

　편집자들은 그에게 출판 조건을 제시해 달라는 편지를 보냈고 그는 조건을 제시했지만, 이미 써 놓은 원고들로 대상을 한정했다. 새로운 글을 쓰는 것은 완강히 거절했다. 다시 펜을 잡는다는 생각만 해도 미칠 것 같았다. 브리슨덴이 군중에게 갈가리 찢기는 것을 본 터라, 비록 자기에게는 군중이 박수갈채를 보낸다 해도, 그 충격을 이길 수도 군중에 대한 존중심을 회복할 수도 없었다. 그 자신의 인기 자체가 브리슨덴에 대한 모욕이요 배신인 듯싶었다. 그래서 원고 팔아치우는 짓을 주춤하기도 했으나, 그는 그 일을 밀고 나가 내친김에 돈 자루를 채우기로 결심했다.

편집자들로부터 이런 편지들이 왔다. "일 년 전쯤 우리는 불행히도 당신의 연애시 연작을 거절했습니다. 당시 우리는 그 작품에 대단히 감명받았으나, 이미 잡지 편집이 완료되어 그 작품을 수락할 수 없었습니다. 아직도 그 작품을 갖고 계시고 우리에게 주실 선의가 있으시다면, 우리는 당신이 제시하는 조건으로 연작시 전체를 기꺼이 잡지에 싣겠습니다. 또한 우리는 그 연작시를 책으로 출판하는 데 있어 당신께 가장 유리한 제안을 할 준비가 되어 있습니다."

마틴은 무운시로 써놓은 비극이 생각나 그것을 대신 보냈다. 우편으로 부치기 전에 다시 읽어 보니 아마추어 수준임에도 건방진 데다 전반적으로 보잘것없음이 확연했다. 그래도 그는 부쳤다. 그리고 그것은 잡지에 실렸는데, 이를 편집자는 두고두고 후회하게 되었다. 대중은 분개하고 의심했다. 마틴 에덴의 수준 높은 이전 작품들과 이 현학적인 체하는 허튼소리는 격차가 너무 컸다. 마틴이 쓰지 않은 것을 잡지사가 서투르게 위조해 냈든지, 마틴이 뒤마 페레를 본떠 성공의 절정에서 대필 작가를 고용했다는 주장들이 제기되었다. 마틴이 그것은 제 습작기의 습작시이며 잡지사가 그거라도 달라고 하도 떼를 쓰기에 줬다고 해명하자, 잡지사가 치른 원고료가 큰 웃음거리가 되었고 편집자 교체가 뒤따랐다. 그 무운시는 책으로 나오지 않았으나 마틴은 이미 선인세를 받아 챙겼다.

「콜맨스 위클리」는 3백 달러는 들었을 기다란 분량의 전보를 마틴에게 보내 20편의 기사에 편당 천 달러를 주겠다고 제안했다. 모든 경비는 잡지사 부담으로, 미국 전역을 돌아다니면서 그의 흥미를 끄는 어떤 주제든 골라 기사를 쓰라는 것이었다. 전보의 본문은 그가 얼마나 광범위하게 주제 선정의 자유를 누리게 될지를 보여 주기 위한 가상의 주제들의 나열로 채워져 있었다. 그에게 부과된 유일한 제한은 여행지가 미국으로 국한되어야 한다는 것뿐이었다. 마틴은 그 제안을 수락할 수 없어서 유감이라는 전보를 '수취인 부담'으로 보냈다.

『위키-위키』는 「워런스 먼슬리」에 발표되자마자 성공했다. 휴가철에 맞추어 여백이 넓고 아름답게 장식된 책으로 나와 들불처럼 번져 나갔다. 비평가들은 이 작품이 두 위대한 작가가 쓴 고전 『병 속의 장난꾸러기 요정』, 『요술 피부』와 같은 반열에 든다는 데 이견이 없었다.

그러나 대중은 단편집 『환희의 끽연』은 미심쩍어하며 냉담하게 반응했다. 그 책에 실린 단편들의 인습을 뛰어넘는 대담함은 부르주아의 도덕성과 편견에 일대 충격이었다. 그러나 파리가 그 책의 즉각적인 번역본에 열광하자, 미국과 영국의 독자들도 덩달아 그 책에 달려들었다. 덕분에 마틴은 전통 있는 출판사 싱글트리 단리에 세 번째 책의 인세는 에누리 없이 25퍼센트, 네 번째 책은 30퍼센트로 하자고 당당히 요구할 수 있었다. 그 두 책은 이미 발표되었거나 연재되고 있는 원고들을 모조리 쓸어 담은 것들이었다. 『종소리』와 공포 소설들이 한 책으로 묶였고, 『모험』, 『단지』, 『생명의 술』, 『소용돌이』,

『밀치락달치락하는 거리』와 그밖에 4편이 다른 책으로 묶였다. 메레디스 로웰 출판사가 그의 에세이 전집을 붙잡았고, 맥시밀리언 출판사는 그의 『바다 서정시』와 『연애시 연작』을 가져갔다. 후자는 「주부의 벗」이라는 잡지에 엄청난 원고료로 연재 중이었다.

원고를 다 처분하고 마틴은 안도의 한숨을 내쉬었다. 풀로 이은 성채와 밑창에 동판을 댄 하얀 범선이 손에 잡힐 듯했다. 그래, 어쨌거나 그는 좋은 작품은 잡지에 실리지 않는다는 브리슨덴의 주장을 검증한 셈이었다. 그 자신의 성공이 브리슨덴이 틀렸음을 보여 주었다.

그럼에도 어쩐지, 그는 브리슨덴이 결국 옳았다는 느낌이 들었다. 그가 성공을 거둔 것은 다른 어느 작품보다 『태양의 수치』 덕분이었다. 그런데 그 작품은 우발적이었다. 이런저런 잡지사에서 거절당하다가, 출판되자 논란을 일으켰고, 그에게 유리하도록 판도를 산사태처럼 기울여 놓았다. 『태양의 수치』가 없었다면 산사태도 없었을 것이다. 그리고 『태양의 수치』가 성공하는 기적이 없었다면, 산사태가 없었을 것이기도 했다. 싱글트리 단리 출판사가 그 기적의 산 증인이었다. 그들은 초판을 천 5백 부 찍어내면서 다 팔릴지 의문이라고 했다. 경험 많은 출판업자들이건만 이후의 성공에 그 누구보다 놀라워했다. 그들이 보기에 그 책의 성공은 그야말로 기적이었다. 그 놀라움을 결코 잊지 못해서, 그들이 그에게 쓰는 편지마다 처음으로 목격한 신비로운 사건에 대한 경외감이 매번 드러나 있었다. 그들은 그 일을 설명하려 하지 않았다. 설명이란 있을 수 없었다. 그 일은 그저 일어났다. 그와 상반된 모든 경험의 면전에서, 그 일은 일어났다.

이런 생각을 하니 마틴은 자신의 인기가 과연 타당한 것인지 의심스러워졌다. 그의 책을 사서 그의 돈 자루에 돈을 들이붓는 이들은 부르주아들이었다. 그들을 거의 모르는지라, 그는 자기가 쓴 것을 그들이 어떻게 음미하거나 이해한다는 말인지 알 수가 없었다. 그의 작품의 본질적인 아름다움과 힘은 그에게 갈채를 보내고 그의 책을 사는 수십만 명에게는 아무런 의미가 없었다. 그의 인기는 일시적 유행이었으며, 그는 아폴로와 뮤즈들이 졸고 있을 때 파르나소스산에 오른 모험가였다. 그의 책을 읽고 그에게 갈채를 보낸 수십만 명은 브리슨덴의 『하루살이』에 달려들어 그것을 갈가리 찢어 버렸을 때와 똑같은 야만적 무지로 그렇게 했던 것이다. 그를 물어뜯는 대신에 꼬리를 치는 늑대들이었다. 꼬리를 치느냐 물어뜯느냐, 그건 다만 우연이었다. 한 가지만은 그는 절대적으로 확신했다. 『하루살이』는 그가 쓴 어느 작품보다 무한히 위대하다는 사실이었다. 그것은 그가 내면에 간직한 그 어떤 것보다도 무한히 위대했다. 그것은 수 세기 만에 한 번 나올까 말까 한 시였다. 그러므로 군중이 그에게 보낸 찬사는 실로 유감스러운 찬사였으니, 바로 그 군중이 『하루살이』를 진창에 내던진 탓이었다. 그는 깊고도 만족스러운 한숨을 내쉬었다. 마지막 원고가 팔려나갔으니 곧 모든 일이 끝날 것이라서 그는 기뻤다.

44장

모스 씨는 메트로폴리스 호텔의 사무실에서 마틴을 만났다. 다른 일로 와서 거기 있었던 건지, 아니면 그를 정찬에 초대하려고 일부러 거기 왔는지, 마틴은 확실히 알 수 없었지만 아무래도 두 번째 가정이 맞을 듯했다. 어쨌거나 모스 씨 — 제 집 출입을 막고 딸과의 약혼을 파기시킨, 루스의 아버지 — 가 그를 정찬에 초대했다.

마틴은 화내지 않았다. 점잔을 빼지도 않았다. 그런 굴욕을 삼켜야 하는 모스 씨가 얼마나 입맛이 쓸지 생각하면서, 너그러이 대했다. 초대를 거절하지는 않았다. 그보다는 막연하게 기약 없이 미루었고, 가족들의 안부를, 특히 모스 부인과 루스의 안부를 물었다. 그는 주저 없이 자연스럽게 그녀의 이름을 입 밖에 냈는데, 내면의 떨림도, 예전에 익숙하던 맥박의 빨라짐과 피의 들끓음도 없어서 속으로 놀랐다.

그는 정찬 초대를 무수히 받았고 일부에 응했다. 사람들은 그를 정찬에 초대하기 위해 그와 안면을 텄다. 사소한 일이 큰일이 되어 그는 어리둥절했다. 버나드 히긴보삼이 그를 정찬에 초대했다. 그는 더욱 황당했다. 자신이 극심한 굶주림에 시달리는데 아무도 정찬에 초대하지 않던 시절이 생각났다. 그 시기는 저녁 식사가 절실하고, 식사를 하지 못해 몸이 허약해지고 현기증이 나며, 순전히 굶어서 체중이 빠지던 때였다. 역설이었다. 그가 저녁 식사를 원할 때는 아무도 주지 않았는데, 이제 수십만 번이나 외식을 할 수 있게 되어 식욕을 잃은 판국에 사방에서 저녁 식사를 들이밀었다. 그런데 왜? 이건 공정하지 않은 일이며, 그가 나아진 것도 아니었다. 그는 달라지지 않았다. 그가 한 모든 일은 그 일을 수행하던 시기에 이루어졌다. 그때 모스 부부는 마틴이 게으름뱅이에 뺀질이라고 비난하면서, 루스를 통해 사무실의 직원이 되라고 몰아쳤다. 더군다나 그들은 그가 해 놓은 일을 알고 있었다. 그의 원고는 쓰는 족족 루스의 손을 거쳐 그들에게로 넘어갔다. 그들은 그 원고들을 읽었다. 그의 이름을 모든 신문지상에 올려놓은 것은 바로 그 작품들이었는데, 그들은 그의 이름이 모든 신문지상에 올랐다는 사실 때문에 그를 초대한 것이었다.

한 가지는 분명했다. 모스 가 사람들은 그라는 사람 자체나 그의 작품 때문에 그를 만나려 한 적이 없었다. 따라서 지금 그들이 그를 원하는 이유는 그라는 사람 자체나 그의 작품 때문이 아닌, 그가 가진 명예 때문이었다. 그가 발군의 인물이고, — 왜 아니겠는가? — 또 수십만 달러쯤 갖고 있기 때문이었다. 그것이 부르주아 사회가 사람을 평가하는 방식이니, 어떻게 그렇지 않기를 기대할 수 있을까? 하지만 그는 자존심이 있었다. 그런 평가를 경멸했다. 그 자신으로서, 혹은 그 자신의 표현인 자신의 작품으로 평가받기를 바랐다. 리지가 그렇게 그를 평가했다. 그녀는 그의 작품조차 개의치 않았다. 그만을, 그라는 사람만을 높이 평가했다. 배관공 짐과 옛 패거리도 그를 그런 식으로 평가했다. 그가 그들과 어울리던 시절에 이 점은 충분히 입증되었다. 셸 마운트 공원의 일요 야유회에서도 입증되었다. 그의 작품은 아무 상관이 없었다. 그들이 좋아하고 싸움마저 마다하지 않고 지키려 한 대상은 자기들 중 하나이며 꽤 괜찮은 녀석인 마틴 에덴, 그냥 그였다.

루스는 어떠했던가? 그녀가 그라는 사람 자체로 그를 좋아했다는 것은 논란의 여지가 없었다. 그럼에도, 그녀는 부르주아의 평가 기준을 더 좋아했다. 그녀는 그가 글을 쓰는 것을 반대했는데 원칙적으로, 그가 생각하기에는, 글을 써서 돈을 벌 수 없기 때문이었다. 그녀가 그의 『연애시 연작』을 읽고 한 얘기가 바로 그런 내용이었다. 그녀역시 그에게 일자리를 잡으라고 독촉했다. 그녀가 '직위'라는 세련된단어로 순화한 것도 사실이지만 어차피 같은 뜻이었고, 그의 머릿속에는 '일자리'라는 옛날식 명칭이 박혀 있었다. 그는 그녀에게 제가쓴 것들을 전부 다 ― 시, 소설, 에세이 ―『위키-위키』,『데양의 수치』를 비롯한 모든 원고를 읽어 주었다. 그런데도 그녀는 매번 끈질기게그더러 취직하라고, 일하러 가라고 ― 맙소사! ― 다그쳤다. 그가 그녀에게 어울리는 배필이 되기 위해 잠을 줄여 가며 일하고, 생명을소진시키고 있었던 걸 모른다는 듯.

그렇게 사소한 문제는 점점 더 커졌다. 그는 건강했으며, 규칙적으로 먹고 충분히 자는 정상적인 생활을 했다. 하지만 점점 더 커지는사소한 문제에 집착하게 되었다. 다 된 작품. 그 구절이 그의 머릿속에서 떠나지 않았다. 히긴보삼의 현금 상회 위층에 상다리가 부러지도록 차려진 저녁 식사 자리에서 버나드 히긴보삼의 맞은편에 앉아, 그가 할 수 있는 일은 이렇게 소리 지르는 걸 참는 것뿐이었다.

'그건 다 된 작품이었어! 이제 당신은 나를 먹이지만, 그때는 굶게놔두고, 당신 집에 오는 것조차 금지하고, 내가 일자리를 잡지 않는다고 내게 욕을 퍼부었지. 그때 작품은 이미 완성되어 있었어, 완료되어 있었다고. 이제 내가 입을 벙긋하면, 당신은 내가 무슨 말을 하려는지 알기 위해 내 입놀림에 주목하고, 내가 어떤 말을 하든 존경심을 갖고 경청하는군. 내가 당신이 지지하는 당은 썩었고 부패한 정치인들뿐이라고 해도, 당신은 벌컥 화를 내는 대신에 우물대다가 내 말에 상당한 타당성이 있다고 인정할 거야. 그런데 왜? 그건 내가 유명하기 때문이야. 내가 돈이 많기 때문이라고. 내가 마틴 에덴이고, 꽤 괜찮은 녀석이고, 멍청하지는 않은 놈이기 때문이 아니야. 난 당신한테 달이 초록색 치즈로 만들어졌다고 말할 수도 있어. 그래도 당신은 동의하든지, 적어도 반대하지는 않을 거야. 내가 달러를 산더미처럼 갖고 있기 때문이지. 그런데 그 작품들은 오래전에 다 되어 있었어. 분명히 말하지만, 당신이 나를 발바닥의 때처럼 여기고 나한테 침을 뱉을 때, 그 작품들은 모두 완성되어 있었어.'

마틴은 소리 지르지 않았다. 그 생각이 그의 뇌를 끊임없이 아프게 갉아 들어왔지만, 그는 미소를 지으며 무사히 참아낼 수 있었다. 마틴이 조용해지자 버나드 히긴보삼이 말머리를 잡아 제 얘기를 쏟아 냈다. 자신 또한 성공한 사람으로 자부심을 느낀다고. 자기는 누구의 도움도 받지 않고 자수성가했다고. 시민으로서 본분을 다하면서 대가족을 먹여 살리고 있다고. 자기의 노력과 능력의 기념비인 히긴보삼의 현금 상회가 있지 않느냐고. 자기는 히긴보삼의 현금 상회를 남자가 제 아내를 사랑하듯 사랑한다고. 그는 마틴에게 마음을 활짝 열어 자기가 얼마나 열심히 또 얼마나 거창한 기획으로 그 가게를 일구어 왔는지 보여 주었다. 그리고 그에게는 가게를 위한 계획이, 야심 찬 계획이 있다고 했다. 동네는 급속히 발전하는데 가게가 정말 너무나 작다고. 공간만 더 있으면 노동과 경비를 줄이는 설비를 갖출 수 있을 거라고. 그런데 아직 못하고 있다고. 가게 옆의 공터를 사서 이층 건물을 올릴 수 있을 날을 위해 자기는 전심전력을 다하고 있다고. 이층은 세를 놓고, 두 건물의 일층은 통틀어 히긴보삼의 현금 상회가 될 거라고. 두 건물을 가로지르는 새 간판에 대해 얘기할 때 그의 눈이 반짝거렸다.

마틴은 듣고 있지 않았다. 머릿속에서 울리는 '다 된 것'이라는 후렴구가 상대방의 수다를 차단하고 있었다. 그는 미칠 것 같아서 그 후렴구에서 벗어나려 했다.

"비용이 얼마나 들 거라고 했죠?" 그는 불쑥 물었다.

그의 매형은 그 동네의 사업 전망에 대해 장광설을 풀다 멈추었다. 비용이 얼마나 들지 아직 얘기하지는 않았지만, 그는 알고 있었다. 수십 번이나 계산해 본 터였다.

"지금 자재 가격으로는," 그는 말했다. "4천 달러면 될 거야."

"간판을 포함해서요?"

"그건 계산하지 않았어. 건물이 서면 간판은 들어오기 마련이거든."

"땅값은요?"

"별도로 3천 달러."

마틴이 수표를 쓰는 동안, 그는 몸을 수그리고 지켜보면서 입술을 빨고 초조하게 손가락을 폈다 쥐었다 했다. 수표가 건네지자 그는 액수를 빠르게 일별했다. 7천 달러.

"나⋯ 나는 이자를 6퍼센트 이상은 낼 수가 없어." 그는 목쉰 소리로 말했다.

마틴은 웃고 싶었으나 대신 물었다.

"그게 얼마나 될까요?"

"보자고, 연리 6퍼센트면⋯ 6에다 7을 곱하고, 4백 20달러야."

"그럼 한 달에 35달러겠네요?"

히긴보삼은 끄덕였다.

"그럼, 딱히 반대하지 않으신다면, 이렇게 하기로 하죠." 마틴은 거트루드를 힐끗 보았다. "한 달에 35달러를 요리와 빨래와 청소를 해결하는 데 쓰시겠다면, 원금을 가지셔도 됩니다. 거트루드 누나가 더이상 허드렛일을 하지 않게 하겠다고 보장하신다면, 7천 달러는 매형 것이 되는 겁니다. 그렇게 할까요?"

히긴보삼은 침을 꿀떡 삼켰다. 제 아내가 더 이상 집안일을 하지 않는다는 것은 그의 검약한 영혼에 대한 모독이었다. 그 굉장한 선물은 약을, 쓴 약을 감싼 달콤한 막이었다. 여편네가 일을 안 한다니! 그는 말문이 막혔다.

"좋아요, 그러면," 마틴이 말했다. "내가 한 달에 35달러씩 낼 테니…"

그는 수표를 집으려고 식탁 위로 손을 뻗쳤다. 그러나 히긴보삼이 먼저 수표를 손에 쥐고 부르짖었다.

"알겠어! 알겠다고!"

전차에 오른 마틴은 속이 메스껍고 매우 피곤했다. 매형의 이름이 쓰인 독선적인 간판을 올려다보았다.

"야비한 놈." 그는 신음했다. "야비한 놈, 야비한 놈."

「매킨토시스 매거진」이 『손금쟁이』를 버티에르의 장식에다 웬의 사진 두 장을 곁들여 싣자, 허먼 본 슈미트는 자기가 그 시를 추잡하다고 했던 과거를 잊어버렸다. 그는 제 아내가 그 시에 영감을 주었다고 떠들고 다녀 그 말이 기자들의 귀에 들어가게 했고, 한 신문사의 전속 사진기자와 전속 디자이너를 대동한 전속 작가와 인터뷰를 했다. 그 결과가 일요 보급판의 한 면을 통째로 차지했는데, 매리언의 여러 사진과 이상화된 드로잉 몇 점, 마틴 에덴과 가족들의 내밀한 이야기들이 실렸고, 「매킨토시스 매거진」의 특별 허가를 받아 『손금쟁이』가 큰 활자로 재수록 되었다. 이 기사가 그 동네를 들었다 놓아, 얌전한 가정주부들이 위대한 작가의 누이와 알고 지낸다고 자랑했으며 아직 그러지 않은 이들은 교제하려고 서둘렀다. 허먼 본 슈미트는 제 작은 수리점에서 껄껄댔고 새 선반을 주문하기로 했다. "광고보다 나아." 그는 매리언에게 말했다. "돈도 안 들고."

"오빠를 정찬에 초대하는 게 좋겠어요." 그녀는 제안했다.

그리하여 마틴은 그 자리에 가서 뚱뚱한 정육 도매상인과 더 뚱뚱한 그의 아내를 싹싹하게 대했다. 그들은 허먼 본 슈미트와 같은 앞날이 창창한 젊은이에게 쓸모 있을 중요 인사였다. 그들을 그 젊은이의 집으로 끌어들이기 위한 미끼는 위대한 매형쯤은 되어야 했던 것이다. 같은 미끼를 물어 식탁에 앉아 있는 또 한 명은 에이사 자전거회사의 태평양 연안 대리점 총감독이었다. 이 사람에게 오클랜드 대리점을 따낼 수도 있기 때문에, 본 슈미트는 그의 마음에 들려고 비위를 맞추었다. 허먼 본 슈미트는 마틴을 매형으로 둔 것이 좋은 자산이라는 것을 깨우쳤으나, 내심으로는 대체 왜 그렇게 됐는지 납득할 수가 없었다. 조용한 한밤중에, 아내가 잠자는 동안, 그는 마틴의 책과 시들을 뒤적이곤 했다. 그의 결론은 그 따위를 돈을 주고 사는 세상 사람들이 바보라는 것이었다.

마틴은 내심으로 그 상황을 너무도 잘 이해하고 있었다. 의자에 등을 기대고 미소 지은 채 본 슈미트의 머리를 바라보면서, 그것을 갈기고 또 갈겨서 거의 박살 내는 상상을 했다. 골통이 텅 빈 네덜란드 놈! 그래도 한 가지는 마음에 들었다. 그는 가난하고 아득바득 출세하려 하지만, 매리언의 힘든 가사노동을 덜어 주려고 하인을 한 명 고용했던 것이다. 마틴은 에이사 대리점 총감독과 얘기했고, 식사 후에는 그와 허먼을 한쪽으로 데려가서 허먼이 오클랜드에서 설비를 갖춘 가장 좋은 자전거 상점을 열도록 경제적으로 뒷받침해 주었다. 그는 더 나아가, 둘만의 대화에서, 허먼더러 자동차 대리점과 차고를 열 가능성을 노려 보라고, 자전거와 자동차 사업 둘 다 성공적으로 운영할 수 없으리란 법은 없다고 말해 주었다.

자리가 파하자 매리언은 마틴의 목을 껴안고 눈물을 흘리면서, 자기가 오빠를 얼마나 사랑하는지, 또 늘 사랑해 왔는지 토로했다. 중간에 티가 날 만큼 멈칫하긴 했지만, 그녀는 더 많은 눈물과 입맞춤과 두서없이 더듬대는 말로 얼버무렸다. 마틴은 이를 그녀가 그를 믿지 않고 취직하라고 고집했던 시절에 대해 용서를 비는 것으로 받아들였다.

"그는 돈을 건사하지 못할 거야, 분명해." 허먼 본 슈미트는 아내에게 속내를 털어놓았다. "내가 이자 얘기를 하자 펄펄 뛰더라고. 원금도 내팽개치면서, 내가 그런 얘기를 또 하면 내 네덜란드 골통을 날려 버리겠다고 했어. 내 네덜란드 골통… 그렇게 말했다니까. 그래도 그는 좋은 사람이야, 사업가는 아니지만 말이야. 내게 기회를 주었어. 그는 좋은 사람이야."

정찬 초대가 마틴에게 쇄도했다. 초대가 더 많이 밀어닥칠수록 그는 더욱 어리둥절했다. 아든 클럽 연회에 그는 주빈으로서 평생 말로만 듣고 지면에서만 보았던 이들과 함께 앉아 있었다. 그들은 「트랜스콘티넨탈」지에서 『종소리』를, 「말벌」지에서 『미녀와 진주』를 읽자마자 그를 뛰어난 작가로 꼽았다고 말했다. 맙소사! 나는 그때 굶주리고 누더기를 걸치고 있었어, 그는 속으로 뇌까렸다. 당신들은 왜 그때 내게 저녁 식사를 대접하지 않은 거야? 그때가 그럴 때였는데. 작품은 다 완성되어 있었어. 그때 다 된 작품으로 당신들이 지금 나를 먹여 준다면, 내가 먹을 것이 필요했던 그때는 왜 먹여 주지 않았지? 『종소리』의 단어 하나, 『미녀와 진주』에서도 단어 하나 바뀌지 않았다고. 아니야. 당신들은 내가 예전에 완성한 작품 때문에 지금 나를 먹여 주는 게 아니야. 모든 사람들이 내게 식사를 대접하고, 내게 식사를 대접하는 게 명예이기 때문에 식사 대접을 하고 있는 거야. 당신들이 이제 내게 식사를 대접하는 건 당신들이 떼 지어 몰려다니는 짐승이기 때문이야. 군중의 일부이기 때문이야. 군중 심리의 맹목적이고 자동적인 일념으로 이제 내게 식사 대접을 하는 거야. 마틴 에덴과 마틴 에덴의 작품이 이 모든 것과 무슨 상관이야? 그는 서글프게 자문하다, 능란하고 재치 있는 건배사 요청에 능란하고 재치 있게 답했다.

그런 일이 계속되었다. 그가 어디에 ─ 프레스 클럽, 레드우드 클럽, 부인들의 다과회, 문학가들의 모임 ─ 가게 되든 『종소리』와 『미녀와 진주』가 처음으로 발표되었을 당시 어떠했다는 얘기가 나왔다. 그리고 마틴은 매번 그를 미치게 만드는 묵언의 질문을 했다. 당신들은 그때 왜 내게 식사를 대접하지 않았지? 작품은 완성되어 있었어. 『종소리』와 『미녀와 진주』는 한 치도 바뀌지 않았어. 그때도 그 작품들은 지금처럼 예술적이고 가치가 있었어. 그러니 당신들이 내게 식사를 대접하는 건 그 작품들 때문이 아니고, 내가 쓴 다른 작품들 때문도 아니야. 지금 사교계의 유행이 내게 식사 대접을 하는 것이기 때문이야. 군중 전체가 마틴 에덴에게 식사 대접을 해야 한다는 생각에 미쳐있기 때문이야.

그럴 때면 그는, 각진 외투에 뻣뻣한 챙 모자를 쓴 젊은 건달이 무리 속에서 건들대는 것을 불현듯 보았다. 어느 오후 갈리나 소사이어티에 있을 때도 그런 일이 일어났다. 그는 의자에서 일어나 연단을 가로질러 걸어가다, 강당의 커다란 뒷문이 활짝 열리며 각진 외투에 뻣뻣한 챙 모자를 쓴 젊은 건달이 유유히 걸어 들어오는 것을 보았다. 최신 유행으로 차려입은 5백 명의 여자들이 마틴이 무엇을 뚫어지게 쳐다보고 있는지를 보려고 고개를 돌렸다. 그러나 그들에게는 텅 빈 가운데 복도만 보였다. 마틴은 그 젊은 건달이 복도를 건들대며 걸어오는 것을 보았고, 그가 한 번도 벗지 않았던 뻣뻣한 챙 모자를 벗을지 궁금했다. 복도를 똑바로 걸어와서, 건달은 연단에 올랐다. 장차 그에게 닥칠 모든 일을 생각하니, 마틴은 자기의 그 젊은 분신이 가엾어서 눈물이 나오려 했다. 으스대며 연단을 가로질러 마틴에게로 똑바로 걸어와, 마틴의 의식으로 들어와서, 건달은 사라졌다. 5백 명의 여성들은 초청 연사인 이 숫기 없는 위인을 격려하려고 장갑 낀 손으로 부드러운 박수를 보냈다. 마틴은 머릿속에서 그 환영을 떨쳐 버리고 미소 지었으며, 연설을 시작했다.

예전 초등학교의 교장 선생이 이제는 인상 좋은 노인이 되어, 거리에서 마틴을 불러 세웠다. 그에게 아는 척을 하며, 노인은 마틴이 싸움질로 학교에서 쫓겨날 때 교장실에서 열렸던 회의를 회고했다.

"오래전에 한 잡지에서 자네의 『종소리』를 읽었다네." 교장은 말했다. "포의 작품만큼이나 좋더군. 훌륭해, 내 그때 이렇게 말했지. 훌륭해!"

그래요, 그래서 당신은 그 후로 몇 달 동안 거리에서 나를 두 번이나 마주치고도 모른 척했죠, 마틴은 그 말을 입 밖에 낼 뻔했다. 그때마다 나는 배가 고파서 전당포에 가는 길이었어요. 그런데 그 작품은 그때 다 완성되어 있었어요. 그때는 당신이 나를 모른 체했죠. 왜 지금은 아는 체하죠?

"내 얼마 전에야 집사람한테 얘기했거든." 교장의 말은 이어졌다. "언젠가 자네를 식당에 초대해서 정찬을 함께 하는 게 좋지 않겠느냐고. 집사람이 정말 좋겠다고 하더라고. 그래, 정말 좋겠다고 했어."

"정찬이요?" 마틴의 대꾸는 너무 날카로워서 호통 소리에 가까웠다.

"아니, 그래, 그래, 정찬, 자네도 알다시피… 우리랑 소박하게 한 끼 먹는 거지, 자네의 옛 교장 선생과 함께 말이야, 이 불량 학생아." 그는 허물없는 사이처럼 굴려고 마틴을 쿡 찌르며 초조하게 말했다.

마틴은 멍하게 걸었다. 그리고 길모퉁이에 멈춰 서서 아무 뜻 없이 주위를 둘러보았다.

"이런, 젠장!" 마침내 그는 중얼거렸다. "그 노인이 나한테 겁을 먹었잖아."

45장

하루는 크레이스 — '진짜 난장판'의 그 크레이스가 마틴을 찾아왔다. 반가운 마음에 그의 얘기를 들어 봤더니, 투자가보다는 소설가로서 솔깃할 무모한 사업 계획을 번드르르하게 늘어놓는 것이었다. 크레이스는 자신의 사업 계획 발표를 중간에 끊고 『태양의 수치』가 대개 멍청한 소리라는 말도 한참 했다.

"하지만 난 철학 얘기를 하려고 여기 온 게 아니야." 그는 하던 얘기로 돌아갔다. "내가 알고 싶은 건 자네가 이 거래에 천 달러를 투자하겠느냐는 거지."

"아니요, 나는 그 정도로 멍청하지는 않아요." 마틴은 답했다. "그래도 내가 어떻게 할지 알려 드리죠. 당신은 내게 내 생애 최고의 밤을 누리게 해 줬죠. 돈으로 살 수 없는 것을 내게 주었어요. 이제 나는 돈이 있지만 나에겐 그 돈이 아무 의미가 없어요. 천 달러를 당신한테 양도하고 싶은데, 당신이 그 밤에 내게 제공한 경험에 값한다고는 생각하지 않아요. 그건 가격을 매길 수 없으니까요. 당신은 돈이 필요하고, 나는 필요 이상으로 돈이 많죠. 당신은 돈을 바라고 왔잖아요. 나한테 우려내려 해 봐야 소용없어요. 그냥 가져가요."

크레이스는 조금도 놀라는 기색 없이 수표를 접어 호주머니에 집어넣었다.

"그렇다면 자네에게 그런 밤을 얼마든지 제공할 용의가 있어."

"너무 늦었습니다." 마틴은 머리를 저었다. "그런 밤은 내게 단 한 번뿐이었습니다. 천국에 있는 것 같았어요. 당신들에게는 늘 있는 일이라는 걸 나도 알아요. 하지만 내게는 그렇지 않았어요. 난 다시는 그런 절정을 누릴 수 없겠죠. 난 철학을 그만뒀어요. 더는 한마디도 듣고 싶지 않아요."

"내 생애에 처음으로 철학으로 돈을 벌었는데," 문간에 멈춰 서서 크레이스는 말했다. "시장이 망했구먼."

모스 부인이 어느 날 차를 타고 지나가다 마틴에게 미소 지으며 고개를 끄덕였다. 그도 미소 지으며 모자를 살짝 들어 인사했다. 그 일은 그에게 어떤 인상도 남기지 않았다. 한 달 전이라면 그는 역겨움을 느끼든지 순간 부인의 정신 상태를 의심했을 것이다. 그러나 이제는 두 번 다시 생각하게 되지 않았다. 그 일이 지나자마자 잊어버렸다. 중앙은행이나 시청을 지나고 나서 그 건물들을 잊어버리듯이, 그렇게 잊었다. 하지만 그의 의식은 기이하리만치 활발했다. 생각이 돌고 또 돌았다. 그리고 그 돌고 도는 중심에는 '다 된 것'이 있었다. 그것이 죽지 않는 구더기처럼 그의 뇌를 갉아 먹었다. 아침에 깨자마자 그는 그것을 느꼈다. 밤에는 그것 때문에 꿈자리가 사나웠다. 주변의 일상사가 그의 감각을 뚫고 들어오는 족족 '다 된 것'과 연관되었다. 그는 가차 없는 논리를 따라가 이런 결론에 이르렀다. 그는 아무도 아니고, 아무것도 아니었다. 건달 마틴 에덴, 그리고 선원 마틴 에덴은 진짜였다. 그 자신이었다. 그러나 유명 작가 마틴 에덴! 그는 존재하지 않았다. 유명 작가 마틴 에덴은 군중 심리 속에서 떠오른, 그리고 군중 심리에 의해 건달이자 선원인 마틴 에덴의 육신에 주입된 증기였다. 그런다고 그를 속일 수는 없었다. 그는 군중이 경배하고 정찬을 제물로 바치는 그 태양신이 아니었다. 그는 그걸 모를 만큼 어리석지는 않았다.

그는 잡지에서 자기에 관한 기사들을 읽어 보았다. 그 기사들에 묘사된 제 모습을 살펴보아도 자신의 정체성과는 도저히 연결시킬 수 없었다. 그는 살고, 전율하고, 사랑한 사람이었다. 느긋한 동시에 생명의 나약함에 너그러운 사람이었다. 뱃머리에 서서 낯선 섬들을 돌아다녔으며, 싸움박질하던 시절에는 제 패거리를 이끈 사람이었다. 그는 도서관에 가득 찬 수천 권의 책을 처음 보고 기절초풍했고, 그 후로 제 방식을 찾아내어 그 책들을 섭렵한 사람이었다. 밤늦도록 불을 밝히고 잠을 쫓아가면서 제 자신의 책들을 써낸 사람이었다. 그러나 그 사람, 모든 군중이 식사 대접을 하려 드는 엄청난 식욕의 소유자는 그가 아니었다.

하지만 잡지에는 재미난 기사들도 있었다. 모든 잡지가 자신들이 그를 발굴한 장본인이라고 떠들어 대고 있었다. 「워런스 먼슬리」는 구독자들에게 선전하기를, 자신들이 늘 새로운 작가들을 찾고 있으며 그중에서 이미 마틴 에덴을 독자들에게 소개한 바 있다고 하였다. 「하얀 쥐」도 그를 발굴했다고 주장했다. 「노던 리뷰」와 「매킨토시스 매거진」도 그렇게 주장했다. 그런데 그의 『바다 서정시』를 처참하게 난도질했던 잡지 「지구」가 그 시가 그 꼴로 실려 있는 과월호들을 득의만만하게 공개해서 소동을 잠재웠다. 빚을 떼먹고 소생한 「청년과 시대」가 자기들이 먼저라고 주장했지만, 그걸 읽은 독자는 농부의 아이들밖에 없었다. 「트랜스콘티넨탈」은 자기들이 어떻게 처음으로 마틴 에덴을 찾아냈는지 위엄 있고 설득력 있는 진술을 했다. 이에 「말벌」이 『미녀와 진주』를 들이대며 따갑게 반발했다. 싱글트리 단리 출판사의 점잖은 주장은 그런 소음에 묻혀 버렸다. 게다가 그 출판사는 덜 점잖게 주장할 잡지를 갖고 있지 않았다.

신문들은 마틴의 인세를 계산해서 공개했다. 몇몇 잡지사들이 그에게 마련해 준 막대한 액수가 어떤 식으로든 새 나가서, 기부금을 간청하는 편지들이 어지럽게 쏟아지기 시작했고, 오클랜드의 성직자들이 친근한 태도로 찾아왔다. 그러나 제일 심한 건 여자들이었다. 그의 사진이 사방에 흩뿌려졌으며, 인터뷰 작가들은 그의 강직한 구릿빛 얼굴, 흉터, 우람한 어깨, 맑고 차분한 눈과 금욕주의자처럼 꺼져 들어간 뺨을 기사에 맘껏 써먹었다. 이로써 제 거친 젊은 시절을 떠올리게 되어 그는 미소 지었다. 여자들을 만나다 보면 여기저기서 그를 바라보고, 재보고, 점찍는 눈길을 자주 느끼게 되었다. 그는 혼자 웃었다. 브리슨덴의 경고가 생각나서 다시 웃었다. 여자들이 그를 망칠 수 없으리라는 것만은 확실했다. 그는 그 단계를 이미 지났다.

한번은, 리지와 야간 학교로 가는 길에, 잘 차려입은 데다 예쁜 부르주아 여성이 그에게 주는 눈길을 리지가 감지했다. 눈길이 머무는 시간이 너무 길었고, 거기에 담긴 관심은 너무 짙었다. 리지는 그런 시선이 무슨 의미인지 알기 때문에, 발끈하여 몸이 긴장되었다. 마틴이 그걸 알아채고, 그녀가 그러는 이유도 알아채어, 자기는 그런 시선에 무척 익숙해서 전혀 신경 쓰지 않는다고 말해 주었다.

"신경 써야 해." 그녀는 불타는 눈으로 답했다. "당신은 지금 아파. 그게 문제야."

"이보다 건강했던 적이 없어. 체중이 5파운드나 불었는데, 이런 적이 없다고."

"아픈 건 당신의 몸이 아니야. 머리야. 당신의 생각하는 기계가 어딘지 고장 났어. 아무것도 모르는 나 같은 사람조차 그건 알겠어."

그는 생각에 잠긴 채 그녀와 나란히 걸었다.

"당신이 나아지기만 한다면 난 무슨 짓이든 할 거야." 그녀는 충동적으로 토로했다. "여자가 그런 식으로 쳐다보면 당신은 신경 써야 해. 당신 같은 남자는 말이야. 그러지 않는 건 이상한 거야. 계집애 같은 사내라면 신경 안 쓸 수도 있겠지. 하지만 당신은 그런 사람이 아니잖아. 그러니 제발, 난 당신에게 맞는 여자가 나타나서 당신을 신경 쓰게 만들었으면 좋겠어. 그러면 나는 기쁠 거야."

리지를 야간 학교에 들여보내고 그는 호텔로 돌아왔다.

그는 방에 들어와 안락의자에 몸을 묻고, 앞만 쳐다보았다. 조는 게 아니었다. 생각하는 것도 아니었다. 머릿속이 백지 같은데, 간간이 불러내지 않은 기억이 눈꺼풀 안에서 형체와 색깔과 빛을 띠었다. 그는 그런 영상들을 보면서도 거의 의식하지 않았다. 꿈을 꾸듯 의식이 없었다. 그러나 그는 자고 있지 않았다. 한번은 일어나 시계를 보았다. 정각 8시였다. 할 일은 없고, 잠들기에는 너무 일렀다. 그러자 머릿속이 다시 백지가 되었으며, 눈 속엔 영상들이 출몰하기 시작했다. 그것들은 구별되지 않았다. 죄다 이파리와 가느다란 가지가 뒤엉킨 덩어리들로, 틈새로 뜨거운 햇살이 비쳐들고 있었다.

문을 가볍게 두드리는 소리에 그는 깨어났다. 자고 있지는 않았기에, 그것을 전보나 편지, 또는 세탁물을 가져온 하인이 내는 소리라고 생각했다. 그러자 조가 생각났고, 그가 어디에 있을지 궁금해하면서 그는 대꾸했다. "들어와요."

그는 여전히 조에 관해 생각하느라고 문 쪽을 돌아보지 않았다. 문이 살그머니 닫히는 소리가 났다. 그러더니 침묵이 길게 이어졌다. 그는 좀 전에 누군가 문을 두드렸다는 것도 잊고 앞만 멍하게 바라보고 있는데, 여자가 흐느끼는 소리가 들렸다. 참으려 해도 참을 수 없는, 발작적인, 그래도 억제하는, 그러느라 숨이 가쁜 흐느낌이었다. 그는 그렇게 느끼면서 돌아보았다. 다음 순간 벌떡 일어섰다.

"루스!" 그는 놀랍고도 당황스러웠다.

하얗게 질리고 굳은 얼굴로, 그녀는 한 손으로 문을 짚고 다른 손은 옆구리에 붙인 채 문간에 서 있었다. 그러고는 양팔을 애처롭게 그를 향해 들어 올리더니, 그에게 다가오기 시작했다. 그는 그녀의 손을 잡아 안락의자로 이끌면서, 그 손이 몹시 차다는 것을 알아챘다. 다른 의자를 끌어당겨 팔걸이에 걸터앉았지만, 너무 혼란스러워서 말이 나오지 않았다. 그로서는 루스와의 연애가 완전히 끝난 일이었다. 셸리 핫 스프링스의 세탁소가 그가 빨아야 할 일주일 치 세탁물을 갖고 호텔을 급습한 듯한 기분이었다. 여러 번이나 말을 하려 했으나 그때마다 머뭇거려졌다

"내가 여긴 온 줄 아무도 몰라." 루스는 기운 없이 말하면서, 호소하는 듯한 미소를 지었다.

"뭐라고?"

그는 제 목소리에 놀랐다.

그녀는 방금 한 말을 다시 했다.

"오." 그는 탄성을 한 번 내고, 더 이상 할 수 있는 말이 없어서 난

감했다.

"당신이 호텔로 들어가는 걸 보고 몇 분 기다렸어."

"오!" 그는 다시 탄성을 질렀다.

평생 동안 이토록 말문이 막힌 적이 없었다. 정말로 아무 생각이 나지 않았다. 자기가 바보 같고 꼴불견이라고 느꼈지만, 평생 처음으로 할 말이 전혀 떠오르지 않았다. 셸리 핫 스프링스의 세탁소가 들이닥쳤다면 차라리 나았을 것이다. 소매를 걷어 올리고 일하면 될 테니.

"그러고 나서 들어왔구나." 마침내 그는 말했다.

그녀는 조금은 뻐기는 표정으로 끄덕이고, 목에서 스카프를 풀었다.

"그보다 먼저 당신이 그 아가씨랑 걷고 있는 걸 길 건너에서 봤어."

"오, 그랬지." 그는 간단히 답했다. "내가 그녀를 야간 학교에 데려다줬어."

"음, 나를 만나서 반갑지 않아?" 또 한동안 침묵하다 그녀는 물었다.

"반갑지, 반가워." 그는 급히 답했다. "하지만 당신이 여기 오는 건 경솔한 짓 아냐?"

"내가 여기 몰래 들어와서 아무도 몰라. 당신을 보고 싶었어. 내가 매우 어리석었다는 말을 하려고 왔어. 더 이상 당신과 떨어져 있을 수가 없기 때문에 왔어. 내 마음이 나더러 가라고 했기 때문에… 내가 오고 싶었기 때문에 왔어."

그녀는 의자에서 일어나 그에게 왔다. 그의 어깨에 손을 올려놓고 잠시 숨을 몰아쉬더니, 그의 품에 안겼다. 그녀가 이렇게 안겨 오는데 밀어낸다면 여자로서 가장 심한 상처를 받을 것임을 알기에, 그는 상처를 주지 않으려고 너그럽게 그녀를 두 팔로 감싸고 꼭 안았다. 그러나 그 포옹에는 열의가 없고, 몸을 붙이고 있음에도 쓰다듬는 동작은 없었다. 그녀가 그에게 안겨 와서 그가 그녀를 안은 게 다였다. 그녀는 그의 품을 파고들었고, 자세가 바뀌어 그녀의 두 손이 그의 상체를 타오르더니 목을 감쌌다. 그러나 그녀의 손길이 닿아도 그의 몸은 달아오르지 않았다. 그는 어색하고 불편하기만 했다.

"왜 그렇게 떨어?" 그가 물었다. "추워? 난로를 켤까?"

그가 몸을 떼려 하자 그녀는 격하게 떨면서 그에게 더욱 바짝 달라붙었다.

"그냥 신경과민이야." 그녀는 이빨이 부딪치도록 떨면서 말했다. "조금만 있으면 진정될 거야. 봐, 벌써 나아지잖아."

그녀의 떨림은 서서히 잦아들었다. 그는 계속 그녀를 안고 있었으나, 더 이상 어리둥절하지는 않았다. 그녀가 왜 왔는지 이제는 알았다.

"어머니는 내가 찰리 햅굿과 결혼하기를 바라셨어." 그녀는 밝혔다.

"찰리 햅굿이라, 그 진부한 말만 하는 친구?" 마틴은 신음했다. 그러고 덧붙였다. "그런데 이제, 내 짐작에, 당신 어머니가 당신이 나랑 결혼하기를 바라시는 것 같네."

"반대하시지는 않을 거야. 그건 확실해." 루스가 말했다.

"나를 괜찮은 사윗감으로 여기셔?"

루스는 끄덕였다.

"하지만 나는 지금 당신 어머니가 우리의 약혼을 파기시켰을 때보다 사윗감으로 조금도 나아진 게 없어." 그는 곰곰이 생각하며 말했다. "하나도 달라지지 않았거든. 나는 그때랑 똑같은 마틴 에덴이야. 사실 그때보다 좀 나빠졌지… 이제 담배를 피워. 나한테서 담배냄새가 나지 않아?"

그에 대한 대답으로 그녀는 그의 입술에 손가락을 갖다 댔고, 우아하고도 장난스럽게 지그시 눌렀다. 예전에는 이런 경우에 뒤따르던 입맞춤을 기대하고 있었다. 그런데 마틴의 입술은 달뜬 반응을 하지 않았다. 그는 그녀의 손가락들이 제 입술에서 치워질 때까지 기다렸다가 말을 이었다.

"나는 바뀌지 않았어. 아직도 일자리가 없고, 찾고 있지도 않아. 더욱이 일자리를 찾을 생각마저 없어. 나는 아직도 허버트 스펜서가 위대하고 고귀한 인물이라고 생각하고, 블라운트 판사는 먹통이라고 생각해. 얼마 전에 그와 정찬을 함께 했기 때문에, 난 알 수밖에 없었어."

"그런데 우리 아버지의 초대에는 응하지 않았단 말이지." 그녀가 트집을 잡았다.

"당신이 그걸 알고 있군. 누가 당신 아버지를 보냈어? 당신 어머니?"
그녀는 말하지 않았다.

"그러면 당신 어머니가 보낸 거네. 나도 그렇게 생각했어. 그리고 지금 당신을 보낸 것도 그분이라고 생각해."

"내가 여긴 온 줄 아무도 몰라." 그녀는 부인했다. "우리 어머니가 이런 짓을 허락하실 것 같아?"

"당신이 나랑 결혼하는 건 허락하실 거야, 확실히."

그녀는 날카로운 비명을 질렀다. "오, 마틴, 잔인하게 굴지 마. 당신은 내게 한 번도 입을 맞추지 않았어. 돌처럼 차디차. 내가 어떤 짓을 저질렀는지 생각해 봐." 그녀는 떨면서 주위를 둘러보았는데, 표정에는 호기심이 반쯤 섞여 있었다. "내가 어디에 와 있는지 생각해 보라고."

'난 당신을 위해서 죽을 수도 있어! 당신을 위해서 죽을 수도 있다고!' 리지가 했던 말이 그의 귀에 울렸다.

"그런 짓을 왜 전에는 저지르지 않았어?" 그는 거칠게 물었다. "내가 일자리가 없을 때는? 내가 굶고 있을 때는? 남자로서 또 예술가로서, 내가 지금과 똑같은 마틴 에덴이었던 그때, 당신은 왜 그런 짓을 하지 않았어? 숱한 날을 나는 그 질문을 나 자신에게 해 왔어… 당신에 관해서만이 아니라 모든 사람에 관해서. 당신도 보다시피 나는 달라지지 않았어. 나에 대한 평가가 급상승하는 바람에 나 스스로도 내가 달라지지 않았는지를 끊임없이 확인해야 하지만 말이야. 나는 예전과 똑같은 살을 뼈에 붙이고 있고, 예전처럼 열 개의 손가락과 열 개의 발가락을 달고 있어. 나는 똑같아. 없던 능력과 장점을 새로 개발하지도 않았어. 내 뇌는 예전의 그 뇌야. 그 이후로는 문학이나 철학에 새로 덧붙인 말조차 없어. 나라는 개인의 가치는 아무도 나를 원하지 않던 예전과 똑같아. 그래서 나는 사람들이 이제 왜 나를 원하는지 영문을 모르겠어. 그들이 나 자체 때문에 나를 원하는 건 분명히 아니야. 왜냐하면 나 자체는 그들이 원하지 않던 예전의 나와 똑같으니까. 그들은 뭔가 다른 것, 내 외면의 어떤 것 때문에 나를 원하는 게 틀림없어. 무엇인가 내가 아닌 것 때문에! 그게 뭔지 당신한테 얘기해 줄까? 내가 얻어 낸 명성이야. 그 명성은 내가 아니지. 그건 다른 사람들의 마음속에 있는 거니까. 또 내가 벌었고 지금도 벌고 있는 돈 때문이야. 그런데 그 돈도 내가 아니야. 돈은 은행과 이 사람 저 사람의 호주머니 속에 있잖아. 당신이 나를 이제 원하는 것도 그것, 명성과 돈 때문인가?"

"당신은 말로 내 가슴을 후벼 파고 있어." 그녀는 흐느꼈다. "내가 당신을 사랑한다는 걸, 당신을 사랑해서 내가 여기 왔다는 걸, 당신은 알잖아."

"당신은 내 말을 잘 이해하지 못하는 것 같아." 그는 부드럽게 말했다. "내 말은 이거야. 당신이 나를 사랑한다면, 어떻게 지금은 예전보다 훨씬 더 많이 나를 사랑하게 된 거야? 그때는 당신의 사랑이 나를 거부할 정도로 약했잖아."

"잊어버리고 용서해 줘!" 그녀가 격정적으로 외쳤다. "나는 언제나 당신을 사랑했어, 그걸 생각해. 그리고 내가 지금 여기, 당신 품에 있잖아."

"유감스럽게도 나는 약삭빠른 상인이야. 당신의 사랑을 저울에 올려놓고 무게를 재면서, 그게 어떤 건지 알아내려 하고 있어."

그녀는 그의 품에서 빠져나가 똑바로 앉아서, 탐색하듯이 오래 그를 쳐다보았다. 무슨 말인가 하려다가, 머뭇대고는 도로 입을 닫았다.

"그래, 나한테는 이런 식으로 보여." 그가 말했다. "내가 지금과 한 치도 다름없는 나였을 때, 나와 같은 계급의 사람들 말고는 아무도 나를 좋아하지 않는 것 같았어. 내 원고들이 다 완성되었을 때, 그 원고들을 읽은 사람들은 아무도 그걸 좋아하지 않는 것 같았어. 사실, 내가 쓴 것들 때문에 나를 더 안 좋아하는 것 같았어. 그것들을 씀으로써 마치 내가 범죄라도, 적어도 그들을 모욕하는 짓이라도 저지른 것 같았어. '일자리를 구하라'고 모두들 그랬지."

그녀는 그 말에 반대한다는 몸짓을 했다.

"맞아, 그랬어." 그는 말했다. "당신의 경우에는 직위를 얻으라고 말했지. 일자리라는 흔한 단어는, 내가 쓴 글들처럼, 당신에게 거슬렸던 거야. 그 단어는 노골적이지. 그런데 장담하건대, 내가 아는 모든 사람들이 부도덕한 자에게 바른 행동을 권면하듯 내게 일자리를 권할 때, 단어가 뭐든 마찬가지로 노골적이었어. 하지만 본론으로 돌아가지. 내가 쓴 것들이 출판되고 내가 대중의 주목을 받자, 당신의 사랑에 변화가 일어났어. 그 모든 걸 다 써놓은 그때의 마틴 에덴과 당신은 결혼하려 하지 않았지. 당신은 마틴 에덴을 사랑했다고 하지만, 그와 결혼할 만큼 강한 사랑은 아니었어. 그런데 이제 당신의 사랑이 그렇게 할 수 있을 만큼 강해졌으니, 나는 그 힘이 출판과 대중의 주목에 기인한다고 결론짓지 않을 수가 없어. 당신 부모님께 일어난 변화에는 내 인세가 작용했다고 나는 확신하지만, 당신의 경우에는 그런 얘기는 하지 않겠어. 물론, 이 모든 게 나는 기쁘지 않아. 가장 나쁜 건, 사랑을, 성스러운 사랑을 내가 의심하게 되었다는 거야. 사랑이 출판과 대중의 주목을 먹여서 살려 내야 할 만큼 천한 것인가? 나는 앉아서 머리가 빙빙 돌 때까지 그 생각을 하곤 했어."

"가엾어라." 그녀는 한 손을 위로 올려 그의 머리카락을 달래듯이 손 갈퀴로 쓰다듬었다. "더 이상 머리가 빙빙 돌게 하지 마. 우리 이제 다시 시작하는 거야. 나는 언제나 당신을 사랑했어. 내가 약해서 어머니의 뜻에 굴복했다는 걸 알아. 그러지 말아야 했어. 그렇지만 나는 당신이 인간의 불완전성과 박약함에 대해 관대한 마음으로 자비롭게 얘기하는 걸 자주 들었어. 그런 자비를 내게도 베풀어 줘. 내가 잘못했어. 용서해 줘."

"오, 용서하고말고." 그는 참을성 없이 말했다. "용서할 것이 정말 아무것도 없으니 용서하기는 쉬워. 당신은 용서를 빌 짓은 아무것도 하지 않았어. 사람은 자기에게 비추는 빛을 따라 행동할 뿐이고, 그 이상은 할 수 없어. 나도 내가 당신 말대로 일자리를 구하지 않은 것에 대해 당신에게 용서를 빌어야 할까?"

"나는 좋은 의도였어." 그녀는 항변했다. "당신을 사랑하지 않았다면 좋은 의도로 그런 얘기를 하지도 않았을 거란 걸 알잖아."

"옳은 말이야. 하지만 당신은 당신의 좋은 의도로 나를 망쳤을 거야. 그래, 그랬을 거야." 그는 그녀의 반대 시도를 저지했다. "당신은 내 글과 진로를 망쳤을 거야. 사실주의야말로 나의 본성상 필연적인데, 부르주아 정신은 사실주의를 증오하지. 부르주아들은 겁이 많아. 삶을 두려워해. 당신의 모든 노력은 내가 삶을 두려워하게 만들기 위한 것이었어. 당신은 나를 형식에 가두었을 거야. 삶이 비현실적이고, 거짓되고, 저속한 기준으로 평가되는, 비둘기 집처럼 알량한 생활에 나를 쑤셔 넣었을 거야." 그는 그녀가 바르르 끓어오르는 것을 느꼈다. "천박함이… 그게 진심에서 우러나온 천박함이라는 건 나도 인정하겠어. 천박함이 부르주아의 고상함과 교양의 토대야. 내가 말했듯이, 당신은 나를 형식에 가두고, 개조해서 당신 계급의 생각과 가치관과 편견을 가진, 당신 계급의 일원으로 만들려고 했어." 그는 서글프게 고개를 저었다. "당신은 이해하지 못해, 심지어 지금도, 내가 하는 말을 알아듣지 못해. 내 말이 당신에게는, 내가 그 말로 의미하려는 바로 들리지 않을 거야. 내가 하는 말이 너무나 공상적이라고 당신은 생각하지. 그런데 나한테는 죽느냐 사느냐 하는 현실이거든. 저 맨 밑바닥 진창에서 기어 올라온 이 천둥벌거숭이가 당신 계급을 재단하고 천박하다고 평하는 것에, 기껏해야 당신은 약간은 어리둥절하면서 재미있기도 하겠지."

그녀는 지친 듯이 머리를 그의 어깨에 기댔다. 반복되는 신경발작으로 몸이 떨리고 있었다. 그는 그녀가 말하기를 잠시 기다렸다가 제 말을 이어 갔다.

"그런데 이제 당신은 우리 사랑을 다시 시작하기를 원해. 우리가 결혼하기를 원해. 당신은 나를 원해. 그런데, 내 말 잘 들어… 내 책들이 주목받지 않았더라도, 나는 지금의 나 그대로였을 거야. 그러면 당신은 나랑 떨어져 있었을 거야. 그 빌어먹을 책들이…"

"욕하지 마." 그녀가 끼어들었다.

그녀의 꾸지람에 그는 깜짝 놀랐고, 거친 웃음을 터뜨렸다.

"바로 그거야." 그는 말했다. "당신 일생의 행복이 걸려 있는 이 순간에도 당신은 예전과 똑같이 삶을 … 삶과 건강한 욕설을 두려워해."

그녀는 그 말에 정곡이 찔려 자신이 유치하게 굴었음을 깨달았다. 그럼에도 그가 그 일을 지나치게 과장했다고 느꼈고 결국 화가 났다.

그녀는 필사적으로 머리를 쥐어짜고 그는 멀리 떠나버린 자신의 사랑을 생각하면서, 둘은 한동안 말없이 앉아 있었다. 이제 그는 알았다, 자기가 정말로 그녀를 사랑한 것이 아니었음을. 그가 사랑한 사람은 이상화된 루스, 자기 자신이 창조한 천상의 존재, 자기가 쓴 연애시의 환하게 빛나는 정신이었다. 부르주아인 실제의 루스, 부르주아들의 모든 결점과 가망 없이 왜곡된 부르주아 심리를 가진 그녀를, 그는 사랑한 적이 없었다.

"당신이 맞는 말을 했다는 걸 알아. 나는 삶을 두려워해 왔어. 당신을 충분히 사랑하지 못했어. 나는 사랑을 차차 배워 왔어. 이제 나는 당신을 지금 그대로, 그리고 예전의 당신 그대로, 그간 당신이 거쳐 온 과정마저 사랑해. 당신이 나의 계급이라 부르는 사람들과 다른 그 면들 때문에, 나는 당신을 사랑해. 내가 이해하지 못하지만 꼭 이해할 수 있게 될, 당신의 신념 때문에 나는 당신을 사랑해. 당신이 담배를 피우고 욕을 하는 것도 당신의 일부니까 나는 그 때문에 역시 당신을 사랑할 거야. 나는 아직도 배울 수 있어. 방금 전 10분 동안 많이 배웠잖아. 내가 여기 오는 짓을 감행했다는 것, 그게 벌써 배운 게 얼마나 많은지 보여 주는 증거야. 오, 마틴!"

그녀는 흐느끼며 그의 품을 파고들었다.

처음으로 그의 팔이 그녀를 부드럽고도 다정하게 감쌌다. 그녀는 기쁜 몸놀림과 밝아진 얼굴로 답했다.

"너무 늦었어." 그는 말했다. 리지의 말이 떠올랐다. "나는 병든 사람이야. 음, 내 몸 말고. 내 영혼이, 내 뇌가 병들었어. 의의를 다 잃어버린 것 같아. 난 아무것도 신경 쓰지 않아. 당신이 몇 달 전에 이렇게 하기만 했어도, 달랐을 거야. 이제는 너무 늦었어."

"너무 늦지 않았어!" 그녀는 외쳤다. "내가 보여 줄게. 내 사랑이 성장했다는 걸, 내 사랑이 내 계급과 내게 가장 소중했던 모든 것보다 크다는 걸 증명해 줄게. 부르주아들이 중요하게 여기는 모든 기준을 무시하겠어. 난 더 이상 삶이 두렵지 않아. 부모님을 떠나고, 내 이름이 친구들에게 웃음거리가 되게 하겠어. 나는 지금 이 자리에서, 당신이 자유로운 사랑을 하겠다면, 당신한테 가겠어. 당신과 함께하게 된 것을 자랑스럽게 여기고 기뻐하겠어. 내가 사랑의 배신자였다면, 이제 나는, 사랑을 위해, 그 예전의 배신을 하게 했던 모든 것을 배신하겠어."

그녀는 빛나는 눈으로 그의 앞에 섰다.

"나는 기다리고 있어, 마틴." 그녀는 속삭였다. "당신이 나를 받아주기를 기다리고 있어. 나를 봐."

눈부시다고, 그는 그녀를 바라보며 생각했다. 그녀는 부족했던 모든 점을 만회했다. 부르주아적 관습이라는 철의 규율을 뛰어넘어 마침내 진정한 여성으로 우뚝 섰다. 눈부시고, 당당하고, 절박한 모습이었다. 그런데, 이제 와서 그것이 그에게 무슨 상관이 있을까? 그는 그녀의 변화에 떨리지 않았고 흔들리지도 않았다. 눈부시고 당당하다고 머릿속으로 생각할 뿐이었다. 열정이 타올라야 할 순간에, 그는 그녀를 냉정히 평가했다. 마음은 꿈쩍도 하지 않았다. 그는 그녀에게 아무런 욕망도 느끼지 않았다. 다시금 리지의 말이 떠올랐다.

"나는 아파, 몹시 아픈 사람이야." 그는 절망스런 몸짓을 하며 말했다. "지금까지 내가 얼마나 아픈 줄도 몰랐어. 무엇인가 내게서 빠져나갔어. 나는 언제나 삶에 담대했건만, 삶에 질리게 될 줄은 꿈에도 몰랐어. 삶이 나를 꽉 채워서 무엇에 대한 욕망이든 있을 자리가 없어. 자리가 있다면, 지금 당신을 원하겠지. 내가 얼마나 아픈지 알겠지?"

그는 머리를 뒤로 기대고 눈을 감았다. 울면서 제 눈동자를 덮은 눈물의 막으로 스며드는 햇살을 바라보느라고 슬픔을 잊은 아이처럼, 마틴은 제 눈꺼풀 안에 맺어지는 형상과 빛깔을 보느라고 자기가 아프다는 것, 루스가 와 있다는 것, 그리고 만사를 잊었다. 식물이 뒤엉킨 덩어리들을 뚫고 따가운 햇살이 비쳐들었다. 그 이파리들은 편안해 보이지 않았다. 햇살이 너무 강렬했다. 쳐다보느라면 눈이 아픈데도 그는 쳐다보았다. 이유는 알지 못했다.

문고리가 달그락대는 소리에 그는 깨어났다. 루스가 문간에 서 있었다.

"어떻게 나가야 해?" 그녀는 울면서 물었다. "나가기가 겁나."

"오, 용서해." 그는 튀어 일어나면서 소리쳤다. "난 제정신이 아니야. 당신이 여기 있다는 걸 깜빡했어." 그는 머리에 손을 댔다. "보다시피, 난 잘못됐어. 당신을 집에 데려다줄게. 하인들이 다니는 문으로 나가면 우리를 아무도 보지 못할 거야. 당신은 그 베일을 내려. 그러면 다 괜찮을 거야."

그녀는 그의 팔을 꼭 잡고 침침한 복도와 좁을 계단을 지났다.

"이제 난 괜찮아." 인도로 나오자 그녀는 말했고, 동시에 그의 팔을 손에서 놓으려 했다.

"아니, 아니, 집까지 데려다줄게." 그는 대꾸했다.

"아니, 그러지 마." 그녀는 거절했다. "그럴 필요 없어."

다시 그녀가 손을 놓으려 해서, 그는 순간적으로 의아했다. 호텔에서 사람들의 눈에 띌 위험에서 벗어났는데도 그녀는 겁을 내고 있었다. 그를 떨쳐 내려고 허둥거렸다. 그는 이유를 알지 못했으므로 그녀의 신경과민 탓이려니 했다. 그래서 그녀가 손을 놓지 못하도록 팔을 맡긴 채 함께 걷기 시작했다. 그 구간을 반쯤 걸었을 때, 긴 외투를 걸친 남자가 움츠리며 한 건물의 현관으로 물러서는 것을 그는 보았다. 지나치면서 힐끗 보고, 한껏 올려세운 외투 깃에도 불구하고, 그 남자가 루스의 남동생 노먼임을 그는 확실히 알아보았다.

걷는 동안 루스와 마틴 사이에는 대화가 거의 없었다. 그녀는 아연한 상태였다. 그는 아무런 느낌이 없었다. 한 번은 그가 자기는 남태평양으로 돌아가려 한다고 말했고, 한 번은 그녀가 그를 찾아간 일이 미안하다고 말했다. 그게 다였다. 그녀의 집 앞에서 작별하는 것도 의례적이었다. 둘은 악수했고, '굿 나잇'이라는 밤 인사를 주고받았으며, 그가 모자를 살짝 들어 올렸다. 문이 닫히자, 그는 담배를 피워 물고 돌아서서 호텔로 향했다. 노먼이 움츠리며 물러섰던 건물 현관에 이르러 멈춰 섰고, 그는 조사하는 기분으로 그 안을 들여다보았다.

"그녀가 거짓말을 했군." 그는 큰 소리로 말했다. "나한테는 자기가 대단한 짓을 감행한 체하면서, 자기를 거기 데려다준 남동생이 도로 데려가려고 기다리고 있다는 걸 알고 있었어." 그는 웃음을 터트렸다. "부르주아들이란! 내가 빈털터리였을 때는 제 누나랑 있는 꼴도 못 보더니, 내가 은행 계좌를 트니 나한테 제 누나를 데려다주는군."

그가 돌아서서 가려는데, 같은 쪽으로 향하던 부랑자가 어깨 너머로 구걸을 했다.

"이보시오, 선생, 하룻밤 잘 자리를 얻게 25센트만 주시려오?"

마틴이 돌아본 것은 그 목소리 때문이었다. 다음 순간 그는 조의 손을 잡았다.

"우리가 핫 스프링스에서 헤어지던 때 기억나?" 조는 말했다. "그 때 내가 우리가 다시 만날 거라고 했잖아. 난 뼛속 깊이 느꼈어. 여기서 만났네."

"좋아 보여요." 그는 감탄했다. "살도 쪘고요."

"아무렴." 조는 얼굴이 흰했다. "떠돌고 나서야 산다는 게 뭔지 알았어. 난 체중이 30파운드나 늘었고 항상 기분이 최고야. 예전에는 하도 일을 해서 뼈와 가죽만 남아 있었잖아. 떠돌이 생활이야말로 나한테 딱 맞아."

"하지만 그래 봤자 당신은 잠 잘 자리를 찾고 있잖아요." 마틴은 트집을 잡았다. "추운 밤이라고요."

"허? 잘 자리를 찾는다고?" 조는 손을 호주머니에 찔러 넣더니 동전을 한가득 꺼냈다. "중노동을 하는 것보다 수입이 나아." 그는 의기양양하게 말했다. "너도 아주 좋아 보여. 그래서 내가 건드려 본 거야."

마틴은 웃으면서 항복했다.

"저기서 몇 잔이나 마실 수 있겠네요." 그는 넌지시 말해 보았다.

조는 돈을 다시 호주머니에 흘려 넣었다.

"난 그러지 않아." 그는 똑똑히 말했다. "취하도록 마시지 않아. 내가 그만 마시지 않는 한, 못 마실 이유는 없지만 말이야. 너랑 마지막으로 본 뒤로 한 번 취했는데, 빈속에 마셔서 예기치 않게 그렇게 된 거였어. 내가 짐승처럼 일하면, 짐승처럼 마시지. 인간답게 살면, 인간답게 마셔. 마시고 싶을 때 위스키 한두 잔, 그게 다야."

마틴은 다음 날 그와 만날 약속을 잡아 놓고 호텔로 갔다. 사무실에 들러 증기 여객선의 운항 일정을 알아보았다. 5일 후에 마리포사 호가 타히티로 출항할 예정이었다.

"내일 전화 걸어 특등실 하나를 내 이름으로 예약해 줘요." 그는 직원에게 말했다. "갑판에 있는 특등실 말고, 갑판 아래, 바람을 맞는 쪽에… 좌현에 있는 걸로 말이에요. 명심해요, 좌현이에요. 적어 두는 게 나을 거예요."

방에 들어와 침대에 눕자마자 그는 아이처럼 순하게 잠에 빠져들었다. 그날 저녁에 있던 일들은 그에게 아무런 감상을 남기지 않았다. 그의 마음은 감상이란 걸 몰랐다. 조를 만난 순간 느낀 훈훈한 정도 순식간에 식어 버렸다. 조를 만난 직후부터 그는 자기 앞에 있는 전직 세탁부와 해야만 하는 대화가 버거웠다. 5일만 지나면 배를 타고 사랑하는 남태평양으로 간다는 것도 아무 의미가 없었다. 그래서 그는 눈을 감고 정상적이고도 편안하게 8시간을 내리 잤다. 잠을 설치지 않았다. 자세를 바꾸지 않았고, 꿈을 꾸지도 않았다. 잠잔다는 것은 잊는 것이었으며, 아침에 깰 때마다 그는 아쉬워하며 깨어났다. 그는 삶이 성가시고 지루했다. 시간이 골칫거리였다.

46장

"이봐요, 조." 다음 날 아침 그는 예전 직장 동료를 맞았다. "28번가에서 세탁소를 운영하는 프랑스인이 있는데, 큰돈을 벌어 프랑스로 돌아간다고 해요. 깔끔하고 설비가 좋은, 작은 증기세탁소예요. 당신이 정착하겠다면, 일단 거기 자리 잡을 수 있어요. 자, 이 돈을 받아요. 옷을 사 입고 10시까지 이 사람 사무실로 가세요. 나를 위해서그 세탁소를 알아봐 준 사람이니, 당신을 데리고 가서 보여 줄 거예요. 그 세탁소가 마음에 들고 거기 가격이, 1만 2천 달러인데, 적당하다는 생각이 들면 나한테 말해 줘요. 그럼 당신 세탁소가 될 거예요. 이제 가세요. 난 바빠요. 나중에 또 봐요."

"이봐, 마트." 조는 치미는 화를 억누르며 천천히 말했다. "내가 이 아침에 여기 온 건 너를 만나기 위해서야. 알겠어? 난 세탁소를 얻으러 여기 오지 않았어. 네가 옛 친구니까 얘기하러 왔는데, 넌 세탁소를 나한테 들이밀었어. 네가 어쩌면 좋을지 말해 주지. 너나 그 세탁소를 갖고 꺼져 버려!"

방에서 뛰쳐나가려는 그를 마틴이 붙들어 돌려세웠다.

"이봐요, 조." 그는 말했다. "이런 식으로 나오면, 당신 머리통을 갈겨 버리겠어요. 옛 친구니까 세게 갈기겠어요. 알겠어요? 알아듣겠어요?"

조는 그를 껴안아 내동댕이치려 했고, 그는 몸을 비틀어 빠져나갔다. 둘은 서로 팔을 붙잡고 비틀거리며 방을 돌다, 버들가지로 엮은 의자로 넘어져 의자를 부서뜨렸다. 조가 잡힌 손을 위로 치켜든 채로 밑에 깔렸으며, 마틴이 그의 가슴을 무릎으로 눌렀다. 그가 숨이 막혀 헐떡거려 마틴은 그를 놓아주었다.

"잠깐 얘기 좀 해요." 마틴은 말했다. "나한테 함부로 굴지 말아요. 난 세탁소 사업 건을 먼저 마무리 지었으면 해요. 옛 친구들끼리 할 얘기는 당신이 그걸 마무리 짓고 와서 하자고요. 내가 바쁘다고 했잖아요. 저걸 봐요."

하인이 아침에 온 우편물을 갖고 방금 들어온 터였다. 편지와 잡지가 수북했다.

"저걸 처리하면서 어떻게 당신하고 얘기할 수 있겠어요?" 가서 그 세탁소를 어찌할지 결정해요. 그러고 다시 만나요."

"좋아." 조는 마지못해 수락했다. "난 네가 날 만나기 싫어서 그러는 줄 알았는데, 잘못 생각했나 봐. 그렇지만 정식으로 싸우면 넌 나를 이길 수 없어. 내가 팔이 더 길거든."

"언제 한번 글러브를 끼고 해 보죠." 마틴은 미소 지으며 대꾸했다.

"그래야지. 내가 그 세탁소를 돌아가게 해 놓자마자." 조는 팔을 뻗었다. "얼마나 긴지 보여? 널 몇 번이나 보내 버릴 거야."

조가 나가고 문이 닫히자 마틴은 안도의 한숨을 내쉬었다. 그는 사교성을 잃어갔다. 사람을 좋게 대하는 것이 나날이 힘들어졌다. 사람들과 함께 있기만 해도 마음이 불편하고, 대화하려고 노력하기가 성가셨다. 사람을 만나면 안절부절못하며, 만나자마자 돌려보낼 구실을 찾기 마련이었다.

그는 우편물 무더기를 들추려 하지 않고, 반 시간가량 하는 일 없이 의자에 축 늘어져 있었다. 때때로 반쯤 되다 만 모호한 생각들이 그의 의식으로 흘러들었다. 아니, 그런 생각들 자체가 이따금 찰나적으로 깜빡 깨어나는 그의 의식이었다.

그는 정신을 차리고 우편물을 훑어보기 시작했다. 열 몇 통은 자필 서명을 부탁하는 편지들이었다. 그는 보자마자 알았다. 기부금을 간청하는 자선단체들의 편지가 있었다. 무한 동력의 실용화 모델을 갖고 있다는 사람, 지구의 표면이 텅 빈 천체의 내부임을 입증하려는 사람, 공산주의자들의 정착지를 만들기 위해 남 캘리포니아 반도를 구입할 자금을 보태 달라는 사람 등, 괴짜들이 보낸 편지가 있었다. 그와 교분을 트고 싶어 하는 여자들이 보낸 편지도 있었다. 자신이 신앙심이 돈독하고 사회적 지위도 있다는 증거로 교회 좌석료의 영수증을 동봉한 편지는, 그로부터 실소를 자아냈다.

잡지 편집자들과 출판업자들의 편지가 날마다 쌓이는 우편물 무더기의 주종을 이루었으며, 전자는 원고를 후자는 책을 — 그가 그 우푯값을 대기 위해 살림살이를 몇 달씩 전당포에 맡겨야 했던, 그가엾게 천대받던 글들을 — 애걸복걸했다. 영국 연재권과 외국어 번역에 대한 저작료 선금으로 기대하지 않은 수표들이 와 있었다. 그의 영국 대리인이 그의 책 중 3종의 독일어 번역권이 팔렸다는 사실과, 스웨덴어 번역본이 이미 출시되었지만 스웨덴은 베른협약에 가입하지 않았기 때문에 저작료는 전혀 기대할 수 없다는 사실을 알려 왔다. 또 러시아어 번역을 허용해 달라는 요청이 있었는데, 러시아도 마찬가지로 베른협약에서 벗어나 있기 때문에 명목상의 요청이었다.

그는 홍보 담당자들이 기사를 오려서 모아둔 큰 꾸러미를 펼쳐, 제 자신과 자신의 인기에 대해 읽어 보았다. 그의 인기는 대중의 광기가 되어 버렸다. 그의 창작물 전부가 대중에게 단번에 압도적으로 퍼부어졌다. 그게 원인인 듯싶었다. 키플링이 그랬듯이, 그는 대중을 휩쓸어 버렸다. 키플링이 임종에 가까울 때 군중은, 군중 심리에 발동되어, 갑자기 그의 글을 읽기 시작했다. 키플링을 읽고 그에게 갈채를 보냈으나 그를 조금도 이해하지 못했던, 바로 그 군중이 몇 달 뒤에는 돌연 그에게 달려들어 갈갈이 찢어 버린 것을 마틴은 생각했다. 그 생각에 싱긋 웃음이 지어졌다. 자기라고 몇 달 뒤에 비슷한 일을 당하지 말라는 법이 있을까? 그러니, 그는 군중을 놀려 줄 것이다. 멀리 남태평양으로 빠져나가, 초옥을 짓고 진주와 코프라를 사다 팔면서, 노걸이가 달린 얇은 카누를 타고 암초를 뛰어넘고, 상어와 가다랑어를 잡으며, 타이오해 만에 있는 계곡의 가파른 벼랑에서 야생 염소를 사냥할 것이다.

그런 생각을 하는 순간, 자신이 얼마나 절박한 상황에 처해 있는지 보이기 시작했다. 그는 맑아진 눈으로 사망의 음침한 골짜기에 있는 자신을 보았다. 그에게 있는 생명이 죄다 시들어 말라 죽어 가고 있었다.

자기가 얼마나 많이 자고 또 자고 싶어 하는지 그는 깨달았다. 예전에는 잠자기를 싫어하지 않았나. 그때는 잠이 삶의 소중한 순간들을 훔쳐갔다. 4시간의 잠은 4시간의 삶을 도둑맞는다는 뜻이었다. 잠을 얼마나 꺼려 했던가! 그런데 이제 그가 꺼려 하는 것은 삶이었다. 삶이 즐겁지 않았다. 그에게 느껴지는 삶의 맛은 톡 쏘지 않고 쓰기만 했다. 그것이 그가 처한 위험이었다. 삶을 갈망하지 않으면서 산다는 것은 막다른 길을 가는 것이었다. 미미한 자기보호의 본능이 일어, 그는 떠나야만 한다고 다짐했다. 방을 둘러보았는데 짐을 싸기가 귀찮았다. 그건 맨 나중으로 미루고 떠날 준비를 하는 것이 나을 듯했다.

그는 모자를 쓰고 나가 총포상에 들렀다. 남은 오전 시간을 자동 소총과 탄약과 낚시도구를 사는 데 썼다. 무역의 유행도 달라져서, 그는 사다 팔 물품을 여기서 주문하지 말고 타히티에 도착해서 해야 한다는 것을 깨달았다. 물품은 어쨌거나 호주에서 올 것이다. 이런 지연책이 신통하게 여겨졌다. 무슨 일이든 하지 않으려고 피해 왔고, 지금도 어떤 일을 한다는 것이 달갑지 않았다. 편안한 안락의자가 자기를 기다리고 있다는 데 만족감을 느끼며 그는 기꺼이 호텔로 향했다. 그런데 방에 들어서자 그 안락의자에 조가 앉아 있는 모습에 그는 속으로 신음했다.

조는 그 세탁소를 아주 마음에 들어 했다. 모든 절차가 끝나 내일이면 그 세탁소는 그의 소유가 될 것이다. 마틴은 침대에 누워 눈을 감고 조가 하는 말을 들었다. 마틴의 생각은 멀리 가 있었다 ─ 너무나 멀리 가 있어 그는 자기가 생각하는 줄도 몰랐다. 가끔 대꾸하는 것도 애를 써야 했다. 하지만 이 사람은 조, 그가 늘 좋아하던 이였다. 그런데 조는 삶에 지나치게 열심이었다. 그 떠들썩한 영향으로 마틴의 지친 머리가 아파졌다. 곤두선 신경을 속속들이 헤집는 것 같았다. 언젠가 둘이 글러브를 끼고 맞붙기로 했음을 조가 상기시켰을 때, 마틴은 소리를 지를 뻔했다.

"조, 잊지 말아요. 세탁소를 셸리 핫 스프링스에서 당신이 만들었던 규칙대로 운영해야 해요." 그는 말했다. "연장 근무 없기. 야근 없기. 압착 롤러를 어린애한테 시키지 않기. 어린애는 어떤 일도 시키지 않기. 그리고 제대로 임금 주기."

조는 끄덕이고 수첩을 꺼냈다.

"이걸 봐. 오늘 아침에 아침 식사를 하기 전에 이 규칙들을 적어 봤어. 네 생각은 어때?"

조는 커다랗게 읽었고, 마틴은 속으로는 그가 언제 갈지 조바심을 치면서 동의했다.

늦은 오후에 그는 깨어났다. 서서히 현실이 그에게 돌아왔다. 그는 방을 둘러보았다. 조는 그가 잠든 뒤 살그머니 빠져나간 게 분명했다. 조의 배려라고 그는 생각했다. 그리고 눈을 감고 다시 잠이 들었다.

그 후로 며칠 동안 조는 세탁소 일을 조직하고 장악하느라고 그를 성가시게 할 틈이 없었다. 마틴이 마리포사 호를 타기 전날에야 신문들이 그가 그 배에 자리를 예약했다는 사실을 알렸다. 한번은 자기보호 본능이 꿈틀거려, 그는 의사에게 가서 건강진단을 받아 보았다. 그에게서는 어떤 문제도 발견되지 않았다. 심장과 폐는 훌륭한 상태로 밝혀졌다. 모든 기관이, 의사가 아는 한, 정상적이었고 정상적으로 작동하고 있었다.

"당신에게는 아무 문제가 없습니다, 에덴 씨." 의사는 말했다. "확실히 문제가 없어요. 당신의 건강 상태는 최상입니다. 솔직히 말해서, 난 당신의 건강이 부럽습니다. 최고예요. 그 가슴을 보세요. 거기가, 그리고 당신의 배가 그 훌륭한 체격의 비결입니다. 신체적으로 당신은 천 명에, 만 명에 한 명 나올까 말까 한 사람입니다. 사고를 당하는 것만 조심한다면, 백 살까지 살 거예요."

그래서 마틴은 리지의 진단이 옳았음을 확인하게 되었다. 신체적으로는 그는 괜찮았다. 잘못된 것은 그의 '생각하는 기계'이며, 남태평양으로 가는 것 말고는 치료할 방도가 없었다. 그런데 곤란한 점은, 출발이 임박하자 가고 싶은 생각이 들지 않는다는 것이었다. 남태평양은 부르주아 문명만큼이나 그의 마음을 끌지 못했다. 떠난다고 생각해도 조금도 흥분되지 않았고, 떠나는 행위가 몸만 피곤한 번거로운 일로 여겨졌다. 벌써 배를 타고 가고 있었다면 차라리 나았을 터였다.

마지막 날은 가혹한 시련이었다. 그날 아침 신문에서 그가 배를 타고 떠난다는 기사를 읽고 버나드 히긴보삼과 거트루드가 애들까지 몽땅 데리고 작별 인사를 하러 왔으며, 허먼 본 슈미트와 매리언도 왔다. 그러고도 사업적으로 처리해야 할 일들이 있고, 지불해야 할 청구서들도 있고, 또 끊임없이 들이닥치는 기자들이 있었다. 그는 야간 학교 문 앞에서 리지에게 불쑥 작별 인사를 하고는 황급히 돌아섰다. 호텔로 돌아오니 온종일 세탁소 일로 바빠서 미리 올 수 없었던 조가 와 있었다. 더 이상 견딜 수 없는 한계에 다다라 있었으나, 마틴은 의자 팔걸이를 움켜쥐고 반 시간가량 그와 대화를 나누었다.

"당신도 알다시피, 조." 그는 말했다. "당신은 그 세탁소에 매인 게 아니에요. 당신에게 묶인 끈 같은 건 없어요. 언제라도 그걸 팔아서 돈을 날려 버려도 돼요. 세탁소 일에 물려서 길에 나서고 싶어지면, 바로 떠나세요. 당신이 제일 행복한 걸 해요."

조는 고개를 저었다.

"고맙지만 난 더 이상 떠돌지 않을 거야. 떠도는 건 다 좋은데 한 가지가 없어. 여자 말이야. 난 어쩔 수 없어. 여자가 좋아. 여자 없이는 견딜 수가 없는데, 떠도는 생활을 하면 여자 없이 견뎌야 하거든. 무도회라든지 파티가 열리는 집들을 지나면서 여자들의 웃음소리를 듣고, 그들의 흰 드레스와 웃음 짓는 얼굴을 창문 밖에서 쳐다볼 때면… 어이구 참! 그런 순간은 정말 지옥이라고. 난 무도회, 야유회, 달빛 아래 걷기를 좋아하고 다른 것들도 너무나 좋아해. 난 이제 보기만 해도 근사한 세탁소를 가진 데다 바지 주머니에서는 돈이 묵직하게 쩔렁댄단 말이지. 벌써 한 아가씨를 만났어. 바로 어제 만났는데, 알아?, 난 어느 쪽이냐 하면, 그녀랑 결혼할 것 같은 기분이 벌써 들어. 오늘 하루 종일 그 생각에 절로 휘파람이 나오더라고. 그녀는 착해 보이는 눈에 목소리가 기가 막히게 부드러운 미인이야. 난 그녀에게 반했어, 믿어도 돼. 아니 그런데, 넌 태우고도 남을 정도로 돈이 많은데 왜 결혼하지 않아? 이 나라에서 제일가는 여자를 고를 수도 있을 텐데."

마틴은 미소 지으며 고개를 저었다. 속으로는 남자들이 왜 결혼하려 하는지 의아했다. 놀랍고도 알 수 없는 일이었다.

출항 시간에 마리포사 호의 갑판에 서서, 그는 부두에 몰린 인파의 가장자리에 리지 코놀리가 숨어 있는 것을 보았다. 그녀를 데려가, 그런 생각이 들었다. 친절해지기는 쉬웠다. 그녀는 더할 나위 없이 행복해할 것이다. 한순간 그는 유혹에 끌릴 뻔했으나, 다음 순간 두려워졌다. 그런 생각을 하기만 해도 그는 공황 상태가 되었다. 그의 지친 영혼이 그런 짓을 하지 말라고 비명을 질렀다. 그는 신음하며 난간에서 돌아섰고, 혼자 중얼거렸다. "이봐, 넌 너무 병들었지, 넌 너무 병들었어."

그는 자신의 특등실로 도망쳐, 증기선이 갑문을 확실히 빠져나갈 때까지 거기 숨어 있었다. 점심시간에 식당에서 그는 제 자리가 귀빈석, 선장의 오른쪽 옆자리임을 알게 되었다. 그리고 얼마 지나지 않아 자신이 선상의 위대한 인물이라는 것도 알게 되었다. 그러나 선상의 위대한 인물로서 그보다 부적격한 사람은 없었다. 그는 오후 내내 갑판에서 접이식 의자에 앉아 졸다 깨다 했고, 저녁에는 일찍 잠자리에 들었다.

이틀이 지나 뱃멀미가 가라앉자 승객 전원의 명단이 눈에 들어왔다. 그 명단을 보면 볼수록 그는 승객들이 싫어졌다. 그러면서도 자기가 그들을 온당하게 평가하지 않는다는 것을 알고 있었다. 그들이 선량하고 친절한 사람들임을 그는 가까스로 인정했으나, 인정하는 순간에 단서를 달았다. 그들이 그 계급의 왜곡된 심리와 하찮은 지성을 가진 모든 부르주아들과 마찬가지로 선량하고 친절하다는 것이었다. 그들의 알량한 정신은 겉만 그럴듯하고 속이 텅 비어 있어 함께 대화하기가 지루했다. 한편으로 젊은이들의 떠들썩한 패기와 과도한 활동력은 그를 놀래켰다. 그들은 잠시도 가만히 있지 않고 갑판에서 고리 던지기를 하든지, 오락가락하든지, 물 위로 뛰어오르는 돌고래나 날치 떼를 보려고 고함을 지르며 난간으로 몰려가든지 했다.

그는 많이 잤다. 아침을 먹고 나면 잡지를 들고 갑판으로 가서 접이식 의자에 앉았으나 다 읽은 적이 없었다. 활자가 인쇄된 지면을 보기만 해도 피곤해졌다. 사람들이 쓸거리를 어떻게 그렇게나 많이 찾아내는지 생각했고, 생각을 하면서 의자에 앉은 채로 졸았다. 점심 식사 시간을 알리는 종소리에 깨어, 깨어나야 한다는 사실에 신경질이 났다. 깨어나 봐야 기분 좋을 일이 없었다.

한번은 무기력에서 벗어나려고 선원실로 가서 선원들과 어울렸다. 그런데 선원들이라는 족속은 그 자신이 선원실에 살던 시절과 달라진 듯했다. 그는 그 둔감한 얼굴에 짐승처럼 우악스러운 자들에게 아무런 친밀감을 느낄 수 없었다. 절망스러웠다. 저 위 상류사회에서는 아무도 마틴 에덴을 그 자신으로서 좋아하지 않았고, 그렇다고 그는 과거에 자기를 좋아해 준 자기와 같은 계급의 사람들에게로 돌아갈 수도 없었다. 그가 그들을 좋아하지 않았다. 멍청한 일등 객실 승객들과 소란스런 젊은이들을 참을 수 없는 만큼이나 그들을 참을 수 없었다.

삶은 그에게 병든 이의 지친 눈을 아프게 하는 강렬한 흰 빛과 같았다. 의식이 깨어날 때마다 삶이 이글대는 빛을 그의 주위와 그에게 쏘았다. 아팠다. 견딜 수 없이 아팠다. 일등 승객으로 배를 타기는 이번이 처음이었다. 예전에는 선원이나, 삼등실 승객이나, 컴컴한 밑바닥 석탄 창고에서 석탄을 집어넣는 화부였다. 숨 막히는 열기를 피해 철제 사다리를 오르면서 그는 시원해 보이는 흰옷을 입은 승객들을 힐끗대곤 했다. 그들은 햇볕과 바람을 막아 주는 차양막 아래서 하는 일 없이 유유자적했고, 급사들이 그들의 요구와 변덕을 족족 맞춰 주고 있었다. 그들이 움직이고 머무는 그 영역이 바로 천국인 듯싶었다. 그런데 이제 그가 그 영역의 중심에, 선장의 오른편에 있는 선상의 위대한 인물이었다. 그럼에도 잃어버린 천국을 찾아 선원실과 기관실로 되돌아가 보았으나, 찾을 수 없었다. 그는 새로운 천국을 찾지 못했고, 이제는 예전의 천국도 찾을 수 없었다.

그는 애써 몸을 일으켜 흥미로울 만한 것을 찾았다. 간부 선원들의 회식장에 찾아갔다가 얼른 돌아 나왔다. 한 조타수와 얘기해 보니, 그는 지적인 사람으로 즉각 사회주의 선전을 해 대더니 전단지와 인쇄물을 한 뭉치 손에 쥐어 주었다. 마틴은 그 사람이 설파하는 노예의 도덕을 묵묵히 들었고, 들으면서 제 자신의 니체주의 철학을 맥없이 생각했다. 결국 무슨 소용이람? 미친 사람이 진리를 의심하는, 니체의 미친 소리를 그는 떠올렸다. 이에 대해 누가 무슨 말을 할 수 있을까? 어쩌면 니체가 옳았는지도 몰랐다. 아마도 어디에도 진리는 없고, 진리에도 진리는 없을 것이다. 진리라는 건 아예 없을 것이다. 그러나 그의 정신은 빠르게 소진되어, 그는 즉시 의자로 돌아가 졸았다.

증기 여객선에 타고 있는 것만으로도 비참했으나, 더 비참해질 일이 다가왔다. 배가 타히티에 도착하고 나면 어쩌지? 그는 배에서 내려 육지에 올라야 할 것이다. 교역할 물품을 주문하고, 마르케사스 제도로 가는 배편을 찾고, 생각만 해도 끔찍한 오만가지 일을 해야 할 것이다. 신중히 생각하라고 자신을 밀어붙이면 밀어붙일수록, 자신이 아슬아슬한 위기에 처해 있음을 실감하게 되었다. 실로 그는 사망의 음침한 골짜기에 있었으며, 이것이 위험한 까닭은 그가 죽음을 두려워하지 않기 때문이었다. 두려워한다면 삶으로 나올 터였다. 두려워하지 않으므로, 골짜기로 더 깊이 들어가고 있었다. 그는 예전에 익숙했던 것들에서 아무런 기쁨을 느낄 수 없었다. 이제 마리포사 호는 북동 무역풍을 타고 있었지만 이 반가운 바람이 그는 성가시기만 했다. 예전에 밤낮으로 기운차게 동행해 주었던 이 옛 친구의 포옹을 피해, 그는 의자를 옮겼다.

마리포사 호가 열대 무풍대에 진입하자 그는 그 어느 때보다 비참했다. 더 이상 잠을 잘 수가 없었다. 그는 잠에 절어 있었는데, 이제는 어쩔 수 없이 깨어 삶의 매서운 흰 빛을 견뎌야 했다. 그는 안절부절못했다. 공기가 끈끈하고 축축했으며, 소나기도 상쾌하지 않았다. 그는 살기가 힘들어서 끙끙 앓았다. 다리가 너무 아파서 걷지 못할 때까지 갑판을 걸었으며, 의자에 앉았다가 다시 걸어야 했다. 안간힘을 써서 마침내 잡지를 다 읽고 선상 도서관에서 시집 몇 권을 추려냈다. 그런데 그 책들은 그의 마음을 사로잡지 못했고, 그는 또다시 걸었다.

그는 저녁 식사 후에 늦도록 갑판을 서성였으나, 도움이 되지 않았다. 제 선실로 내려갔음에도 잠을 잘 수 없었기 때문이다. 잠이라는 삶의 일시적 휴지마저 가질 수 없었다. 너무 심했다. 그는 전등을 켜고 책을 읽으려 했다. 도서관에서 빌린 책들 중 한 권은 스윈번 시집이었다. 그는 침대에 누워 시집을 훑어보았는데, 어느 순간 한 연을 흥미롭게 읽게 되었다. 그 연을 다 읽고 다음으로 넘어가려다가, 도로 돌아갔다. 그는 책을 펼친 채로 가슴에 얹어 놓고 생각에 잠겼다. 그것이었다. 바로 그것이었다. 그런 생각이 전에는 떠오르지 않았다는 게 이상했다. 모든 일이 의미하는 바가 그것이었다. 그는 늘 그 길로 가고 있었으며, 이제 스윈번이 그에게 그 길이 행복하게 나가는 길임을 보여 주었다. 그는 쉬고 싶었고, 여기 그를 기다리는 휴식이 있었다. 그는 열려 있는 둥근 선창을 힐끗 보았다. 그래, 창문은 충분히 컸다. 몇 주 만에 처음으로 그는 행복했다. 마침내 제 병을 고칠 치료법을 찾아냈다. 그는 책을 들어 올려 그 연을 천천히 낭독했다.

삶을 너무나 사랑해서
희망도 공포도 놓고
우리는 짧은 감사의 기도를 드린다.
어떤 신이시든
어느 생명도 영원히 살지 않게 하심을,
죽은 자들이 다시는 일어나지 않게 하심을,
아무리 느리게 흐르는 강도
구불구불 바다에 꼭 닿게 하심을.

그는 열려 있는 창문을 다시 쳐다보았다. 스윈번이 열쇠를 주었다. 삶은 병든 것, 아니 오히려, 진작부터 병들어 있던 것이었다. 참을 수 없는 것이었다. '죽은 자들이 다시는 일어나지 않게 하심을!' 그 시행이 그에게 깊이 감사하는 마음을 일으켰다. 그것이 우주에서 유일한 선행이었다. 산다는 것이 고통스럽도록 고단해졌을 때, 죽음이 영원한 잠으로 달래 줄 준비가 되어 있었다. 그러니 그가 무엇을 기다리겠는가? 이제 갈 때였다.

그는 일어나서 머리를 창문 밖으로 내밀어, 배를 스치는 우윳빛 물결을 내려다보았다. 마리포사 호는 승객과 짐을 많이 실은 탓에 물로

쑥 내려앉아 있어, 그가 창문 밖의 창턱을 손으로 잡고 매달리면 발이 물에 닿을 정도였다. 그는 소리 없이 미끄러져 내릴 수 있을 것이다. 그가 물에 빠지는 소리를 아무도 듣지 못할 것이다. 짙은 물보라가 일어 그의 얼굴을 적셨다. 입술에서 짠맛이 났는데, 그 맛이 좋았다. 그는 마지막 시를 써야 할까 생각하다 웃음으로 그 생각을 날려버렸다. 그럴 시간이 없었다. 그것까지 쓰기에는 마음이 너무 급했다.

혹시라도 불빛에 노출될까 봐 그는 방의 불을 끄고, 창문으로 다리부터 나갔다. 어깨가 창틀에 꽉 끼어, 몸을 창문 안으로 도로 밀었다가 한 팔을 옆구리에 붙이고 다시 나가 보았다. 배가 요동치는 덕분에 그는 창문을 통과했고, 창턱을 손으로 잡고 매달렸다. 발이 물에 닿는 순간 손을 놓았다.

그는 우윳빛 물거품 속에 있었다. 마리포사 호의 측면이 검은 벽처럼 그를 지나갔다. 여기저기 선실에 밝혀진 불빛으로 구멍이 난 듯 보였다. 배는 확실히 서둘러 가는 중이었다. 그렇다는 걸 알아보기도 전에 그는 벌써 배의 뒤쪽에서, 거품이 이는 수면을 부드럽게 헤엄치고 있었다.

가다랑어 한 마리가 그의 흰 몸에 덤벼들어, 그는 소리 내어 웃었다. 그것이 살 한 점을 떼어가는 따끔한 느낌에 자기가 물속에 있는 이유가 기억났다. 배를 빠져나오느라고 빠져나온 목적을 잊고 있었다. 멀리서 마리포사 호의 불빛이 희미해져 갔고, 그는 자신만만하게, 마치 수천 마일쯤 떨어진 가장 가까운 육지까지 가려는 듯이 헤엄치고 있었다.

살려는 본능으로 인한 무의식적인 행동이었다. 그는 수영을 멈추었으나, 물이 입 위로 올라오자 그의 팔이 몸을 떠올리려고 격하게 퍼덕거렸다. 그것이 살려는 의지라고, 그는 생각하면서 냉소했다. 좋아, 그에게는 의지가, 마지막 힘을 짜내어 의지 자체를 파괴하고 의지 이기를 멈추게 할 만큼, 강한 의지가 있었다.

그는 자세를 바꾸어 물속에 똑바로 섰다. 잠잠한 별들을 올려다보면서 허파의 공기를 비웠다. 빠르고도 힘차게 손발을 밑으로 뻗어 어깨와 가슴 절반까지를 물 위로 솟구치게 했다. 하강을 위한 추진력을 얻기 위해서였다. 그다음에 제 몸이 꼼짝 않고 물밑으로, 하얀 조각상처럼, 가라앉게 했다. 마취제를 복용하듯, 그는 일부러 물을 코로 깊숙이 들이마셨다. 숨이 막히자 그의 팔다리가 그의 뜻을 거슬러 버둥거렸고, 그를 수면 위로, 별이 총총한 하늘 아래로 밀어 올렸다.

살려는 의지, 그것이 그는 혐오스러웠다. 터질 듯한 허파로 숨을 들이마시지 않으려 했으나 소용없었다. 그렇다면, 새로운 방법을 써봐야 했다. 그는 허파를 공기로 가득, 더 이상 채울 수 없을 때까지 채웠다. 이 정도면 물밑으로 깊이 내려갈 수 있을 것이다. 그는 몸을 거꾸로 해서 머리부터 물에 집어넣고, 있는 힘과 의지를 다해 헤엄쳤다. 그는 깊이 더 깊이 내려갔다. 활짝 뜬 눈에 날쌔게 지나가는 가다랑어들의 유령처럼 푸르스름한 궤적이 보였다. 헤엄을 치면서 그는 가다랑어들이 덤벼들지 않기를 바랐다. 팽팽한 그의 의지를 물어 갈지도 몰랐다. 가다랑어들은 덤벼들지 않았고, 그는 삶이 베풀어 준

이 마지막 친절에 감사했다.

밑으로, 밑으로, 그는 팔다리가 힘이 빠져 거의 움직이지 못할 때까지 헤엄쳤다. 깊이 내려왔음을 실감했다. 수압에 고막이 눌려 아팠고, 머릿속에서 윙윙 소리가 났다. 지구력이 다해 갔지만 그는 가까스로 팔다리를 저어 더 깊이 내려갔다. 이윽고 의지가 툭 끊기고, 그의 허파에서 몰려나온 공기가 물속에서 폭발했다. 위로 날아오르는 거품들이 그의 뺨과 눈에 스치고 통통 튀었다. 그다음에 고통과 숨 막힘이 왔다. 이 아픔은 죽음이 아니라는 생각이 아뜩해지는 의식 속에서 흔들거렸다. 죽음은 아픔을 몰랐다. 숨이 막히는 이 끔찍한 느낌은 삶, 삶의 고통이었다. 삶이 그에게 날리는 마지막 한 방이었다.

그의 고집 센 팔다리가 버둥거리기 시작했다. 발작적이나 미약했다. 하지만 그가 자신의 팔다리를 버둥거리게 하는 삶의 의지를 속인 뒤였다. 너무 깊이 내려와 있었다. 팔다리는 그를 수면으로 밀어 올릴 수 없었다. 그는 꿈속과도 같은 바닷물 속에서 나른히 떠다녔다. 색채와 빛이 그를 감쌌고, 그에게 젖어 들었고, 그의 안에 고루 퍼졌다.

저게 뭐지? 등대 같았다. 그런데 그것은 그의 뇌 속에 있었다. 밝게 깜박이는, 하얀 빛이었다. 그것은 점점 더 빠르게 깜박거렸다. 덜컥대는 소리가 길게 났는데, 자신이 넓고도 끝없이 긴 계단을 굴러 떨어지고 있는 것 같았다. 그러고 계단 밑 어딘가에 다다라 그는 암흑 속으로 떨어졌다. 거기까지만 알았다. 그는 암흑 속에 빠져 있었다. 그걸 아는 순간, 그는 알기를 멈추었다.

옮긴이의 말

마틴 에덴. 이 소설의 제목이자 주인공의 이름이다. 이 이름을 아주 오랜만에 다시 들었을 때, 나도 소설 속에서 주인공이 간간이 그러듯 한 건달을 보았다. 챙이 뻣뻣한 모자를 쓰고 어깨 부위가 과도하게 각진 외투를 걸친, 머리끝부터 발끝까지 날티를 철철 내는 그 젊은이가 오랜 세월 내 마음 속 어딘가를 건들대며 돌아다니고 있었다는 것을 깨달았다.

그는 왜 이렇게 애틋한가. 왜 이렇게 아린가.

나는 이 소설을 지금은 절판된 우리말 번역본(한기욱 번역, 1991년)으로 처음 읽었다. 이번에 직접 번역하려는 용기를 내게 된 것은 상당 부분 이 건달 덕분이다.

그는 마틴 에덴이 소설의 굵직한 두 줄기인 작가 수업과 사랑에 입문하기 전, 아직 자기가 뭘 바라는지도 모르는 철없던 시절의 모습이다. 그런데 그는 이미 편치 않다.

"난 알아. 자네도 알아. 아름다움이 자네를 아프게 해. 아름다움은 자네에게 끝나지 않을 고통이고, 치유되지 않을 상처이며, 화염의 칼이야."

어떤 순간이건 아름답다는 느낌으로 말문이 막히고 심장이 조여 본 사람은, 마틴 에덴의 인생 선배인 브리슨덴의 이 대사를 이해할 것이다. 이 점에 있어 끝내 말문이 막힌 채로 살아야 하는 가여운 우리 대다수는 성별과 연령을 떠나, 이 끙끙 앓는 젊은이와 자신을 동일시하지 않을 수가 없다. 그는 모르는 그의 비극적인 미래를 아는 독자로서의 측은한 눈물과는 또 다른, 자신에 대한 눈물을 머금게 된다.

이 소설은 1909년에 발표되었다. 그 20년쯤 후에 닥친 대공황만 목격했더라도 마틴 에덴이, 또는 전기적 소설인 이 작품의 저자 잭 런던이 소설에서처럼 적자생존, 약육강식의 원칙이 사회적으로 정당하다고 강력히 주장했을지는 의문이다. 오늘날까지 이 작품이 세계문학의 걸작으로 굳건히 살아남는 데 이런 주장이 힘이 됐을 것 같지는 않다. 나는 개인적으로 이런 부분은 20세기 초반, 이 작품이 발표될 당시 유행했던 우생학, 사회진화론을 우리에게 되돌아보게 하는 것으로 족하지 싶다. 니체의 '초인'에 대한 마틴 에덴 식 해석에도 동의하지 않는다.

어느 시대인들 작가 수업이 혹독하지 않겠는가. 또 성스러워야 할 사랑이 너무나 세속적인 얼굴을 참담하게 드러내지 않겠는가. 그러나 이제 마틴 에덴의 어머니쯤의 연배가 된 나는 그렇다는 것이 속상하다. 마틴 에덴은 실로 장렬하게 싸운 영웅이었다. 모든 편견과 선입견을 활활 불태우고 자기가 느낀 우주적 전율을 독자한테 전달하는 데 성공한 천재이자 거인이었다. 그런 그가 내면까지 피폐해져 쓰러져 버렸다. 극심하게 몰아친 상황의 다분히 필연적인 결말이다. 그래서는 안 된다. 인간만이 그런지는 몰라도, 인간은 아름다움을 앓는다. 그런 경이로운 '유기체'가, 그런 건달이, 우리 안의 영원한 청춘이 짓밟혀서는 안 된다. 앓게 해주어야 한다. 해주지 못하면 놔둬야 한다. 적어도 짓밟지는 말아야 한다. 번역하면서 이런 생각을 했다. 내가 아들 같은 마틴 에덴이 되고 또 어머니로서 그 아들을 애틋하게 품는, 이 작품이기 때문에 가능했던 경험이었다.

옮긴이 오수연

소설가. 서울대 국문과를 졸업하고 1994년 「현대 문학」 장편 공모에 『난쟁이 나라의 국경일』이 당선되어 소설을 쓰기 시작했다. 1997년 작품집 『빈집』을 펴냈다. 이후 2년간 인도에 다녀와서 연작소설 『부엌』을 펴냈다. 2003년 '한국작가회의'의 이라크 전쟁 파견 작가로 이라크와 팔레스타인에 다녀왔으며, 2004년에 보고문집 『아부 알리 죽지 마-이라크 전쟁의 기록』을 펴냈다. 2006년에는 팔레스타인 현대 산문선집 『팔레스타인의 눈물』을, 2008년에 팔레스타인과 한국 문인들의 칼럼 교환집 『팔레스타인과 한국의 대화』를 기획, 번역하여 펴냈다. 2007년에 연작소설 『황금지붕』, 2012년에 장편 『돌의 말』, 2019년 장편 『건축가의 집』을 출간했다. 2020년에는 팔레스타인 자카리아 무함마드 시인의 시선집 『우리는 새벽까지 말이 서성이는 소리를 들을 것이다』를 번역했다. 한국일보 문학상, 거창평화인권 문학상, 아름다운 작가상, 신동엽 창작상 등을 받았다.

마틴 에덴 2

초판 1쇄 2022년 9월 5일
초판 2쇄 2022년 9월 25일

지은이 잭 런던
옮긴이 오수연
디자인 이지영
펴낸이 박소정
펴낸곳 녹색광선
이메일 camiue76@naver.com
ISBN 979-11-965548-9-7(04840) / 세트 979-11-965548-7-3(04840)